SIBYLLE NARBERHAUS
Syltschwur

VERSCHWÖRERISCH Begeistert verfolgen Einheimische und Gäste den traditionellen Ringreiter-Wettbewerb im beschaulichen Dorf Archsum, als der Sylter Unternehmer Eike Bleicken tot im Stallgebäude aufgefunden wird. Schnell gerät Jan Hansen, der Ehemann von Annas bester Freundin Britta, unter dringenden Mordverdacht. Die Beweislage scheint erdrückend, denn er lag mit dem Opfer im Streit. Während die Polizei alles daransetzt, den Fall zeitnah aufzuklären, wird die Insel von einer ganzen Reihe Raubüberfälle heimgesucht. Ein weiterer Mord geschieht, der die Beamten zunächst vor ein Rätsel stellt. Besteht womöglich eine Verbindung zwischen den Taten? Als Anna unfreiwillig Zeugin eines Überfalls wird, spitzt sich die Situation dramatisch zu.

© Nicole Mai

Sibylle Narberhaus wurde in Frankfurt am Main geboren. Nach einigen Jahren in Frankfurt und Stuttgart zog sie schließlich in die Nähe von Hannover. Dort lebt sie seitdem mit ihrem Mann und ihrem Hund. Hauptberuflich arbeitet sie bei einem internationalen Versicherungskonzern und widmet sich in ihrer Freizeit dem Schreiben. Schon in ihrer frühen Jugend entwickelte sich ihre Liebe zum Meer und insbesondere zu der Insel Sylt. So oft es die Zeit zulässt, stattet sie diesem Fleckchen Erde einen Besuch ab. Dabei entstehen immer wieder neue Ideen für Geschichten rund um die Insel.

SIBYLLE NARBERHAUS
Syltschwur
KRIMINALROMAN

GMEINER

Immer informiert

Spannung pur – mit unserem Newsletter informieren wir Sie
regelmäßig über Wissenswertes aus unserer Bücherwelt.

Gefällt mir!

Facebook: @Gmeiner.Verlag
Instagram: @gmeinerverlag
Twitter: @GmeinerVerlag

Besuchen Sie uns im Internet:
www.gmeiner-verlag.de

© 2023 – Gmeiner-Verlag GmbH
Im Ehnried 5, 88605 Meßkirch
Telefon 07575/2095-0
info@gmeiner-verlag.de
Alle Rechte vorbehalten
1. Auflage 2023

Lektorat: Claudia Senghaas, Kirchardt
Herstellung: Mirjam Hecht
Umschlaggestaltung: U.O.R.G. Lutz Eberle, Stuttgart
unter Verwendung eines Fotos von: © TheGRischun-Rafael Peier /
photocase.de
Druck: GGP Media GmbH, Pößneck
Printed in Germany
ISBN 978-3-8392-0513-6

Personen und Handlung sind frei erfunden.
Ähnlichkeiten mit lebenden oder toten Personen
sind rein zufällig und nicht beabsichtigt.

PROLOG

Zehn Jahre zuvor

An diesem Septemberabend fegte ein ungewöhnlich kräftiger Sturm über die Küste. Die tief hängenden Wolken rasten über den Himmel und führten peitschenden Regen im Gepäck. Axel Silling saß mit seiner Frau und den Kindern am Küchentisch beim Abendbrot.

»Gibst du mir mal die Butter rüber?« Auf ihre Bitte hin reichte er seiner Frau die Butterdose. »Ganz schön windig für die Jahreszeit, findest du nicht auch?«, sagte sie mit Blick aus dem Fenster, gegen das die Regentropfen unaufhaltsam prasselten.

»Es wird Herbst, das geht jetzt erst richtig los«, erwiderte er und strich seiner kleinen Tochter über den Kopf, die mit sorgenvoller Miene aus dem Fenster blickte. »Du brauchst keine Angst zu haben, Süße, der Sturm zieht vorbei und dann scheint bald wieder die Sonne.«

»Ich habe keine Angst, aber Minzi ist irgendwo da draußen. Sie mag keinen Regen. Bitte, Papa, du musst sie suchen und retten! Du bist doch Polizist!« Das Mädchen sah ihren Vater mit einem flehenden Gesichtsausdruck an, dem er nicht widerstehen konnte.

»Ja, das stimmt. Wir essen zu Ende, und dann gehe ich sie suchen. Einverstanden?«

»Au ja!« Erleichtert widmete das Kind seine Aufmerksamkeit wieder seinem Essen.

»Bestimmt hat sie sich wieder bei den Bergers in der Garage rumgetrieben und kommt allein nicht mehr raus. Die ist so blöd!«

»Minzi ist nicht blöd!«, protestierte die Kleine, boxte ihrer älteren Schwester kräftig gegen den Oberarm und zog anschließend einen Schmollmund.

»Sag mal, spinnst du? Das tat weh!«, empörte sich diese umgehend und rieb sich demonstrativ über den Arm.

»Schluss jetzt, ihr beiden! Auf der Stelle!«, gebot Mareike Silling ihren Töchtern Einhalt. »Jetzt wird erst gegessen, und anschließend geht Papa die Minzi suchen.«

Nach dem Essen löste Axel Silling sein Versprechen ein und begab sich trotz des unfreundlichen Wetters auf die Suche nach der vermissten Katze. Weder in der angrenzenden Garage der Bergers noch im Gartenschuppen der Nachbarn am anderen Ende der Straße war er fündig geworden. Bestimmt ist sie längst zu Hause, während ich durch den Regen renne, kam es ihm in den Sinn, als er gerade einen großen Bogen um eine Pfütze machte. Der Regen peitschte ihm gnadenlos ins Gesicht, der Sturm riss ihm mehrmals die Kapuze vom Kopf. Nach einer Dreiviertelstunde brach er durchnässt und durchgefroren die Suche nach dem Tier ab und machte sich auf den Heimweg. Zu allem Überfluss war inzwischen ein Gewitter aufgezogen und hatte die Temperatur in den Keller stürzen lassen. Blitze, gefolgt von lautem Donnergrollen, zuckten am nachtschwarzen Himmel. Das war definitiv kein Wetter, um sich länger als nötig im Freien aufzuhalten. Als Axel Silling um die nächste Häuserecke bog, hatte er den Eindruck, in dem gegenüberliegenden Geschäft einen Lichtschein gesehen zu haben. Er blieb kurz stehen und sah hinüber. Nichts. Alles schien dunkel und ruhig. Wahrscheinlich hatte er sich bloß getäuscht, und das Licht war auf einen der Blitze zurückzuführen, der sich in einer der Scheiben gespiegelt hatte. Nein, da war es wieder. Er hatte sich nicht geirrt. Das war kein Blitz. Der Schein einer Taschenlampe zappelte nervös hinter der Scheibe hin und her. Offensichtlich hatte sich jemand unerlaubt Zutritt zu dem Elektronikgeschäft verschafft, denn um diese Zeit war der Laden längst geschlossen. Axel griff in die Jackentasche nach seinem Handy, um die Kollegen der Streife zu verständigen, als er zu seinem Verdruss feststellen musste, dass er es vorhin nicht mitgenommen hatte. Für diese Nachlässigkeit hätte er sich im Nachhinein ohrfeigen können. Kurzerhand überquerte er die Straße, um nachzusehen, was im Inneren des Ladens vor sich ging. Ein Kleinwagen mit einem auswärtigen Kennzeichen stand wenige Meter entfernt am Straßenrand im Halteverbot. Er steuerte auf den Seiteneingang zu, dessen Tür nur angelehnt war. Deutliche Spuren eines gewaltsamen Eindringens waren zu erkennen. Nach kurzem Zögern schlüpfte er hindurch. Für einen kurzen Augenblick tauchte ein Blitz die Umgebung in helles Licht, unmittelbar gefolgt von einem krachenden Donner. Gleich darauf konnte er hören, wie etwas zu Boden fiel. Langsam bewegte er sich auf den Raum zu, aus dem die Geräusche kamen. In der Dunkelheit konnte er schemenhaft die Umrisse zweier Personen erkennen, die damit beschäftigt waren, Handys und andere technische Geräte in großen Taschen zu verstauen. Er hatte genug gesehen und entschied, sich schnellstens zurückzuziehen, um Verstärkung anzufordern, als er hinter sich eine Bewegung wahrnahm. Blitzschnell drehte er sich um. In diesem Augenblick spürte er, wie sich kaltes Metall durch seine dünne Regenjacke in seine Körpermitte bohrte. Entsetzt sah er an sich herunter, bevor er zu Boden sank und im nächsten Moment von tiefer Schwärze verschlungen wurde.

KAPITEL 1

»Wenn Sie mich heute nicht mehr brauchen, würde ich gern früher Feierabend machen. Die Kartons mit den Schrauben und Schläuchen kann ich morgen früh gleich zu Ende auspacken. Ist das okay?«

»Die Wellen rufen, habe ich recht? Der Wind steht gut.« Joon Andresen zwinkerte dem jungen Mann mit den blonden Locken zu, der mit einem Leuchten in den Augen nickte.

»Dachte ich mir. Die Kartons laufen nicht weg. Hauptsache, die bestellten Räder stehen für den morgendlichen Ansturm parat und die Akkus für die E-Bikes sind aufgeladen. Wir wollen schließlich unsere Kundschaft nicht verärgern.« Der alte Mann schob seine Mütze ein Stück nach hinten und rieb sich mit dem Handrücken über die Stirn.

»Aye, aye, Käpt'n! Fahrräder sind einsatzbereit.« Der Junge schlug die Hacken zusammen und salutierte wie zu einem militärischen Gruß.

»Quatschkopp! Hau' schon ab! Aber werd' nicht übermütig. Das Meer verzeiht keine Fehler, wenn es auch noch so freundlich erscheinen mag«, gab Joon Andresen seinem jungen Angestellten einen ernst gemeinten Rat mit auf den Weg.

»Keine Sorge, Herr Andresen, ich pass' auf mich auf. Bislang bin ich noch mit jeder Welle fertig geworden! Tschüss und danke noch mal!« Mit diesen Worten verließ der junge Mann eilig den Laden.

Der alte Mann schüttelte lachend den Kopf und sah ihm nach.

»Die Jugend«, murmelte er vor sich hin und dachte mit einem Anflug von Wehmut an die Zeit zurück, in der er es selbst nicht hatte abwarten können, nach Feierabend endlich auf sein Surfbrett zu steigen. Draußen auf dem Meer fühlte man sich frei, konnte neue Energie tanken und eins mit der Natur sein. Gedankenverloren verließ er den Verkaufsraum und begab sich in die nur durch einen Vorhang getrennte Werkstatt. Dort warf er einen Blick auf die alte Wanduhr über der Werkbank. Die Zeiger zeigten kurz vor 18 Uhr. So spät am Tag würde niemand mehr kommen, um sich ein Fahrrad bei ihm auszuleihen. Das konnte er aus seiner langjährigen Erfahrung mit Sicherheit sagen. Daher beschloss er, ebenfalls den Feierabend einzuläuten. Seine Frau würde es gewiss begrüßen, wenn er einmal früher als üblich nach Hause kam. Er könnte die Gelegenheit nutzen und noch schnell den Rasen mähen. Für den nächsten Tag waren Schauer angesagt, da wäre es passend, das zuvor erledigt zu haben. Obwohl sich das Wetter hier oben an der Nordseeküste selten an die Vorhersagen hielt. Zufrieden mit seinem Entschluss ging er zurück in das Ladengeschäft, hängte das Schild mit der Aufschrift »Nu is zu« an die Scheibe und schloss ab. Anschließend entnahm er der Kasse die Tageseinnahmen, als ihn plötzlich ein schepperndes Geräusch aus der Werkstatt aufhorchen ließ. Hatte Patrick, seine Aushilfe, etwas vergessen und war zurückgekommen, oder hatte sich Oskar, der neugierige Kater seiner Nachbarin, heimlich in die Werkstatt geschlichen, stets auf der Suche nach etwas Fressbarem? Dabei machte er auch vor Joons in die Jahre gekommener Blechdose mit den selbst gemachten Friesenkeksen seiner Frau nicht Halt. Joon Andresen schob den Vorhang ein Stück auf und spähte durch den Spalt, konnte jedoch weder Oskar noch Patrick noch sonst jemanden erblicken. Vermutlich hatte er sich getäuscht und das Poltern kam irgendwo von draußen. Vielleicht hatten sich die Möwen an den Mülltonnen zu schaffen gemacht. Diese Vögel wurden immer dreister und erfindungsreicher, wenn es um die Nahrungsbeschaffung ging. Zudem war sein Gehör nicht mehr das Beste. Seine Frau lag ihm seit längerer Zeit damit in den Ohren, den Laden aufzugeben und sich zur Ruhe zu setzen. Ruhe! Ausruhen konnte er sich auf dem Friedhof. Was sollte er, statt in den Laden zu gehen, den lieben langen Tag machen? Vor dem Fernseher sitzen? Kreuzworträtsel lösen? Nein, er brauchte eine sinnvolle Beschäftigung. Fahrräder zu reparieren und zu verleihen, war seine Leidenschaft und sinnvoll dazu. Aber wesentlich mehr als seine Arbeit würde ihm der Kontakt zu den Menschen fehlen. Solang seine Gesundheit mitspielte, würde er nicht im Traum daran denken, das Geschäft aufzugeben und sich auf die faule Haut zu legen. Kopfschüttelnd und mit einem Lächeln steckte er die Scheine und Münzen in die Geldtasche. Plötzlich nahm er hinter sich eine Bewegung wahr. Er drehte sich um und stand einer fremden Person gegenüber, die ihr Gesicht hinter einer schwarzen Maske verbarg. Erschrocken taumelte er ein Stück zurück.

»Was wollen Sie?«, stotterte er.

»Her mit der Kohle!«, erwiderte der Fremde und wollte nach der Geldtasche greifen, als Andresen sie geistesgegenwärtig an sich presste.

»Das könnte dir so passen! Verschwinde besser ganz schnell, wenn du keinen Ärger willst.«

Irritiert zog der Angreifer die Hand zurück. Mit dem Widerstand seines Gegenübers hatte er offenbar nicht gerechnet. Einen Wimpernschlag lang erweckte es den Anschein, als geriete er aus dem Konzept. Doch dann zog er einen Pistole aus dem Hosenbund und richtete ihn geradewegs auf den alten Mann.

»Zum letzten Mal: her mit der Kohle!«, wiederholte er seine Forderung mit Nachdruck.

»Nur über meine Leiche!«, schrie Andresen, tastete im selben Moment nach der Spardose auf dem Verkaufstresen und schleuderte sie mit voller Wucht dem Maskierten entgegen. Dieser wich geschickt zur Seite aus, sodass das Wurfgeschoss sein Ziel verfehlte und stattdessen gegen die Wand prallte, wo es in unzählige Teile zerbrach. Das Krachen wurde jedoch von dem Lärm des Schusses übertönt.

KAPITEL 2

»Moin, Nick! Danke, dass du so schnell kommen konntest.«

»Was ist passiert?« Sein Blick wanderte zu der leblosen Person, über die sich gerade eine Polizeibeamtin beugte, um die Details fotografisch zu dokumentieren.

»Alles deutet auf einen Raubüberfall hin. Das Geld ist jedenfalls weg.« Uwe zeigte auf die geöffnete Kasse, in der sich nur wenige Ein- und Zweieuromünzen befanden.

»Den Scherben nach zu urteilen, ist es im Vorfeld zu einer Auseinandersetzung gekommen. Wahrscheinlich wollte der Mann das Geld nicht kampflos herausgeben.« Nick deutete zu den unzähligen Scherben, die verteilt auf dem Boden lagen.

»Ja, vermutlich wäre es schlauer gewesen, Geld Geld sein zu lassen. Der Täter hat nicht lange gefackelt und ihn niedergeschossen.«

»Wer ist der Tote?«

»Bei dem Opfer handelt es sich um den Ladenbesitzer. Sein Name lautet Joon Andresen«, bestätigte Uwe. »Diesen Laden gab es schon in meiner Kindheit.« Er machte eine kurze Pause, bevor er weitersprach. »Nach dem Schuss scheint er noch eine Weile gelebt zu haben. Sieh dir das an!« Nick folgte Uwe ein paar Schritte. An einer Stelle in unmittelbarer Nähe der Leiche fanden sich Krakeleien auf dem Boden.

»Sieht aus, als hätte er eine Art Botschaft hinterlassen wollen.« Nick drehte den Kopf, um das Ganze aus einer anderen Perspektive zu begutachten.

»Ja, mit seinem eigenen Blut. Kannst du etwas damit anfangen?«

»Hm. Ich denke, das sollen Buchstaben darstellen. Das könnte beispielsweise ein O sein. Und das sieht wie ein J oder ein kleines Q aus«, versuchte Nick, das Geschriebene zu entziffern.

»Für mich sieht das eher nach einem Y aus. Ich werde jedenfalls auf den ersten Blick nicht schlau daraus.«

»Gibt es Zeugen, die etwas mitbekommen haben?«, erkundigte sich Nick, während er Fotos von der Zeichnung mit seinem Handy machte.

»Eine Frau will einen Schuss gehört und jemanden weglaufen gesehen haben. Ansgar nimmt gerade ihre Zeugenaussage auf.«

»Wer hat den Notruf abgesetzt?«

»Der junge Mann dort drüben, Patrick Schwedder. Er hat den Toten gefunden und umgehend die Rettungskräfte alarmiert. Leider konnte der Notarzt nichts mehr für den alten Mann tun. Andresen war bereits tot, als er eintraf.«

»War dieser Patrick zufällig hier? Kennt er das Opfer näher?« Nick sah zu dem jungen Mann.

»Nach eigenen Angaben arbeitet er seit zwei Jahren regelmäßig als Aushilfe bei Herrn Andresen. Du kannst gerne selbst mit ihm sprechen, ich sehe mich derweil ein bisschen um. Vielleicht lassen sich erste Hinweise auf den Täter finden.«

Während Uwe sich in der Werkstatt im hinteren Teil umsah, ging Nick zu dem jungen Mann, der auf einer umgedrehten Holzkiste saß, den Kopf auf den Händen abgestützt und vor sich hinstarrend.

»Herr Schwedder?« Der Angesprochene sah auf. In seinen Augen spiegelten sich Trauer und Betroffenheit wider. »Mein Name ist Nick Scarren. Ich bin von der Kripo Westerland und würde Ihnen gern einige Fragen stellen.«

»Ja«, krächzte der junge Mann und räusperte sich.

»Sie haben Herrn Andresen gefunden? Ist das korrekt?«

»Ja, das stimmt.« Er antwortete, ohne Nick dabei direkt anzusehen. Stattdessen hielt er den Blick vor sich auf den Boden gerichtet.

»Wann genau war das?«

»Vor ungefähr einer Dreiviertelstunde. Auf die Minute genau weiß ich das nicht mehr. Warten Sie, ich kann Ihnen aber sagen, wann ich den Rettungswagen angerufen habe.« Er war im Begriff, sein Handy hervorzuholen.

»Lassen Sie, ist schon gut. Was wollten Sie in dem Laden?«

»Ich bin eher zufällig hergekommen.«

»Wie darf ich das verstehen?« Nick zog fragend eine Augenbraue nach oben.

»Ich hatte eigentlich schon Feierabend. Herr Andresen ...« Sein Blick wanderte flüchtig zu dem Toten. »Er hat mich heute früher gehen lassen.«

»Warum? Hatten Sie etwas vor?«

»Ich war mit Kumpels zum Surfen verabredet. Am Brandenburger Strand«, erklärte er und nahm die Antwort auf Nicks nächste Frage gleich vorweg.

»Warum sind Sie zurückgekommen?«, hakte Nick nach, während er sich nebenbei Notizen machte.

»Ich hatte meinen Pulli liegen lassen und bin deshalb noch mal zurück. Als ich gesehen habe, dass vorne abgeschlossen war, bin ich zum Hintereingang. Der führt direkt in die Fahrradwerkstatt, wo unter anderem die Leihfahrräder gelagert werden«, erklärte er bereitwillig und mit monotoner Stimme.

»Haben Sie keinen Schlüssel für den Vordereingang? Sie arbeiten doch hier.«

»Sicher«, erwiderte der junge Mann zögerlich.

»Aber?« Nick blieb beharrlich.

»Weiß auch nicht. Herr Andresen ist normalerweise sehr lange im Laden, selbst wenn offiziell schon geschlossen ist. Deshalb bin ich zum Hintereingang gegangen.« Er zuckte die Achseln. »Kann ich jetzt gehen? Ich fühle mich nicht so gut.«

»Eine Frage habe ich noch. Ist Ihnen auf dem Weg zum Hintereingang etwas aufgefallen?« Als Nick in das fragende Gesicht des jungen Mannes blickte, wurde er konkreter. »Haben Sie beispielsweise etwas Ungewöhnliches bemerkt oder haben Sie jemanden weglaufen sehen?«

Patrick Schwedder überlegte angestrengt und schüttelte anschließend den Kopf. »Nein, da war nichts. Gesehen habe ich auch niemanden. Die Tür stand allerdings weit offen. Das war ein bisschen merkwürdig.«

»Warum? Ist sie sonst geschlossen?« Nick wurde hellhörig.

»In der Regel bringt niemand mehr nach 18 Uhr sein Rad zurück, geschweige denn holt eines ab. Daher ist die Tür ab spätestens 18 Uhr geschlossen. Wenn Herr Andresen abends die Abrechnung gemacht hat, hat er nie die Werkstatttür einfach so offen gelassen.«

»Was haben Sie dann gemacht? Je genauer Sie sich erinnern, desto besser.«

Der junge Mann blickte angestrengt vor sich auf den Boden, als fiele es ihm auf diese Art leichter, sich seine Erinnerung ins Gedächtnis zu rufen.

»Ich bin rein und habe ein paar Mal nach Herrn Andresen gerufen. Als er nicht geantwortet hat, bin ich durch den Vorhang nach vorne in den Laden, um dort nach ihm zu sehen. Er hat in letzter Zeit ein bisschen schlecht gehört.« Ein gequältes Lächeln huschte über sein Gesicht. »Und da sah ich ihn liegen. Alles war voller Blut! Die Kasse stand offen, da dachte ich mir, was passiert ist. Ich habe sofort die Polizei gerufen.« Noch einmal blickte er zu der Stelle, an der Joon Andresen lag. »Ich hätte ihn nicht allein lassen dürfen«, sagte er dermaßen leise, dass Nick ihn kaum verstand.

»Wie meinen Sie das?« Nick legte die Stirn in Falten.

»Na, weil ich ausgerechnet heute mit meinen Freunden zum Wellenreiten verabredet war. Der Wind, die Wellen, optimale Bedingungen! Deshalb hat er mich eher gehen lassen. Wenn ich länger geblieben wäre, dann wäre das alles nicht passiert und Herr Andresen noch am Leben. Es ist allein meine Schuld.« Sein hilfloser Blick blieb an Nick hängen, der den Kopf schüttelte.

»Nein, das war nicht Ihre Schuld. Niemand kann sagen, was passiert wäre oder wie der Täter reagiert hätte, wenn Sie vor Ort gewesen wären«, versuchte Nick, Patricks Schuldgefühle aus dem Weg zu räumen.

Uwe kam zurück und gesellte sich zu ihnen. »Können Sie ungefähr sagen, wie viel Geld in der Kasse war?«

Der junge Mann dachte kurz nach. »Nicht wirklich. Die Abrechnung gehörte nicht zu meinen Aufgaben. Ich weiß bloß, dass der Umsatz dienstags nie berauschend war. Am Wochenende werden die meisten Räder ausgeliehen. Bettenwechsel und so.« Er lächelte verlegen. »Brauchen Sie mich noch?«

»Vorerst nicht, haben Sie vielen Dank, Herr Schwedder«, erwiderte Nick, sehr zum Unverständnis seines Kollegen Uwe. »Wir benötigen Ihre Aussage noch in schriftlicher Form. Dazu würde ich Sie bitten, morgen im Laufe des Tages bei uns im Revier vorbeizukommen.« Nick reichte ihm seine Karte. »Melden Sie sich bitte unten am Empfang.«

»Klar, mache ich.« Patrick schwang sich seinen Rucksack über die Schulter und strebte dem Ausgang zu. Nach ein paar Schritten hielt er inne und drehte sich um.

»Weiß Frau Andresen, was passiert ist?«

»Die Kollegen kümmern sich darum«, erklärte Uwe mit skeptischer Miene.

»Danke«, murmelte er und verließ mit hängenden Schultern das Geschäft.

»Warum hast du den Jungen so schnell gehen lassen?« Uwe stand neben Nick am Verkaufstresen, der das Auftragsbuch neben der Kasse durchblätterte.

»Ich habe ihn nicht *schnell* gehen lassen. Warum sollte ich ihn länger als nötig festhalten? Dafür bestand kein Grund.« Nick wunderte sich über die Frage des Kollegen.

»Ich traue ihm nicht.« Uwe strich nachdenklich seinen Vollbart glatt.

»Und wieso? Verrätst du mir den Grund für dein Misstrauen?«

»Ist nur ein Gefühl«, brummte Uwe missmutig. »Jaja, ich weiß schon, was du sagen willst. Für uns zählen ausnahmslos Fakten, von Gefühlen sollten wir uns nicht leiten lassen.«

»Eben. Mir wirfst du regelmäßig vor, ich solle bei Ermittlungen mein Bauchgefühl aus dem Spiel lassen«, feixte Nick.

»Ich weiß, ich weiß. Trotzdem musst du zugeben, dass die Sache ein bisschen seltsam klingt.«

»Inwiefern? Ich kann in Bezug auf den Jungen keine Ungereimtheiten feststellen, außerdem hat er auf mich einen ehrlichen Eindruck gemacht. Er scheint den alten Mann gemocht zu haben«, hielt Nick dagegen.

»Überlege doch mal! Ausgerechnet heute macht der Junge früher Feierabend. Dann kommt er angeblich extra wegen eines vergessenen Pullis noch einmal zurück? Es ist Sommer. Momentan herrschen selbst abends hochsommerliche Temperaturen, den Pullover hätte er genauso gut zu einem späteren Zeitpunkt abholen können. Er macht auf mich nicht gerade den Eindruck, als wäre er eine Frostbeule. Surfer gehören eher zu der Kategorie ›hartgesotten‹. Du musst zugeben, das klingt schon ein wenig sonderbar.«

»Ich fürchte, du bist auf dem Holzweg, wenn du den Jungen für den Überfall und den Tod von Andresen verantwortlich machen willst. Auf mich hat er einen ehrlichen Eindruck gemacht. Er stand dem alten Herrn nahe und war sichtlich betroffen«, hielt Nick dagegen.

»Wer sagt denn, dass er selbst die Kasse geleert und den Inhaber erschossen hat? Er könnte ebenso gut einen Komplizen gehabt haben. Er kennt sich bestens aus. Nach der Tat kommt er wie zufällig zum Tatort, um den Verdacht auf den großen Unbekannten zu lenken.«

»Derart abgebrüht ist er nicht. Da liegst du mit deiner Vermutung vollkommen daneben. Das macht überhaupt keinen Sinn«, dementierte Nick. »Wäre er auf das Geld scharf gewesen, hätte er durchaus andere Möglichkeiten gehabt, sich zu bedienen. Vergiss nicht, dass er im Besitz eines Schlüssels für den Laden ist. Damit hätte er sich jederzeit Zutritt verschaffen können.«

»Warten wir ab, was die Spurensicherung ans Licht bringt und wer am Ende von uns beiden recht behält. Ich bin gespannt, was sich zu der Tatwaffe sagen lässt. Wer von uns informiert Staatsanwalt Achtermann?«

»Ich war davon ausgegangen, du hättest das längst erledigt. Dann immer der, der fragt«, gab Nick mit einem schelmischen Grinsen zurück.

»Super!«, stöhnte Uwe. »Und was machst du?«

»Ich höre mir an, was Ansgar von der Zeugin erfahren hat.«

»Typisch. Ich bekomme regelmäßig die unangenehmen Aufgaben.«

»Du Armer! Ach, Uwe?« Nick hielt mitten in der Bewegung inne.

»Was denn nun noch?«

»Schöne Grüße an Achtermann!« Nick zwinkerte ihm im Gehen zu.

»Witzig«, brummte Uwe bärbeißig und wählte die Nummer des Staatsanwaltes.

KAPITEL 3

»Das klingt toll! Klar, lassen wir uns dieses Ereignis nicht entgehen!«, versprach ich meiner Freundin Britta am Telefon.
»Ehrlich gesagt, war ich zunächst nicht sonderlich begeistert von der Idee. Jan hat seit Jahren nicht mehr am *Ringreiten* teilgenommen. Ich weiß gar nicht, ob er sich überhaupt noch auf einem Pferd halten kann.«
»Ach, Reiten ist wie Fahrradfahren, das verlernt man nicht«, gab ich zurück, um ihre Bedenken auszuräumen.
»Wenn du das als erfahrene Reiterin sagst, sollte etwas dran sein.« Sie lachte. »Wann warst du zum letzten Mal hoch zu Ross unterwegs, Anna?«
»Lass mich nachdenken.« Ich legte absichtlich eine kleine Denkpause ein. »Letzten Herbst, als mich eine Kundin quasi dazu genötigt hat. Sie hat zwei Pferde und wollte mir unbedingt Sylt aus einer anderen Perspektive zeigen.«
»Und?«
»Nichts und. Es war fantastisch, am Strand entlang zu galoppieren und sich dabei den Wind um die Nase wehen zu lassen. Diesen Ausritt werde ich lange im Gedächtnis behalten. Vor allem die Erinnerung an den Muskelkater, der mich die nächsten Tage begleitet hat. Ich weiß noch, dass ich kaum sitzen konnte. Trotz allem würde ich es bei nächster Gelegenheit wieder tun.«
»Offenbar hat dich dieses Pferdevirus nie ganz losgelassen.« In Brittas Stimme war ein deutliches Schmunzeln zu erkennen. »Willst du wieder mit dem Reiten anfangen?«
»Vielleicht irgendwann, aber momentan fehlt mir definitiv die Zeit dafür. Mit welchem Pferd geht Jan an den Start?«
»Er leiht sich eines der Pferde seiner Schwester.«

»Aha. Reitet Wiebke nicht auch mit?«
»Ich sehe schon, in puncto *Ringreiten* bist du nicht sonderlich sattelfest.« Sie lachte.
»Ich gebe zu, viel Ahnung habe ich tatsächlich nicht. Eigentlich gar keine.«
»Erstens reiten Männer und Frauen getrennt voneinander. Das ist von jeher Tradition. Auf Sylt gibt es insgesamt acht Vereine, davon drei für Frauen und fünf für Männer. Wettkämpfe werden ebenfalls nach Geschlechtern getrennt ausgetragen«, klärte sie mich auf.
»Interessant. Und zweitens?«
»Zweitens wird Wiebke diese Saison wohl oder übel pausieren müssen.« Nun klang Brittas Stimme mitfühlend.
»Warum? Ist sie erneut schwanger?«
»Nein. Sie ist letzte Woche unglücklich gestürzt und hat sich den Arm gebrochen.«
»Oh, das tut mir leid, das wusste ich nicht. Ich habe sie seit einer Ewigkeit nicht mehr gesprochen oder gesehen«, stellte ich in diesem Zusammenhang fest.
»Du könntest dieses Jahr ihren Platz einnehmen. Jan würde sicherlich ein gutes Wort für dich einlegen.«
»Oh nein, das halte ich für keine gute Idee. Bestimmt geht das nicht ohne Weiteres. Ich begnüge mich mit der Rolle der Zuschauerin und überlasse den Rest lieber den Profis. Schließlich will ich mich nicht vor allen Leuten blamieren, wenn ich in hohem Bogen aus dem Sattel fliege.« Lachend schüttelte ich den Kopf. »Jan drücke ich jedenfalls ganz fest die Daumen für den Sieg.«
»Jetzt stell dein Licht nicht unter den Scheffel! Ich meine das mit der Teilnahme durchaus ernst. Du warst immer eine hervorragende Reiterin und verfügst über reichlich reiterliche Erfahrung. Reiten verlernt man nicht, das hast du vor wenigen Minuten selbst gesagt.«

»Danke, Britta, aber lass gut sein! Nick würde mich für verrückt halten, wenn ich plötzlich bei einem Turnier mitmachen würde, von meinen Eltern einmal ganz abgesehen.« Ich konnte den vorwurfsvollen Blick meiner Mutter im Geiste vor mir sehen. »Außerdem würde meine Mutter mir sofort vorhalten, wie gefährlich das ist, schließlich hätte ich eine große Verantwortung gegenüber Christopher, meiner Familie und so weiter.« Ein unbeabsichtigter Seufzer entsprang meiner Kehle.

»Deine Mutter mischt sich grundsätzlich in deine Angelegenheiten ein, vollkommen egal, was du tust. Das ist wirklich nichts Neues und sollte kein Hindernis darstellen, das dich von deinen Plänen abhält. Und was Nick angeht, der hat früher viel abenteuerlichere und gefährlichere Sachen gemacht, dagegen ist Reiten ein harmloses Kinderspiel«, entgegnete Britta.

»Zu der Zeit war er kein Familienvater, außerdem kennst du die Hintergründe«, rief ich ihr in Erinnerung.

»Wie du meinst. Dann sehen wir uns Sonntag auf dem Archsumer Festplatz. Ich freue mich auf euch! Hoffentlich macht uns das Wetter keinen Strich durch die Rechnung. Bei Regen endet das nämlich in einer elenden Schlammschlacht.«

»Es soll die nächsten Tage trocken und sonnig bleiben. Ich bin sehr auf Jans Reitkünste gespannt. Vielleicht holt er sogar den Titel. Seine Majestät, König Jan, nebst Gattin, Königin Britta – klingt irgendwie gut. Oder?« Ich konnte mir bei dem Gedanken ein Schmunzeln nicht verkneifen.

»Gott bewahre! Das fehlte mir gerade noch! Du weißt doch, ich habe es nicht so mit der Monarchie.« Britta schien sich für meinen Vorschlag wenig begeistern zu können.

»Na, mal sehen, ob dein Mann das auch so sieht.«

»Alles okay? Du hast heute Abend kaum etwas gegessen und machst einen nachdenklichen Eindruck. Ist irgendwas? Geht es dir nicht gut, Nick?«, fragte ich, als wir am späten Abend gemeinsam auf dem Sofa saßen. Christopher schlief längst tief und fest.

»Mit mir ist alles in Ordnung. Ich hatte bloß keinen Hunger.« Er schenkte mir ein Lächeln, das gründlich misslang.

»Der Überfall auf den Fahrradhändler lässt dich nicht los, habe ich recht?« Ich rückte näher an ihn heran und lehnte meinen Kopf gegen seine Schulter, worauf er einen Arm um mich legte.

»Ja, das stimmt. Ein alter Mann, der sein Leben lang hart und leidenschaftlich gearbeitet hat, musste wegen ein paar lächerlicher Euros sterben. Nur weil irgendein Vollidiot ...« Nick beendete den Satz nicht, sondern stieß einen verächtlichen Laut aus. Er beugte sich vor und griff nach seinem Glas auf dem Couchtisch. Eine derart verbitterte und emotionale Reaktion in Bezug auf seine Arbeit hatte ich selten an ihm erlebt.

»Habt ihr erste Hinweise auf den oder die Täter? Gibt es Zeugen, die etwas beobachtet haben?«, versuchte ich, mehr über die näheren Umstände in Erfahrung zu bringen.

»Nein. Den vorliegenden Spuren nach zu urteilen, haben wir es mit einem Einzeltäter zu tun. Bei der Schusswaffe handelt es sich um eine Pistole, Kaliber neun Millimeter. Sie ist nicht registriert. Das ist leider bislang alles, was wir wissen.« Nick fuhr sich mit der Hand über das Gesicht.

»Gibt es keine Überwachungskamera in dem Geschäft? Darauf müsste der Täter doch zu erkennen sein«, zog ich in Erwägung.

»In einem Fahrradverleih? Erfahrungsgemäß ist das eher unüblich, jedenfalls für Sylt, zumal in dem Laden pure Nostalgie herrscht. Uwe kennt den Laden sogar noch aus Kindertagen. Selbst die Kasse stammt mit Sicherheit aus dem vorherigen Jahrhundert. Moderne Technik sucht man dort vergeblich.«

»Hm, dann gehen mir leider die Ideen aus. Vielleicht meldet sich noch ein Zeuge, der etwas gesehen hat.« Ich lehnte meinen Kopf auf Nicks Brust und lauschte seinem beruhigenden Herzschlag. »Übrigens hat Britta heute angerufen und gefragt, ob wir am Sonntag zum *Ringreiten* nach Archsum kommen. Stell dir vor, Jan wird dieses Jahr nach langer Zeit wieder mitmachen«, berichtete ich nach einer Weile.

»Echt? Ich wusste gar nicht, dass er sich aktiv für Pferdesport interessiert.« Nick wirkte erstaunt.

»Wohl eher der Tradition zuliebe, obwohl er früher öfter geritten ist. Britta hat mir das damals erzählt, kurz nachdem sie sich kennengelernt haben. Ich bin sehr gespannt, wie er sich am Sonntag schlagen wird. Warst du mal beim *Ringreiten* auf Sylt?«

»Ja, in Morsum. Ist lange her und bloß als Zuschauer, wenn du das meinst. Pferde sind mir nicht geheuer. Zu groß und zu unberechenbar.«

»Das überrascht mich jetzt. Ich dachte immer, wer sich von Klippen ins Meer stürzt, für den gäbe es nichts, wovor er sich fürchten würde.« Amüsiert beobachtete ich ihn.

»Ich fürchte mich nicht vor ihnen, sondern habe lediglich Respekt vor diesen Tieren. Grundsätzlich mag ich Pferde«, fügte Nick erklärend hinzu.

»Kommst du trotzdem mit? Ich habe zugesagt.«

»Wenn nichts Dienstliches dazwischenkommt, lasse ich mir das selbstverständlich nicht entgehen. Jetzt lass uns schlafen gehen. Ich bin hundemüde. Außerdem tun mir der Nacken und die Schultern weh. Ich muss unbedingt wieder regelmäßiger zum Sport.«

»Ich könnte dich massieren«, stellte ich ihm mit einem verheißungsvollen Augenaufschlag in Aussicht.

»Diesem Angebot kann ich unmöglich widerstehen«, raunte er mir zu und nahm mein Gesicht in seine Hände. Dann begann er, mich leidenschaftlich zu küssen.

KAPITEL 4

Jan hatte gerade die Schiebetür seines Vans geschlossen und wollte einsteigen, als auf der gegenüberliegenden Straßenseite ein Wagen hielt. Der Fahrer öffnete die Fahrertür und kletterte schwerfällig hinter dem Lenkrad hervor.

»Papa? Willst du zu uns?«

»Jan! Gut, dass ich dich erwische!« Hansen senior überquerte die Straße und kam auf seinen Sohn zu. An seinem ungleichmäßigen Gang war abzulesen, dass er von Schmerzen geplagt wurde.

»Alles okay mit dir? Du gehst so komisch«, erkundigte sich Jan mit sorgenvollem Gesichtsausdruck.

»Die Hüfte, das alte Kriegsleiden. Kein Grund zur Beunruhigung«, wiegelte er mit einer entsprechenden Geste ab.

»Wann gehst du mit der Sache endlich zum Arzt?«

»Damit liegt mir deine Mutter auch ständig in den Ohren. Was kann der schon machen? Das Alter bringt das eine oder andere Zipperlein mit sich. So ist das eben. Früher sind die Leute mit Ende 60 gestorben. Für eine längere Laufzeit sind wir nicht gemacht.«

»Früher gab es auch Pest und Cholera. Ehrlich, Papa, die moderne Medizin ...«, hielt Jan dagegen, doch sein Vater winkte erneut ab.

»Lass gut sein, Junge! Ich habe kein Interesse daran, dass man an mir herumschnippelt und ich letztendlich als lebendes Ersatzteillager herumlaufe. Und Tabletten greifen den Magen an und machen die Leber kaputt. Solang ich mich einigermaßen bewegen kann, ist alles in Ordnung.«

»Du musst es ja wissen.« Jan verzichtete auf weitere gut gemeinte Ratschläge. In diesem Punkt war sein alter Herr äußerst beratungsresistent.

»Bist du auf dem Sprung?«

»Ja, ich will zur Baustelle und anschließend frische Ware in Keitum abholen.«

»Wie weit seid ihr?«, erkundigte sich Jans Vater.

»Die Arbeiten laufen nach Plan. Die Eröffnung soll spätestens in diesem Herbst stattfinden. Britta hat längst mit den Planungen begonnen.«

»Können wir kurz in dein Büro gehen? Ich muss dringend mit dir sprechen, das würde ich ungern auf der Straße tun. Ehe ich es vergesse, du möchtest bitte unbedingt deine Mutter anrufen. Sie will irgendetwas von dir.« Jan schenkte seinem Vater einen fragenden Blick. »Sieh' mich nicht so an, ich habe keine Ahnung, worum es geht. Am besten rufst du sie an«, setzte er nach.

Kurz darauf saßen Vater und Sohn in Jans Büro.

»Also, Papa, was gibt es so Wichtiges zu bereden?«

»Marten Bleicken hat mich heute Morgen angerufen«, begann Enno Hansen, während er die schwere Glaskugel, in deren Inneren eine gedrehte Muschel eingeschlossen war, betrachtete. »Hübsch.«

»Was wollte er? Papa?«

»Ordentlich schwer.« Hansen senior wog das gläserne Kunstwerk in seiner Hand und legte es dann zurück auf die Schreibtischplatte.

»Ist ein Briefbeschwerer«, entgegnete Jan knapp, ohne näher darauf einzugehen. Ihn beschlich das ungute Gefühl, gleich mit einer schlechten Nachricht konfrontiert zu werden. »Sag endlich, was er von dir wollte!«

»Bleicken?«

»Ja, sicher. Also?« Jan wurde zusehends ungeduldiger.

»Es geht im Grunde um Eike.«

»Oh, steckt sein Sprössling zum wiederholten Male bis zum Hals in Schwierigkeiten?« Jan verzog das Gesicht zu einer vielsagenden Grimasse.

»Wie man es nimmt. Es geht um das Grundstück.« Enno Hansen legte bewusst eine Pause ein, um die Reaktion seines Sohnes abzuwarten.

»Ah, langsam dämmert es mir. Es geht um die Baugenehmigung? Stimmt's?«

Jans Vater nickte bedächtig. »Vielmehr um sein Grundstück.«

»Unser Grundstück, Papa. Mittlerweile gehört es uns, Eike hat daran keinerlei Anteil mehr«, stellte Jan unmissverständlich klar.

»Das weiß ich. Allerdings ist das Thema nach wie vor aktuell.«

»Ich verstehe nicht? Was willst du damit andeuten?«

»Soweit ich Marten verstanden habe, will Eike von dem Kaufvertrag zurücktreten, notfalls will er vor Gericht ziehen. Offenbar hat er bereits einen Anwalt eingeschaltet, der sich der Sache angenommen hat. Du dürftest in Kürze Post bekommen.« Der alte Hansen zog seine grauen buschigen Augenbrauen zusammen, worauf sich sein Gesichtsausdruck verfinsterte.

»Der spinnt! Das geht nicht, der Vertrag ist absolut wasserdicht, und außerdem ist die Widerrufsfrist längst verstrichen. Alles hat seine Richtigkeit. Darüber hinaus haben die Bleickens für das Grundstück eine beachtliche Summe kassiert. Was denkt der sich?«

»Das alles habe ich Marten natürlich gesagt. Ich fürchte bloß, das will Eike nicht einsehen.«

»Vor gar nicht langer Zeit wollte er das Grundstück unbedingt loswerden. Und jetzt, wo wir es gekauft haben, will er es zurückhaben? Woher kommt der plötzliche Sinneswandel? Vermutet er eine Ölquelle darauf?« Jan schnaubte verächtlich.

»Den genauen Grund kann ich dir leider nicht sagen. Marten hat lediglich durchblicken lassen, dass Eikes Pläne sich geändert haben.« Er zuckte ratlos mit den Schultern.

»Ich kann dir sagen, warum er das Grundstück zurückbekommen will: weil wir erstens eine Baugenehmigung bekommen haben und zweitens die Preise für Bauland explosionsartig gestiegen sind. Dieses geldgierige Pack! Das kann Eike schön vergessen, damit kommt er niemals durch. Nicht mit mir!«, echauffierte sich Jan, sprang auf und tigerte rastlos vor dem Fenster auf und ab.

»Reg' dich nicht auf, Junge. Meiner Meinung nach hat er keine Chance, das Grundstück zurückzuerlangen. Ich wollte dich nur vorwarnen, da er oder zumindest sein Anwalt mit Sicherheit in den nächsten Tagen auf dich zukommen werden.« Jans Vater stützte sich beim Aufstehen mit beiden Händen auf der Tischplatte ab. Mit einem unterdrückten Stöhnen und leicht zusammengekniffenen Augen stand er schließlich vor seinem Sohn.

»Danke, dass du mich vorgewarnt hast, Papa. Bist du sicher, dass du nicht doch lieber zum Arzt gehen solltest?«, schlug Jan in Hinblick auf den hölzernen Bewegungsablauf seines Vaters vor.

»Ich bin eben nicht mehr der Jüngste, aber Unkraut vergeht nicht. Mach dir um mich keine Sorgen.« Trotz des deutlichen Schmerzes blitzte ein spitzbübisches Lächeln auf seinem wettergegerbten Gesicht auf. »Ich werde mich jetzt besser auf den Rückweg machen, sonst schickt deine Mutter am Ende einen Suchtrupp nach mir los.« Er lachte, und seine stahlblauen Augen funkelten amüsiert. »Grüß Britta und die Kinder von mir. Wäre wirklich schön, wenn ihr uns demnächst besuchen kommen würdet.«

»Momentan ist Hochsaison, und die Jungs ...«, holte Jan zu einer Rechtfertigung aus, wurde von seinem Vater jedoch unterbrochen.

»Ich weiß, ich weiß. Vergiss aber bitte nicht, deine Mutter anzurufen. Du weißt doch, wie sehr sie sich freut, von euch zu hören.«

»Mache ich, Papa, versprochen. Wir sehen uns spätestens beim *Ringreiten* am Sonntag. Ihr kommt doch?«

»Habe schon von Wiebke gehört, dass du nach langer Zeit wieder an den Start gehst. Sie zählt auf dich. Finde ich gut. Traditionen müssen erhalten und gepflegt werden. Natürlich kommen wir, das lassen wir uns unter keinen Umständen entgehen, wenn du die anderen vom Platz fegst.« Er schmunzelte, während sein Sohn verlegen wirkte.

»Mein oberstes Ziel wird sein, im Sattel zu bleiben. Seit meiner letzten Teilnahme sind einige Jahre ins Land gegangen.« Jan rieb sich das Kinn.

»Ach was, Reiten verlernt man nicht. Und wegen der Grundstückssache: Mach dir keinen Kopf. Du weißt doch, Eike ist als Hitzkopf bekannt. Der kommt wieder zur Besinnung, wenn ihm sein Anwalt erst mal erklärt hat, dass die Sache für ihn aussichtslos ist.«

»Hoffentlich. An dem Projekt hängt nicht nur Brittas ganzes Herz, sondern auch ein gehöriger Batzen Geld.«

KAPITEL 5

»Moin, Frau Scarren! Sie können gleich im Sprechzimmer 2 Platz nehmen, der Doktor kommt sofort«, wurde ich von der Zahnarzthelferin mit einem freundlichen Lächeln empfangen, kaum hatten Christopher und ich die Praxis betreten.

»Das geht aber schnell. Habe ich mich in der Zeit geirrt?«

»Nein, nein. Sie haben sich nicht getäuscht. Zwei Patienten vor Ihnen haben kurzfristig abgesagt. Heute hagelt es förmlich Terminabsagen, ich weiß auch nicht, was los ist.«

»Das könnte an der Sommergrippe liegen, die momentan grassiert. Der Kindergarten ist deswegen für die nächsten zwei Tage komplett geschlossen«, brachte ich an und deutete zu Christopher, der sich verschüchtert an meine Hand klammerte.

»Das wäre zumindest eine Erklärung. Soll sich der Doc die Zähne des jungen Mannes gleich mit ansehen?«, fragte die Sprechstundenhilfe und beugte sich über den Tresen zu meinem Sohn, der mich mit großen Augen ansah und sogleich heftig den Kopf schüttelte.

»War mit Papa«, versicherte er und blickte skeptisch zu der Frau hinter dem Tresen auf.

»Das stimmt. Christopher war vor Kurzem mit meinem Mann hier«, pflichtete ich ihm bei.

»Soso, na dann ist heute bloß deine Mama an der Reihe«, sagte die Sprechstundenhilfe. Dann deutete sie auf das große Glasgefäß neben ihr auf dem Tresen, in dem sich Gummienten in den unterschiedlichsten Farben und Ausführungen befanden. »Möchtest du eine?«

Christopher nickte zaghaft. Daraufhin griff sie mit beiden Händen nach dem Glas, kam hinter ihrem Tresen hervor und streckte es ihm entgegen.

»Bitte! Du darfst dir eine aussuchen!«

Nach kurzem Zögern steckte er seine kleine Hand in die Öffnung und zog eine Ente mit einer schwarzen Augenklappe und einem rot gestreiften Halstuch heraus.

»Wow, eine Piratenente!«, stellte die Helferin fest, worauf er nickte und das Gummitier in seiner Hand eingehend betrachtete.

»Und? Was sagt man?«, flüsterte ich Christopher zu.

»Danke«, sagte er, während er seine neueste Errungenschaft keine Sekunde aus den Augen ließ.

Im Anschluss an den Zahnarztbesuch machten wir einen Abstecher zu der Buchhandlung in der Strandstraße und anschließend zu einem nahegelegenen Geldinstitut. Ich hatte meiner Mutter versprochen, einen Antrag für sie abzugeben, da ich ohnehin in der Stadt war. Als wir den Schalterraum betraten, erkannte ich eine lange Warteschlange, die sich vor dem einzigen geöffneten Schalter gebildet hatte. Normalerweise war um diese Zeit nicht sehr viel los.

»Na klasse«, stöhnte ich leise und stellte mich notgedrungen am Ende der Schlange an.

»Mama? Kann ich da gucken?« Christopher zeigte auf die Spielecke, in der Bauklötze, Malbücher nebst Stiften und weiteres Kinderspielzeug auf die kleinen Kunden warteten.

»Natürlich, mein Schatz!« Mit einem Lächeln sah ich ihm nach, wie er schnurstracks darauf zusteuerte.

»Ein goldiger kleiner Kerl! Und so artig«, erklang eine weibliche Stimme hinter mir.

Als ich mich umdrehte, blickte ich in das freundliche Gesicht einer Frau, die etwa in meinem Alter war. Ihr auffallend schwarzes Haar trug sie zu einem kunstvoll im Nacken gedrehten Knoten.

»Das ist er. Meistens jedenfalls«, erwiderte ich und betrachtete ihn mit mütterlichem Stolz. »Haben Sie auch Kinder?«

»Nein.« Sie schüttelte den Kopf und ging nahtlos zum nächsten Thema über. »Richtig viel Betrieb hier heute. Ich frage mich die ganze Zeit, warum machen die denn keinen zweiten Schalter auf? Die sehen doch, wie lang die Schlange ist. Wenn ich nicht dringend Bargeld bräuchte, hätte ich in Anbetracht der Wartezeit gleich wieder kehrtgemacht.« Sie blickte demonstrativ auf die Uhr an ihrem Handgelenk.

»Das ist grundsätzlich so, wenn man es eilig hat«, stellte ich fest. »Warum benutzen Sie nicht den Geldautomaten draußen?«

»Der ist außer Betrieb«, erklärte sie sichtlich genervt.

»Auch das noch.«

Plötzlich wurde ein zweiter Schalter geöffnet.

»Na endlich, das wurde aber auch Zeit«, hörte ich hinter uns die verärgerte Stimme eines Mannes.

Sofort stürmten die ersten Kunden auf den eben geöffneten Schalter zu. Da ich in Kürze an der Reihe sein würde, wandte ich mich an Christopher, doch er war derart in sein Spiel vertieft, dass er mein Rufen nicht bemerkte.

»Christopher, räum' die Bauklötze in die Kiste und komm bitte«, forderte ich ihn abermals auf.

Er sah in meine Richtung, legte nach kurzem Zögern das Spielzeug zurück in die Plastikbox und wollte zu mir kommen, als er plötzlich stehen blieb und zu der Automatiktür starrte. Ich folgte seinem Blick und sah eine Gestalt, deren Gesicht von einer schwarzen Maske verdeckt wurde und die mit festen Schritten in den Schalterraum kam.

»Auf den Boden!«, befahl eine Männerstimme hinter der Maskierung. Um seiner Entschlossenheit Ausdruck zu verleihen, zog er eine Schusswaffe hervor und zielte damit geradewegs auf eine ältere Dame mit einem Gehstock, die seitlich auf den Ausgang zustrebte. »Sie auch!«

»Ich kann nicht!«, stammelte sie ängstlich und deutete auf ihr rechtes Bein.

»Lassen Sie die Frau in Ruhe!« Der Satz stammte von der schwarzhaarigen Frau hinter mir, während sie sich schützend vor die alte Dame stellte.

Der Gangster richtete daraufhin die Waffe direkt auf sie. »Stopp!«

Sie blieb sofort stehen und hob abwehrend die Hände.

»Okay, verstanden! Wir werden alles machen, was ...«, versuchte sie, ihn in ein Gespräch zu verwickeln.

»Klappe! Los, auf den Boden!« Nervös sah er sich nach allen Seiten um. Dann ging er direkt auf die Bankangestellten zu, die wie versteinert hinter ihren Tresen standen. »Her mit der Kohle, schnell!«, forderte er sie auf, während er die Waffe in seiner Hand abwechselnd zwischen den Angestellten und der Schwarzhaarigen hin und her wandern ließ.

Mit Sorge sah ich zu Christopher, der vollkommen verängstigt auf dem Boden an der Wand kauerte. Ich musste unbedingt zu ihm, er stand unter Schock. Daher bewegte ich mich möglichst unauffällig Zentimeter für Zentimeter in seine Richtung, in der Hoffnung, der Bankräuber würde meinen Positionswechsel nicht bemerken.

»Stopp!«, rief er und erklärte auf diese Weise mein Vorhaben binnen Sekunden für gescheitert.

»Ich will nur zu meinem Jungen, bitte! Er ist noch so klein und hat Angst.«

»Niemand bewegt sich von der Stelle, sonst ist der Junge tot! Das gilt auch für dich!«

Er kam gefährlich nah auf mich zu, sodass ich durch die Schlitze in der Maske seine Augen sehen konnte. Sie waren gelb. Erschrocken wich ich zurück.

»Lassen Sie die Frau zu ihrem Kind!«, mischte sich die schwarzhaarige Frau ein weiteres Mal ein und machte einen Schritt in meine Richtung.

Der Bankräuber fackelte nicht lange, packte sie an der Schulter und versetzte ihr einen kräftigen Stoß, der sie zu Boden fallen ließ. Sie blieb liegen und wagte nicht aufzustehen. Zeitgleich durchschnitt der entsetzte Schrei einer Kundin die ohnehin angespannte Atmosphäre. Der Mann mit den gelben Augen drehte sich blitzschnell nach ihr um. Die Sekunden der Ablenkung nutzte ich und stürmte zu Christopher. Ich legte schützend meine Arme um ihn, während er sich fest an mich klammerte.

»Alles wird gut!«, flüsterte ich ihm beruhigend zu, obwohl mir selbst vor lauter Angst speiübel war.

»Einpacken!«, befahl der Maskierte und schob dem Bankangestellten eine Tasche über den Tresen.

»Wir haben kein Bargeld«, beteuerte der Mann hinter dem Tresen.

»Verarsch mich nicht! Einpacken!« Zur Unterstreichung

seiner Forderung zielte er mit der Pistole direkt auf die Stirn des Angestellten.

Diesem wich schlagartig jegliche Farbe aus dem Gesicht. Hektisch und mit zitternden Fingern stopfte er einige Bündel Geldscheine in die Tasche. Er schluckte mehrfach, wobei sein Adamsapfel nervös auf und ab hüpfte. Verstohlen schenkte er der Kollegin neben ihm einen kurzen Seitenblick, den sie mit einem unmerklichen Nicken bestätigte.

»Schneller!« Die Anspannung des Bankräubers wuchs mit jeder Sekunde. Sein unruhiger Blick hetzte ständig zwischen dem Bankschalter und dem Ausgang hin und her, als rechne er jeden Moment mit dem Eintreffen der Polizei.

»Das ist alles. Mehr haben wir nicht. Wirklich!«, stammelte der Bankmitarbeiter, während er nach wie vor in den Lauf der Waffe blickte. Mehrere Haarsträhnen klebten ihm an der schweißnassen Stirn, seine Brille war ihm tief auf die Nase gerutscht. Er wagte jedoch nicht, sie nach oben zu schieben.

Hastig griff der Bankräuber nach der Tasche mit dem Geld und lief auf den Ausgang zu. Exakt in diesem Augenblick betrat ein uniformierter Polizist die Bank. Ich erkannte ihn auf der Stelle. Es handelte sich um Christof Paulsen, Nicks langjährigen Kollegen. Sein geschulter Blick erfasste umgehend die Situation. Zu meiner Verwunderung zog er nicht sofort seine Dienstwaffe, sondern versuchte stattdessen, sich dem maskierten Mann in den Weg zu stellen. Dieser wirbelte herum und versetzte ihm blitzschnell einen gezielten Tritt gegen den Kopf, worauf Christof augenblicklich ins Straucheln geriet und um Haaresbreite gestürzt wäre. Er hielt sich eine Hand an das Gesicht. Plötzlich tauchte die schwarzhaarige Frau auf und versuchte, dem Bankräuber den Weg abzuschneiden. Dieser ließ sich jedoch nicht beirren und zielte erneut auf sie. Augenblicklich blieb sie in unmittelbarer Nähe der Automatiktür wie angewurzelt stehen.

»Knarre weg!« Hektisch sah er zu Christof, der gerade im Begriff war, seine Dienstwaffe zu ziehen.

»Okay, okay!« Christof ließ die Waffe im Holster stecken und machte mit erhobenen Händen ein paar Schritte rückwärts. »Ganz ruhig!«

Die beiden Männer ließen sich nicht aus den Augen. Eine beängstigende Stille erfüllte für wenige Sekunden den Schalterraum. Nur das leise Wimmern eines Mannes, der zusammengekauert wie ein Häufchen Elend auf dem Boden neben einem mit Hydrokultur bepflanzten Kübel saß, war zu hören. Sonst wagte niemand zu sprechen oder sich zu bewegen. Unvermittelt packte der Maskierte die Schwarzhaarige, drückte ihr die Pistole in die Seite und zog sie wie einen Schutzschild vor sich auf die Tür zu. In diesem Augenblick fiel etwas laut polternd zu Boden. Von dem Lärm überrascht, drehte der Bankräuber den Kopf in die Richtung, aus der das Geräusch kam. Diesen Augenblick machte sich Christof zunutze und wollte sich auf ihn stürzen, als sich ein Schuss löste, der mich zusammenfahren ließ.

KAPITEL 6

Die Haustür fiel lautstark ins Schloss. Jemand rannte die Treppe nach oben. Eine Zimmertür wurde zugeschlagen.
»Julian?«
Keine Reaktion. Stattdessen dröhnten die Bässe der Musik bis in das Erdgeschoss.
»Es reicht! Wer glaubt der eigentlich, wer er ist!« Arne Rodenbek sprang wütend von seinem Stuhl auf und ging in den Flur zum Treppenaufgang. »Julian! Komm sofort runter!«, brüllte er nach oben.
»Arne, lass den Jungen in Ruhe!«, besänftigte Hanne ihren Mann.
»Er soll runterkommen. Wenn er schon zu spät zum Essen kommt, kann er sich wenigstens entschuldigen. Was ist das denn für ein Benehmen? Schließlich wohnt er hier nicht allein. Da kann man nicht kommen und gehen, wie es einem gerade passt.« Verärgert nahm er am Esstisch Platz, hob die Serviette auf, die ihm zuvor heruntergefallen war, und legte sie über die Oberschenkel.
»Ach, Liebling! Du weißt doch, wie Kinder in dem Alter sind. Wahrscheinlich hat er einfach die Zeit vergessen.« Sie strich ihm mit der Hand beschwichtigend über den Unterarm.
»Das Kind, wie du ihn nennst, wird in drei Wochen 19. In seinem Alter habe ich längst ...«, setzte er an, doch ihr sanftmütiges Lächeln ließ ihn mit einem tiefen Seufzer verstummen.
»Reg' dich nicht unnötig auf und iss lieber.« Sie deutete auf seinen Teller. »Hoffentlich ist das Essen überhaupt noch warm genug? Ich kann es noch mal auf den Herd stel-

len.« Sie war im Begriff aufzustehen, als er sie am Handgelenk festhielt.

»Nein, nein. Alles in Ordnung, es ist warm genug und schmeckt hervorragend.« Er führte die Gabel zum Mund und kaute demonstrativ auf einem lauwarmen Stückchen Huhn herum.

»Das freut mich, dass es dir schmeckt. Das Rezept habe ich neulich in einer Zeitschrift entdeckt und gleich ausprobiert.«

»Trotz allem müssen wir über Julians Zukunft reden. Wir haben sein Verhalten viel zu lange geduldet. So geht das nicht weiter. Er muss endlich lernen, Verantwortung zu übernehmen, bevor sein Leben vollständig aus dem Ruder läuft«, nahm er das Thema erneut auf, als sie das Essen beendet hatten und vor den leeren Tellern saßen. »Ich weiß, dass du mir vorwirfst, zu hart mit ihm umzugehen, und ihn in Schutz nimmst. Aber damit hilfst du ihm nicht – ganz im Gegenteil.«

»Ich will doch nur ...«

»Lass mich bitte ausreden, Hanne«, wehrte er ihren Einwand höflich, aber entschieden ab. »Gestern Abend habe ich lange mit meinem alten Freund Jochen telefoniert. Er betreibt eine Schreinerei in der Nähe von Leer und hat angeboten, Julian eine Lehrstelle zu geben. Er könnte sogar dort wohnen. Jochen und Gesa würden ihm für die Dauer der Ausbildung eines ihrer Ferienappartments zu einem Freundschaftspreis überlassen.«

»Spinnt ihr?« Julian war unbemerkt Zeuge des Gespräches geworden. Er stand mit düsterer Miene gegen den Türrahmen gelehnt, die Arme vor der Brust verschränkt.

»Wo warst du? Du weißt, wann es Essen gibt«, überging Arne Rodenbek die Frage. Es kostete ihn einige Mühe, seinen Ärger über die Reaktion seines Sohnes zurückzuhalten.

»Das geht dich nichts an.« Julians Antwort hätte nicht feindseliger ausfallen können.

»Oh doch, mein Lieber, das geht mich sehr wohl etwas an. Immerhin wohnst du in unserem Haus, und das nicht schlecht. Eine Entschuldigung für das Zuspätkommen ist das Mindeste, was man erwarten kann. Vermutlich weißt du überhaupt nicht zu schätzen, was deine Mutter und ich für dich tun. Bei Jochen wirst du lernen, was Verantwortung und Disziplin bedeuten. Am Ende wirst du uns dankbar sein.«

»Bist du endlich fertig?« Julian sah seinen Vater nicht an, sondern blickte demonstrativ aus dem Fenster.

»Julian, dein Vater hat recht. Du solltest dir die Stelle bei Jochen wenigstens ansehen. Anschließend kannst du immer noch entscheiden, ob …«

»Nein. Das ist nichts für mich, das brauche ich mir nicht anzusehen«, fiel er seiner Mutter entschieden ins Wort.

»Und was ist etwas für dich?«

Julian reagierte lediglich mit einem müden Schulterzucken auf die Frage seines Vaters. Stattdessen schlenderte er zum Kühlschrank und warf einen Blick hinein. »Das ist die letzte!« Er hielt eine Bierflasche in der Hand und gab der Kühlschranktür mit dem Ellenbogen einen lässigen Stoß.

»Dann wirst du wohl oder übel einkaufen gehen müssen. Oder glaubst du, der Kühlschrank füllt sich von selbst.« Arne Rodenbek funkelte seinen Sohn herausfordernd an.

»Ich? Ohne Kohle? Das wüsste ich aber«, gab dieser geradezu gelangweilt zurück, öffnete die Flasche und setzte sie an die Lippen.

»Nimm dir bitte ein Glas!«, bat seine Mutter, doch niemand schenkte ihrer Äußerung Beachtung.

»Eben! Daher ist jetzt Schluss mit Hotel Mama! Entweder du fährst nach Leer und absolvierst die Ausbildung bis zum Ende, oder es gibt ab sofort keinen einzigen Cent mehr von uns! Du kannst von Glück reden, dass du mit dem schlechten Schulabschluss überhaupt einen Ausbildungsplatz bekommst. Haben wir uns verstanden?«

»Einen Scheiß werde ich! Deine verdammte Kohle brauche ich sowieso nicht.« Sein verachtender Blick blieb einige Sekunden an seinem Vater hängen, bevor er zu seiner Mutter blickte in der Hoffnung, sie würde ihm beistehen, wie sie es bisher getan hatte. Stattdessen sah sie betreten auf das benutzte Geschirr vor sich.

»Gut zu wissen. Das spart uns eine Menge Geld.«

»Alter, echt, du bist so ein beschissener Spießer!« Julian Rodenbek knallte die halb volle Bierflasche auf den Tisch, drehte sich um und stürmte wutentbrannt aus der Küche.

»Du wirst dich noch wundern!«, rief ihm sein Vater nach.

»War das wirklich nötig, Arne? Das hätte man durchaus diplomatischer angehen können. Nun kommen wir überhaupt nicht mehr an ihn heran«, wies Hanne Rodenbek ihren Mann zurecht und zupfte nervös an ihrem Ärmel herum.

Daraufhin feuerte Arne Rodenbek wütend seine Serviette neben den Teller und stand abrupt auf. »Mir reicht's endgültig!« Ohne ein weiteres Wort oder sich noch einmal umzudrehen, verließ er den Raum, griff im Flur im Vorbeigehen nach dem Autoschlüssel und steuerte auf die Haustür zu.

»Wo willst du hin?« Sie war sitzen geblieben und blickte ihm gleichermaßen bedauernd wie hilflos nach.

»An die Luft!«, schallte es aus dem Flur zurück, bevor die Haustür heftig zugeschlagen wurde.

Hanne Rodenbek saß mit hängenden Schultern auf ihrem Stuhl, ein Gemisch aus Tränen und schwarzer Mascara lief über ihre Wangen.

KAPITEL 7

»Moin, Nick!« Uwe betrat das Büro und ließ sich an seinem Platz nieder. Er stellte seine Tasche unter den Schreibtisch und schaltete den Rechner ein. Während der Monitor zum Leben erwachte, warf er einen kritischen Blick in den leeren Kaffeebecher daneben. Ein Gemisch aus Kaffee und Milch hatte am oberen Rand eine mittlerweile unansehnliche, fest angetrocknete Kruste hinterlassen. »Schätze, die könnte mal eine Runde im Geschirrspüler vertragen«, murmelte er vor sich hin und erhob sich. »Soll ich dir was aus der Teeküche mitbringen?«, erkundigte er sich bei Nick, der konzentriert auf seinen Bildschirm blickte. »Nick? Hast du gehört?«

»Was? Redest du mit mir?«

»Ja, aber ich will dich nicht stören, sondern bloß wissen, ob ich dir etwas aus der Küche mitbringen soll?«, wiederholte Uwe seine Frage und schielte neugierig an dem Kollegen vorbei auf dessen Monitor.

»Nein, vielen Dank. Ich beschäftige mich gerade mit dem Papierkram zu dem Überfall und dem Mord an dem Fahrradverleiher. Bürokratie gehört nicht zu meinen Lieblingsaufgaben. Ätzend«, gab Nick genervt zurück und massierte sich mit beiden Händen den verspannten Nacken.

»Nenn' mir jemanden, der das gerne macht.«

»Fällt mir spontan niemand ein.«

»Sage ich doch. Gibt es zwischenzeitlich brauchbare Hinweise in puncto Täter oder dem Verbleib der Tatwaffe?«

»Eine weitere Zeugin hat sich gemeldet. Sie will einen verdächtigen Mann mit dunkler Kapuzenjacke und Sportschuhen in der Nähe des Tatortes gesehen haben«, berichtete Nick.

»Konnte sie ihn ein bisschen ausführlicher beschreiben? War er zu Fuß unterwegs? Oder war das alles, was sie gesehen hat?«

»Ich fürchte, ja. Nähere Angaben konnte sie nicht machen, zudem steht ihre Aussage in argem Widerspruch zu einer weiteren Zeugenaussage.«

»Toll. Manchmal habe ich das Gefühl, einige Leute wollen sich bloß wichtig machen, weil sie ansonsten zu wenig Bestätigung im Leben bekommen«, brummte Uwe verärgert und drehte den schmutzigen Kaffeebecher in seiner Hand. »Sonst hat niemand etwas beobachtet? Irgendetwas, was wirklich Substanz hat?«

Nick schüttelte den Kopf. »Leider nicht. Bei den vielen Menschen, die sich während der Saison in der Stadt aufhalten, fällt einer mit Kapuzenshirt und Sportschuhen nicht sonderlich auf. Die Kombi findest du nahezu durchgehend, besonders bei der jüngeren Bevölkerung.«

»Da stimme ich dir zu. Dieses Jahr scheint die Insel aus allen Nähten zu platzen, oder täusche ich mich?«

»Ich glaube, du täuschst dich. In der Hauptsaison ist auf der Insel immer viel los.«

»Deswegen genieße ich die stillere Zeit auf Sylt umso mehr. Also, soll ich dir nun etwas aus der Küche mitbringen?« Da Nick verneinte, machte er sich auf den Weg. »Bis gleich!«

»Wenn du wiederkommst, würde ich dich bitten, dir die Botschaft, die das Opfer hinterlassen hat, noch einmal anzusehen. Ich werde daraus einfach nicht schlau.«

»Mache ich.«

Nick drehte seinen Stuhl zurück vor den Bildschirm und begann erneut zu tippen. Nach wenigen Sätze vibrierte sein Handy, das neben der Tastatur lag. Das aufleuchtende Display signalisierte den Eingang einer Textnachricht.

»Hier kommt man einfach nicht zum Arbeiten«, murmelte er vor sich hin und griff genervt nach dem Smartphone.

Sekunden später wäre er um Haaresbreite in der offenen Bürotür mit Uwe zusammengestoßen.

»Hoppla! Wohin so eilig?«

»Banküberfall mit Geiselnahme in Westerland.«

»Oh, aber das fällt nicht in unseren Bereich. Sind die Kollegen der Streife denn noch nicht informiert?«

»Anna und Christopher sind in der Bank!« Ohne weiter auf die Frage einzugehen, quetschte sich Nick an Uwe, der mit seiner Körperfülle nahezu den kompletten Türrahmen einnahm, vorbei in den Gang.

»Warte auf mich, ich komme mit!« Hastig stellte er den noch vollen Kaffeebecher auf den Schreibtisch und eilte Nick hinterher.

KAPITEL 8

Zwei Rettungswagen sowie mehrere Streifenwagen der Polizei standen mit eingeschaltetem Blaulicht quer auf dem Fußweg vor der Bankfiliale in Westerlands Innenstadt. Unzählige Schaulustige waren daneben und auf der gegenüberliegenden Straßenseite stehen geblieben und verfolgten das Geschehen mit neugierigen Blicken. Einige von ihnen zögerten nicht, mit ihren Handys Videos zu drehen oder Fotos zu machen. Zwei Polizeibeamte waren damit beschäftigt, derartige Aktionen zu unterbinden und die umstehenden Gaffer zum Weitergehen zu bewegen. Ich hatte mich mit Christopher im Schatten eines Baumes auf einem Betonpoller niedergelassen. Meine Beine fühlten sich noch immer weich wie Butter an. Bis auf den Schrecken, der mir noch gehörig in den Knochen steckte, waren wir unverletzt geblieben. Erleichtert konnte ich feststellen, dass sich Christophers Aufregung und Angst eine Spur gelegt hatten, denn er spielte mit der kleinen Gummiente, die er einige Stunden zuvor von der Zahnarzthelferin geschenkt bekommen hatte. Trotzdem beunruhigte mich der Gedanke, wie er den Vorfall auf längere Sicht verarbeiten würde. In der offenen Tür eines der beiden Rettungswagen erkannte ich Christof, der von einem Sanitäter versorgt wurde. Er war bei seinem Versuch, den Bankräuber aufzuhalten, zum Glück nur verhältnismäßig leicht verletzt worden und hatte einen Streifschuss erlitten. Meine Gedanken wanderten zu der Frau. Wie es ihr wohl ging? Ich hoffte inständig, sie würde ebenso wohlbehalten aus der Angelegenheit herauskommen wie wir. Vielleicht hatte der Bankräuber sie in der Zwischenzeit frei gelassen.

»Daddy!«, rief Christopher mit einem Mal und riss mich aus meinen Grübeleien.

Ich folgte seinem Blick und erkannte Nick, der geradewegs auf uns zugelaufen kam.

»Anna! Christopher! Seid ihr okay?« Nick ließ sich vor uns auf die Knie fallen und nahm uns fest in die Arme. Seine Erleichterung darüber, uns wohlbehalten anzutreffen, war grenzenlos.

»Ja, wir sind in Ordnung. Der Schreck sitzt zwar noch

tief, aber wir sind unverletzt, das ist die Hauptsache. Christopher hat sich überraschend schnell beruhigt.«

»Er war sich der Gefahr eben nicht bewusst. Alles wieder gut, mein Kleiner?« Nick strich seinem Sohn liebevoll über den Kopf. Anschließend wandte er sich mir zu. »Wie geht es dir? Wurde jemand verletzt?«

»Vom Bankpersonal und der Kundschaft niemand, soweit ich mitbekommen habe. Christof wurde angeschossen. Ein Streifschuss, glücklicherweise ist nichts Schlimmeres passiert. Er wird gerade versorgt.« Ich deutete zu einem der Rettungswagen.

»Christof Paulsen?«, vergewisserte sich Nick und folgte meinem Blick.

»Ja, er kam exakt in dem Moment in die Bank, als der Bankräuber mit dem Geld flüchten wollte. Christof ist ihm quasi direkt in die Arme gelaufen. Allerdings konnte er alleine nicht viel ausrichten, ohne jemanden zu gefährden, zumal der Bankräuber bewaffnet war. Er hat einen Schuss abgefeuert und ist anschließend mit einer Frau als Geisel geflohen.«

»Anna! Christopher! Gott sei Dank, ist euch nichts passiert. Mir ist beinahe das Herz stehen geblieben, als Nick gesagt hat, ihr wärt in der Bank!« Uwe kam im Anschluss an das Gespräch mit der Einsatzleitung zu uns.

»Hallo, Uwe! Frag uns mal! Das war ein gehöriger Schrecken, das kannst du wohl glauben, aber jetzt ist es überstanden«, gab ich erleichtert zurück.

»Das kann ich mir lebhaft vorstellen. Man weiß nie genau, wie diese Typen ticken, wenn sie zudem unter Stress stehen. Na, kleiner Mann? Du hast dich gut um deine Mama gekümmert, habe ich recht?« Mit einem aufmunternden Lächeln beugte er sich zu Christopher, der ihm freudig seine Ente entgegenstreckte.

»Guck mal, Uwe!«

»Hey, eine tolle Ente hast du da.«

»Ein Pirat!«, fügte er stolz hinzu und kratzte leicht mit einem Fingernagel über die schwarze Augenklappe.

»Klasse! Kann die auch richtig schwimmen?«

»Ganz bestimmt kann sie das«, eilte ich Christopher zu Hilfe, als ich seinen zweifelnden Gesichtsausdruck in Bezug auf diese Frage erkannte. »Das probieren wir gleich heute Abend in der Badewanne aus. Was meinst du?« Er strahlte, und seine Augen begannen, in freudiger Erwartung zu leuchten.

»Mit Schaum?«, wollte er wissen.

»Klar! Mit ganz viel Schaum!«

»Gibt es Hinweise auf den Verbleib des Bankräubers und seiner Geisel?«, erkundigte sich Nick bei Uwe, der nicht nur sein Vorgesetzter, sondern in erster Linie sein Freund war.

»Bislang nicht. Alles deutet darauf hin, dass es sich um einen Einzeltäter handelt. Mehr lässt sich derzeit nicht sagen. Ein Zeuge will gesehen haben, dass der Täter mit der Geisel, einer schwarzhaarigen Frau, Mitte 30, in einem Kleinwagen in Richtung Norden unterwegs ist. Das hat mir eben die Kollegin Böel berichtet, sie leitet die Ermittlungen in dem Fall.« Uwe deutete zum Bankeingang, wo Kommissarin Klara Böel mit einem Mann in einem dunkelblauen Anzug sprach.

Vermutlich handelte es sich bei ihm um den Filialleiter, nahm ich an und wurde prompt in meiner Annahme bestätigt.

»Sie spricht gerade mit dem Leiter der Bank. Von den Videoaufzeichnungen erhofft sie sich nähere Einzelheiten«, fügte Uwe hinzu.

»Konnte das Fluchtauto identifiziert werden?«, wollte Nick wissen.

»Nein. Ein dunkler Kleinwagen eines japanischen Herstellers. Bei dem Fabrikat gehen die Zeugenaussagen auseinander.«

»Kennzeichen?«

»Wie es aussieht, war es gestohlen.«

»Hm. Spricht einiges dafür, dass der Täter gut vorbereitet war«, überlegte Nick.

»Ich hoffe, er lässt die Geisel bald frei, ohne ihr etwas zu tun«, warf ich ein. »Die Frau war sehr sympathisch und hat Zivilcourage bewiesen.«

»Kennst du sie näher?« Nick hob fragend eine Augenbraue.

»Nein, kennen wäre zu viel gesagt. Sie stand hinter uns in der Schlange vor dem Schalter. Wir haben während der Wartezeit ein paar Worte miteinander gewechselt. Small Talk, mehr nicht.«

»Hm.« Uwe strich sich nachdenklich über den Vollbart. »Ist dir irgendetwas aufgefallen, was bei der Suche nach dem Täter helfen könnte? Überleg' ganz genau. Ein bestimmtes Detail vielleicht? Eine Tätowierung, ein Sprachfehler oder etwas ähnlich Markantes? Ich frage bewusst, weil dir solche Feinheiten in der Regel nicht entgehen.« Uwe sah mich erwartungsvoll an.

»Allerdings, er hatte gelbe Augen«, sagte ich und erntete verwunderte Blicke.

»Gelbe Augen?«, wiederholte Nick. »Bist du sicher, dass du dich nicht getäuscht hast? In solchen Stresssituationen kann es durchaus zu Sinnestäuschungen kommen.«

»Das ging zwar alles rasend schnell, aber das weiß ich genau. Sonst kann ich nur sagen, dass der Mann ganz in Schwarz gekleidet war und eine schwarze Maske trug, die sein Gesicht komplett verdeckt hat. Ich hatte solche Angst um Christopher.«

»Außer der ungewöhnlichen Augenfarbe ist dir nichts aufgefallen?«, hakte Uwe weiter nach.

»Nein, tut mir leid.«

»Schade, aber ich kann dich sehr gut verstehen, dass du in Sorge um Christopher warst, Anna. Vielleicht fällt dir im Nachhinein noch etwas ein, wenn sich der Schock gelegt hat und du zur Ruhe gekommen bist.« Uwe nickte mir aufmunternd zu.

»Ich bringe euch jetzt nach Hause.« Nick beugte sich zu Christopher hinunter und nahm ihn auf den Arm.

»Das ist nicht nötig, Nick. Ich schaffe das allein. Ursprünglich wollte ich Christopher zu meinen Eltern bringen und anschließend kurz in der Firma vorbeischauen. Aber nach dem, was vorgefallen ist, machen wir uns besser auf den Heimweg.«

»Ich möchte euch trotzdem lieber nach Hause fahren.« Selten hatte ich Nick entschlossener erlebt und willigte daher ein.

»Einverstanden. Dann würde ich auf dem Weg schnell ein paar Unterlagen aus der Firma mitnehmen.« Mein Vorschlag löste bei Nick wenig Begeisterung aus, das konnte ich an seinem Gesichtsausdruck deutlich ablesen. Daher fügte ich rasch hinzu. »Bitte, Nick, die Sachen müssen dringend fertig werden. Es ist wirklich wichtig.«

»Wenn es unbedingt sein muss«, willigte er schließlich ein.

»Muss es.«

»Uwe? Ich fahre mit den beiden nach Hause und komme anschließend zurück ins Büro. Ich beeile mich«, wandte er sich an seinen Freund.

»Lass dir Zeit, Nick. Ich werde mal nach Kollege Paulsen sehen und hören, was er zu der ganzen Sache zu sagen hat.«

Während wir zu meinem Wagen gingen, stapfte Uwe in Richtung des Rettungswagens.

KAPITEL 9

Piet Sanders war auf dem Weg zum Firmengelände. Er setzte den Blinker links und wartete den Gegenverkehr ab, als im linken Außenspiegel plötzlich ein Fahrzeug auftauchte, das ungeachtet der entgegenkommenden Fahrzeuge in halsbrecherischem Tempo zum Überholen ansetzte. Piets Puls schnellte sprunghaft nach oben. In Sekundenschnelle steuerte er seinen Wagen so weit nach rechts wie möglich. Dabei hopste der leere Anhänger mit lautem Scheppern über die Kante der Straßenbegrenzung. Auch der Fahrer des entgegenkommenden Geländewagens reagierte geistesgegenwärtig und lenkte sein Fahrzeug weit nach rechts auf den Grasstreifen. Der Kleinwagen schoss pfeilartig zwischen ihnen hindurch und verschwand hinter der nächsten Kurve.

»Idiot!«, schrie Piet und verschaffte damit seinem Ärger Luft.

Der Geländewagenfahrer sah mit erschrockener Miene und fassungslosem Kopfschütteln zu ihm herüber. Seine Beifahrerin tauchte langsam wieder aus ihrem Sitz auf und spähte durch die Windschutzscheibe.

Für Piet stellte dieser Vorfall lediglich einen weiteren Punkt auf der Agenda der Katastrophen an diesem Tag dar. Ein Kunde hatte eine in seinen Augen ungerechtfertigte Reklamation gemeldet, zwei Mitarbeiter hatten sich auf unbestimmte Zeit krankgemeldet, und eine zugesicherte Lieferung würde erst mit drei Tagen Verspätung auf Sylt eintreffen. Er musste dringend mit Anna sprechen und ihr diese Hiobsbotschaften überbringen, um anschließend gemeinsam mit ihr nach einer Lösung zu suchen. Wieder einmal mehr war er dankbar, Anna als gleichberechtigte Partnerin in der Firma zu wissen. Gedankenverloren fuhr Piet auf den Hof und wollte den Wagen soeben zwischen zwei Firmenfahrzeugen einparken, als unvermittelt vor ihm die Gestalt einer Frau auftauchte. Vor Schreck würgte er den Motor ab, sodass der Wagen mit einem Satz vor der Frau zum Stehen kam.

»Alles okay?« Erschrocken steckte Piet den Kopf aus dem Seitenfenster. Gleich darauf stieg er aus und näherte sich der Frau, die beide Arme fest um ihren Oberkörper geschlungen hielt. »Moin. Sind Sie in Ordnung? Kann ich Ihnen helfen?«, erkundigte er sich und betrachtete die Frau prüfend.

»Nein danke, ich bin okay.« Sie sprach leise und machte einen verstörten Eindruck auf Piet.

Erst jetzt erkannte er die Schwellung in ihrem Gesicht.

»Ich rufe einen Arzt!« Beherzt zog er sein Handy aus der Hosentasche, doch die Frau legte ihm ihre Hand an den Oberarm.

»Nein, bitte. Ich brauche keinen Arzt.« Ihre Augen ruhten eindringlich auf ihm.

»Sind Sie sicher? Sie sehen ziemlich ...«

»Wirklich, mir fehlt nichts«, betonte sie ruhig, aber bestimmt.

»Wie Sie meinen, ich kann Sie nicht zwingen.« Nur widerwillig akzeptierte Piet ihren Wunsch und ließ das Smartphone zurück in der Hosentasche verschwinden.

»Ich wäre Ihnen aber dankbar, wenn Sie ein Glas Wasser für mich hätten.« In ihren Gesichtsausdruck, der bis dato eher ausdruckslos wirkte, kehrte Leben zurück. Ein zaghaftes Lächeln umspielte ihre Mundwinkel, wie Piet erleichtert feststellen konnte.

»Selbstverständlich! Kommen Sie mit! Irgendwo im Eisfach des Kühlschrankes müsste ein Eisbeutel rumliegen.

Gegen die Schwellung«, fügte er hinzu und deutete auf ihre gerötete Gesichtshälfte.

»Sie sind ganz schön hartnäckig, das muss ich Ihnen lassen«, bemerkte sie und folgte ihm nach drinnen.

»Ich heiße übrigens Piet Sanders«, stellte er sich vor, während die Frau die kleine Mineralwasserflasche, die er ihr gereicht hatte, beinahe in einem Zug austrank. Dann schraubte sie den Deckel zu und stellte sie vor sich auf die Tischplatte.

»Danke, das hat gutgetan, Herr Piet Sanders«, sagte sie und musterte ihn.

Dem blauen Kühlkissen, das, eingeschlagen in ein Küchenhandtuch, auf dem Tisch lag, schenkte sie keinerlei Beachtung. Für einen Moment erfüllte Schweigen den Raum, bis sie als Erste das Wort ergriff.

»Wegen dem hier ...« Zaghaft berührten ihre Finger die Schwellung in ihrem Gesicht. »Es ist nicht das, was Sie vielleicht denken.«

Piet zog fragend die Augenbrauen in die Höhe. »Aha. Und was denke ich Ihrer Meinung nach?«

Sie wollte eben zu einer Antwort ansetzen, als ein Fahrzeug die Hofeinfahrt passierte und vor dem Bürogebäude hielt.

KAPITEL 10

»Piet ist da«, stellte ich fest, als ich seinen dunkelgrünen Pick-up auf dem Hof erblickte.

»Ich warte mit Christopher im Wagen, während du die Unterlagen holst.« Nick warf einen Blick in den Rückspiegel. »Alles okay da hinten?«

»Ja!«, kam es von der Rückbank.

»In Ordnung, ich beeile mich. Versprochen«, sagte ich und stieg aus.

Während meine beiden Männer im Auto sitzen blieben, betrat ich die Geschäftsräume, um die Papiere aus meinem Büro zu holen.

»Piet? Bist du da?«, rief ich.

»Ich bin hier!«

Seine Stimme kam aus unserem Aufenthaltsraum. Als ich dort ankam, erkannte ich zu meinem Erstaunen, dass Piet nicht allein am Tisch saß.

»Moin, Anna! Darf ich dir Katharina vorstellen? Sie ist ...«

»Wie geht es Ihnen? Hat er Sie freiwillig gehen lassen oder konnten Sie ihm entkommen?«, sprudelten die Worte aus mir heraus, als ich Piets Besucherin erkannte.

»Es geht mir so weit gut, dank Piets Fürsorge.« Sie lächelte verlegen in seine Richtung. Dann wurde ihre Miene schlagartig ernst. »Ich konnte entkommen. Der Typ musste kurz anhalten, die Gelegenheit habe ich genutzt und bin weggelaufen.«

»Entkommen? Und von welchem Typen redet ihr? Kann mir mal einer erklären, was eigentlich los ist?«, bat Piet um eine Erklärung. »Katharina? Anna?«

»Vorhin hat es in Westerland einen Banküberfall gegeben. Wir waren beide zufällig in der Bank, als ein maskierter Mann hereingestürmt kam. Katharina war unglaublich selbstlos und hat versucht, den Bankräuber aufzuhalten, am Ende leider vergeblich«, fasste ich zusammen.

»Selbstlos? Ich würde eher sagen, das war leichtsinnig. War er denn bewaffnet?«, fragte Piet, worauf wir beide einstimmig nickten.

»Ich weiß auch nicht, was da in mich gefahren ist. Normalerweise bin ich eher ein vorsichtiger Mensch. Mich macht so etwas derart wütend, dass ich einfach verhindern wollte, dass er mit der Nummer durchkommt. Am Ende hat er mich als Geisel genommen, und ich kann von Glück reden, dass ich glimpflich davongekommen bin.« Katharina verzog gequält den Mund.

»Oh, Leute! Das hätte böse enden können. Mit solchen Menschen sollte man sich nicht anlegen, schon gar nicht, wenn sie bewaffnet sind. Hat er dich geschlagen?« Katharina beantwortete Piets Frage mit einem zaghaften Nicken.

»Wir müssen die Polizei verständigen. Anna? Du stimmst mir sicher zu.«

»Auf jeden Fall. Nick wartet draußen im Wagen auf mich. Ich informiere ihn sofort.«

KAPITEL 11

»Du machst Witze, das kann Eike unmöglich ernst meinen! Wie kommt er auf diese absurde Idee?« Britta blickte ihren Mann mit einer Mischung aus Fassungslosigkeit und Verärgerung an. »Wir haben bereits eine Menge Geld in das Projekt gesteckt, von dem Zeitaufwand ganz zu schweigen. Wir können nicht alles wieder rückgängig machen. Ich denke nicht im Traum daran!«, echauffierte sie sich aufs Neue.

»Reg' dich nicht auf, Schatz! Mein Vater hat versprochen, noch einmal mit dem alten Bleicken zu reden. Es wird eine Lösung geben.« Jan war bemüht, das aufbrausende Temperament seiner Frau zu beruhigen.

»Eine Lösung? Wir brauchen keine Lösung! In knapp zwei Monaten ist die Eröffnung des Cafés geplant. Das darf doch alles nicht wahr sein!« Britta konnte und wollte sich nicht beruhigen. Ein Tränenschleier trübte ihren Blick. Hastig wischte sie sich mit dem Handrücken über die Augen und straffte die Schultern.

»Ach, Britta.« Jan nahm seine Frau in die Arme.

So standen sie eng umschlungen in der Küche, als einer der Zwillinge hereinkam. Ruckartig blieb er stehen.

»Sorry, ich wollte nicht stören. Alles okay?« Leicht verunsichert musterte Ben seine Eltern, die sich voneinander gelöst hatten.

»Es gibt Schwierigkeiten wegen Mamas Café. Aber das bekommen wir in den Griff«, klärte Jan seinen Sohn auf.

»Wird es nicht rechtzeitig fertig, oder wo liegt das Problem?«, erkundigte sich Ben, während er nach etwas Essbarem Ausschau hielt. Beherzt griff er nach einem Apfel aus der Obstschale auf dem Küchentisch.

»Nein, wir liegen im Zeitplan. Das Problem besteht darin, dass Eike Bleicken plötzlich das Grundstück zurückhaben will«, entgegnete Britta, worauf ihr Sohn sie verdutzt ansah.

»Weil ihr eine Baugenehmigung bekommen habt. Typisch! Aber das geht doch nicht so einfach? Er kann das Grundstück nicht grundlos zurückfordern, oder?«

»Natürlich nicht. Schließlich existieren ein wasserdichter Vertrag und ein Grundbucheintrag, und bezahlt ist es außerdem.« Jan goss sich ein Glas Wasser ein.

»Na, dann ist doch alles easy. Da kann er sich aufregen, so viel er will.« Der Junge zuckte lapidar mit den Achseln und ließ das übrig gebliebene Kerngehäuse des Apfels in das Fach für den Biomüll fallen.

»Deinen Optimismus möchte ich haben«, seufzte Britta.

»Ach, Mama. Mach dir keinen Kopf! Das Café war immer dein Traum. Den wirst du dir doch nicht von so einem arroganten Arschloch kaputtmachen lassen.«

»Ben, bitte!«, ermahnte sie ihren Sohn, obwohl sie insgeheim seiner Meinung war.

»Jaja. Ich kann die gesamte Bleicken-Bande trotzdem nicht leiden. Die sind immer nur hinter der Kohle her. Apropos Kohle: Habt ihr eigentlich die Sache mit dem Banküberfall mitbekommen?«, wechselte er plötzlich das Thema.

»Ein Banküberfall? Bei uns auf Sylt?« Britta stand die Überraschung ins Gesicht geschrieben.

»In Westerland. Der Bankräuber soll sogar eine Geisel genommen haben. Hat mein Kumpel Tobi vor paar Minuten gepostet.«

»Nein, davon haben wir nichts mitbekommen. Ich habe allerdings auch nicht Radio gehört. Weißt du, ob sie den Täter in der Zwischenzeit erwischt haben?«, wollte Jan wissen.

»Soweit ich weiß, ist er auf der Flucht. Frag doch Nick oder Uwe. Die müssten es wissen«, schlug Ben vor und stopfte eine Flasche Mineralwasser in seinen Rucksack, gefolgt von einem weiteren Apfel und einer Banane.

»Das ist ja furchtbar! Gibt es denn nur noch Schlechtes auf der Welt?« Britta schüttelte resigniert den Kopf.

Mit einem Blick auf die Uhr sagte Ben: »Sorry, ich würde echt gerne mit euch weiter diskutieren, aber dann komme ich zu spät zum Surfunterricht.« Er schwang sich seinen Rucksack über die Schulter.

»Geh nur, Ben. Und pass auf dich auf!« Britta lächelte ihm zu.

»Klar! Und Mama ... wegen der Sache mit dem Café.« Er machte eine kurze Pause, kam auf sie zu und drückte ihr einen Kuss auf die Wange. »Lass dich nicht unterkriegen! Bist doch 'ne echte Kämpferin.« Mit einem Augenzwinkern verließ er das Haus.

Gerührt sah Britta ihrem Sohn nach.

»Ben hat recht. Du bist eine großartige Kämpferin. Im Übrigen lassen wir Hansens uns von niemandem einschüchtern. Schon gar nicht von jemandem wie Eike Bleicken. Sicherheitshalber werde ich nachher unseren Anwalt anrufen. Mal sehen, was er in der Sache rät.«

»Ich hoffe inständig, uns bliebe eine gerichtliche Auseinandersetzung erspart. Dieser unnötige Stress, das zieht sich unter Umständen ewig hin.« Nach kurzem Zögern fügte sie mit einem schelmischen Grinsen hinzu. »Ich würde diesem Fettsack Eike am liebsten eigenhändig den Hals umdrehen.«

Jan sah seine Frau in gespielter Empörung an. »Solche morbiden Gedanken bin ich von dir gar nicht gewohnt.«

»Ehrlich, Jan! In solchen Fällen kann man schon mal seine gute Erziehung vergessen.« Sie lachte herzlich. »Aber jetzt rufe ich erst mal Anna an.«

KAPITEL 12

Das Pochen hinter seiner Stirn wurde mit jedem Schritt heftiger. Vor dem linken Auge tanzten bereits gezackte bunte Kreise und schränkten sein Gesichtsfeld zunehmend ein. Von seiner rechten Hand konnte er lediglich Teile einzelner Finger erkennen. Er hatte das Gefühl, durch ein Kaleidoskop zu sehen. Ausgerechnet jetzt wurde er von einer Augenmigräne heimgesucht. Sowohl der Schlafmangel als auch der Stress der letzten Tage forderten ihren Tribut. Er musste schnellstmöglich das Auto irgendwo abstellen, wo es nicht sofort gefunden wurde. Im Rückspiegel tauchte zwei Autos hinter ihm das Blaulicht eines Streifenwagens auf. »Shit, die Bullen!«, knurrte er. Das hatte ihm gerade noch gefehlt. Nicht genug, dass er kurz zuvor beinahe mit einem entgegenkommenden Fahrzeug zusammengestoßen wäre. Was musste dieser dämliche Pick-up auch im Schneckentempo vor ihm herumtrödeln? Dann ertönte direkt hinter ihm die Sirene des Polizeifahrzeuges, was ihn zusammenzucken ließ und gleichzeitig einen Adrenalinschub durch den Körper jagte. Ehe er entscheiden konnte, was zu tun war, befand er sich mit dem Streifenwagen auf einer Höhe. Obwohl er seine Umwelt nur noch stückweise wahrnahm, gelang es ihm, den Wagen weit rechts zu halten, sodass das Einsatzfahrzeug problemlos an ihm vorbeifahren konnte. Auf keinen Fall durfte er die Aufmerksamkeit der Polizisten auf sich ziehen. Sein Plan ging auf. Der Streifenwagen überholte ihn und fuhr in rasantem Tempo davon. Vor Erleichterung begann er, lauthals zu lachen und schlug ein paar Mal hintereinander mit beiden Händen auf das Lenkrad. Schlagartig wurde er wieder ernst. Er musste schnellstens diesen Wagen loswerden, denn ein zweites Mal würde er mit an Sicherheit grenzender Wahrscheinlichkeit nicht ungeschoren davonkommen. Seine vorübergehende Sehstörung verschlimmerte sich, sodass er wie im Blindflug unterwegs war. Kurzerhand lenkte er das Auto in eine Sackgasse, wo er es abstellte, um seinen Weg zu Fuß fortzusetzen. Zuvor zog er den schwarzen Pullover aus und stopfte ihn in seinen Rucksack. Darunter trug er ein helles Poloshirt. Zusätzlich setzte er sich eine Baseballkappe auf. Nach diesem Outfit würde niemand suchen. Nach wenigen Minuten Fußmarsch wurde ihm zunehmend übel. Diese verdammte Migräne. Er musste sich so schnell wie möglich hinlegen. Danach klangen die Beschwerden in der Regel auch ohne Kopfschmerztabletten von selbst ab. Bis zu seiner Unterkunft waren es noch mindestens zwei Kilometer. Plötzlich erkannte er ein Fahrrad, das gegen einen Laternenpfahl gelehnt war. Am Lenker war eine Sonnenblume aus Plastik befestigt, deren gelbe Farbe von der Sonne bereits erheblich ausgeblichen war. Er wollte sie abreißen, was jedoch misslang, da sie jemand mit einem Kabelbinder befestigt hatte.

»Egal. Scheint wohl doch noch mein Glückstag zu werden«, stellte er mit einem Grinsen fest, als er kein Schloss entdeckte, mit dem das Vehikel gesichert war. Das Speichenschloss war vollkommen eingerostet und unbrauchbar.

Bei dem Rad handelte es sich zwar nicht um das neueste Modell, dennoch vermittelte es – soweit er es in seinem Zustand erkennen konnte – einen soliden und vor allem fahrtauglichen Eindruck. Daher nahm er das Fahrrad kurzerhand an sich und setzte damit seinen Weg fort. Ausgestattet mit Rucksack, Sonnenbrille und Baseballkappe auf dem Kopf wirkte er wie ein gewöhnlicher Tourist, der die Insel per Drahtesel erkundete. Niemand würde Verdacht schöpfen, allen voran diese Volltrottel von der Polizei, vor denen er unbehelligt entwischen konnte. Auf kürzestem Weg fuhr er zum Campingplatz in Wenningstedt, wo er seit einigen Tagen in einem in die Jahre gekommenen Wohnwagen Unterschlupf gefunden hatte. Der Besitzer hatte ihn ihm, ohne Fragen zu stellen, gegen einen angemessenen Geldbetrag für einige Wochen überlassen, da er ins Ausland gefahren war. Am Eingang des Campingplatzes stieg er von dem Rad ab und schob es am Rezeptionsgebäude und unzähligen Wohnwagen und -mobilen vorbei, bis er zu seiner Parzelle gelangte. Sie lag am Rand, von einer Seite geschützt durch Hecken und Sträucher. Das Fahrrad stellte er hinter dem Wohnwagen unter einer alten Plane ab, um es vor allzu neugierigen Blicken zu verbergen. Vielleicht würde es ihm ein weiteres Mal gute Dienste leisten, überlegte er. Im Inneren seiner Behausung war es stickig. Er öffnete das kleine Seitenfenster am Bett, das als einziges nicht klemmte, schmiss den Rucksack ans Fußende der Matratze und ließ sich anschließend bekleidet, wie er war, darauf fallen. Sein Kopf brauchte dringend eine Ruhepause. Er schloss die Augen und dunkelte sie zusätzlich ab, indem er das Kissen über das Gesicht legte. Nun galt es abzuwarten, bis die Lichtblitze endgültig verschwunden waren und er wieder normal sehen konnte. Wenn er Glück hatte, würden auch die Kopfschmerzen und die Übelkeit bald abklingen. Er spürte das Handy in seiner Hosentasche vibrieren, doch er machte keine Anstalten, das Gespräch entgegenzunehmen.

KAPITEL 13

Die Tür wurde derart schwungvoll aufgerissen, dass etliche Papiere wie aufgescheuchtes Federvieh wild durch den Raum flatterten.

»Wie wär's mit Anklopfen?«, rief Uwe verärgert und bückte sich nach den Unterlagen, während Nick das Fenster schloss. Dann sah er zur Tür. »Oh, Sie sind das.«

»Guten Morgen! Ich konnte ja nicht ahnen, dass Sie auf Durchzug geschaltet haben.« Amüsiert sah Staatsanwalt Achtermann erst zu Uwe und anschließend zu Nick. »Kleiner Scherz meinerseits«, fügte er hinzu, als zunächst keiner der beiden auf sein Wortspiel einging.

»Sehr witzig«, brummte Uwe verdrießlich und sortierte die Papiere in zwei Stapeln.

»Ich komme eben von einer Unterredung mit Ihrem neuen Dienststellenleiter, Peter Reimers. Sehr engagierter Mann. Ihm ist ebenso an einer schnellen Aufklärung der Fälle gelegen wie mir. Aufgrund der aktuellen Geschehnisse hielt ich es daher für dringend erforderlich, mir persönlich vor Ort ein Bild von der Lage zu machen und Sie mit allen mir zur Verfügung stehenden Mitteln zu unterstützen. Als Staatsdiener ziehen wir alle gemeinsam an einem Strang. Wir müssen mit aller Kraft dem Verbrechen entgegenwirken.« Erwartungsvoll blickte er in die Runde. Als abermals die erhoffte Bestätigung ausblieb, schwadronierte er ungerührt weiter: »Besteht zwischen dem Raubüberfall auf den Fahrradverleiher und dem Banküberfall ein Zusammenhang? Was meinen Sie? Liegen Ihnen hierzu erste Erkenntnisse vor?« Er hatte sich zwischenzeitlich den Besucherstuhl herangezogen und darauf Platz genommen.

»Das lässt sich zur jetzigen Zeit weder völlig ausschließen noch mit 100-prozentiger Sicherheit sagen. Bezüglich des Überfalls auf den Fahrradladen wissen wir bislang wenig, da noch nicht alle Ergebnisse der Kriminaltechnik vorliegen. Fest steht, dass auf das Opfer ein tödlicher Schuss abgegeben wurde. Die momentanen Hinweise auf den Täter oder die Täterin sind äußerst mager.« Uwe zuckte die Schultern.

»Zeugen?« Achtermann schürzte interessiert die Lippen.

»Die wenigen Zeugenaussagen, die uns vorliegen, sind teilweise widersprüchlich. Mit anderen Worten: Sie bringen uns nicht wirklich weiter.«

»Das ist außerordentlich bedauerlich. Aber vollkommen auszuschließen ist es nicht, dass ein Zusammenhang besteht. Oder sehen Sie das anders?« Der Staatsanwalt hatte die Beine übergeschlagen, wobei sein linker Fuß, der in einem nagelneuen dunkelblauen Budapester steckte, rhythmisch auf und ab wippte.

»Nein. Wie gesagt, fehlen uns bislang nähere Erkenntnisse, um eine Parallele abzuleiten. Wir stehen diesbezüglich mit der Kollegin Böel in engem Austausch«, eilte Nick seinem Kollegen zu Hilfe.

»Ist die Tatwaffe identifiziert worden, mit der das Opfer erschossen wurde?«

»Es handelt sich offensichtlich um eine Pistole, Kaliber neun Millimeter. Die Waffe selbst ist weder registriert noch wurde sie bislang gefunden. Ob bei dem Banküberfall dieselbe Waffe zum Einsatz kam, wird die ballistische Untersuchung klären«, musste Uwe zerknirscht zugeben.

»Im Fall des Banküberfalls liegen uns übereinstimmende Zeugenaussagen vor, nachdem der Täter gelbe Augen gehabt haben soll«, ließ Nick den Staatsanwalt wissen.

»Gelb? Wie bei einer Katze?«

»Bei der Augenfarbe handelt es sich mit größter Wahrscheinlichkeit um farbige Kontaktlinsen«, fügte Nick hinzu.

»Das denke ich auch, es sei denn, der Mann leidet unter einer ausgeprägten Gelbsucht.« Achtermann schüttelte ungläubig den Kopf. »Was bezweckt er damit?«

»Vermutlich wollte er auf Nummer sicher gehen und hat nicht nur sein Gesicht verdeckt, sondern auch die Augen. Vielleicht sollte es auch zusätzlich zur Abschreckung dienen. Was weiß ich, was in solch einem Kopf vorgeht?« Uwe war ebenso ratlos.

»Wir haben neben dem Opfer im Fahrradladen eine Art Zeichnung gefunden. Vermutlich wollte der Mann, bevor er verstorben ist, damit einen Hinweis geben.« Nick nahm den Ausdruck mit dem vergrößerten Foto zur Hand und reichte es Achtermann.

»Was soll das sein?« Stirnrunzelnd betrachtete er das Bild von allen Seiten, ohne zu einem Ergebnis zu gelangen.

»Wir glauben, es könnte sich um Buchstaben handeln.« Uwe beobachtete das Mienenspiel des Staatsanwaltes.

»Buchstaben? Nein, ich kann beim besten Willen keine Buchstaben erkennen. Das muss etwas anderes bedeuten.« Der Staatsanwalt gab Nick kopfschüttelnd den Ausdruck zurück.

»Sobald wir herausgefunden haben, was die Zeichnung bedeutet, lassen wir Sie es wissen.« Uwe war anzumerken, dass er es begrüßen würde, wenn der Staatsanwalt ginge und sie mit ihrer Arbeit ungestört fortfahren könnten.

»Darum bitte ich. Nun denn.« Achtermann schien sein Flehen erhöht zu haben, denn er schnellte nahezu aus seinem Sitz empor. »Wie gesagt, Sie können jederzeit mit meiner Unterstützung rechnen. Ich werde für die kommenden Tage auf der Insel bleiben. Sie wissen, wie Sie mich erreichen. Viel Erfolg!« Mit diesen Worten entschwand er genauso enthusiastisch, wie er aufgetaucht war. Lediglich eine intensive Wolke seines Aftershaves erinnerte an seine Anwesenheit.

»Der sprüht ja regelrecht vor Elan.« Nick zog amüsiert einen Mundwinkel nach oben.

»Der sprüht sich vor allem furchtbar ein! Boh, davon bekommt man Kopfschmerzen.« Uwe wedelte mit der Hand vor der Nase, während Nick das Fenster auf Kipp stellte. »Danke, Nick. Wahrscheinlich hat Achtermann in jüngster Vergangenheit eines dieser Motivationsseminare oder etwas in der Art absolviert. Der hat mir noch gefehlt. Als ob er uns bei der Aufklärung von Fällen jemals eine große Hilfe gewesen wäre. Reimers und er stacheln sich anscheinend gegenseitig an. Mal abwarten, bei wem als Erstes eine Stufe an der Karriereleiter bricht«, spottete Uwe und kramte nebenbei in einer Schreibtischschublade. Schließlich beförderte er eine Tüte mit Lakritzschnecken zutage und riss sie auf. »Bitte greif zu, Nick!«

»Lakritze ist nicht mein Ding, danke trotzdem«, lehnte der Kollege ab.

»Stimmt, das vergesse ich jedes Mal. Wie geht es Christopher und Anna? Haben sie sich von dem Schock erholt?« Uwe schob sich eine zweite Schnecke in den Mund.

»Sie haben den Vorfall erstaunlich gut weggesteckt. Anna ist wirklich eine unglaubliche Frau.« Nick legte eine Pause ein.

»Das ist sie in jeglicher Beziehung.«

»Wenn ich überlege, was alles hätte passieren können ...«

»Darüber solltest du besser nicht nachdenken«, unterbrach Uwe seinen Freund. »Ich finde, Achtermanns Idee, die beiden Fälle könnten in Zusammenhang stehen, ist gar nicht so weit hergeholt. Was meinst du?«

»Inwiefern? Kannst du das näher erläutern?«

»Na, zeitlich gesehen würde es passen. Die Überfälle haben nacheinander an unterschiedlichen Tagen und nicht zeitgleich stattgefunden. Dazu kommt, dass beide Tatorte in Westerland liegen. Der Täter könnte sich einen Radius gesteckt haben, in dem er agiert.«

»Möglich. Darüber hinaus wissen wir, dass es sich in beiden Fällen um eine männliche Person handelt«, knüpfte Nick an Uwes Theorie an.

»Konnte die Geisel ... Jetzt ist mir der Name entfallen.« Uwe suchte den Schreibtisch nach seinen Notizen ab. Dabei stieß er ein Glas mit schokoladeüberzogenen Haselnüssen um, die daraufhin über die gesamte Arbeitsfläche kullerten. »Mist! Die Dinger kann ich ohnehin nicht leiden. Ein Geschenk von Frau Schneider.«

»Deiner neuen Verehrerin aus der Personalabteilung?« Nick griente.

»Ach, Blödsinn!« Uwe winkte ab. »Wo war ich stehen geblieben?«

»Der Name der Geisel lautet Katharina Braunert.«

»Richtig. Konnte Frau Braunert detaillierte Angaben zum Täter machen?«

»Nichts, was wir nicht ohnehin schon wissen. Ich habe gestern Abend lange mit ihr über die Sache gesprochen.«

»Gestern Abend?«

»Sie hat bei uns übernachtet«, erklärte Nick zu Uwes Überraschung.

»Du beherbergst eine Zeugin bei euch zu Hause?« Uwe glaubte im ersten Moment, sich verhört zu haben. »Nick, ich weiß nicht, ob das besonders schlau war.«

»Jetzt mach' mal keinen Staatsakt daraus. Sie ist ein Opfer und nicht der Täter«, rechtfertigte sich der Kollege prompt.

»Trotzdem, Nick.«

»Ich habe nur zugestimmt, weil Anna mich ausdrücklich darum gebeten hat. Und das nur zähneknirschend. Zufrieden?« Nick verzog gequält den Mund. »Auf ihrer Flucht ist ihre Tasche im Wagen geblieben. Folglich hatte sie weder Geld noch Papiere noch Schlüssel noch …«

»Ist ja schon gut, ich hab's verstanden. Wenn Tina mich darum gebeten hätte, hätte ich mich vermutlich auch breitschlagen lassen. Das behalten wir aber schön für uns, Achtermann muss nicht unbedingt etwas davon erfahren und Reimers erst recht nicht. Dem traue ich nicht über den Weg, frag mich nicht, warum.« Uwe stieß einen lang gezogenen Seufzer aus und griff abermals beherzt in den Beutel mit den schwarzen Schnecken. »Ist Frau Braunert wirklich nichts aufgefallen? Keine besonderen Merkmale? Hat der Kerl eventuell mit Akzent gesprochen oder trug er eine auffällige Tätowierung? Irgendetwas muss ihr doch aufgefallen sein, immerhin saß sie eine Weile neben ihm im Auto.«

»Ihre Beschreibung deckt sich mit den Aussagen der anderen Zeugen. So viel weiß ich von der Kollegin Böel. Laut Frau Braunert hat der Täter kaum mit ihr gesprochen. Wir dürfen nicht vergessen, dass sie enorm unter Stress stand und sich deshalb verständlicherweise nicht an alle Einzelheiten erinnern kann. Sein Gesicht konnte sie aufgrund der Maskierung leider nicht erkennen bis auf die markante Augenfarbe.«

»Das ist wirklich mal eine schräge Idee.« Nachdenklich kaute Uwe auf einer Lakritzschnecke herum, als er plötzlich heftig zu husten begann. Tränen stiegen ihm in die Augen.

»Kann ich dir helfen?« Nick warf Uwe einen besorgten Blick zu.

»Geht schon wieder!«, röchelte dieser und wischte sich die Tränen von den Wangen.

»Wird dir nicht schlecht von dem vielen süßen Zeug?«

Nick deutete zu der Tüte, in der nur noch wenige Schnecken aneinanderklebten. »Zu viel davon soll schlecht für den Blutdruck sein, habe ich mal gehört.«

»Ist ja schon gut! In puncto Essen kannst du manchmal echt eine Spaßbremse sein, Nick.« Uwe packte die Tüte und ließ sie in einer der Schreibtischschubladen verschwinden. »Bist du nun zufrieden?«

Nick streckte den rechten Daumen in die Luft.

»Zurück zu dem Bankräuber. Was ist mit Anna? Ich meine, ihr entgeht normalerweise nicht die geringste Kleinigkeit. Ist ihr nichts aufgefallen, worauf die anderen nicht geachtet haben?«

»Fehlanzeige. Sie war in erster Linie um Christopher besorgt, daher galt ihre Aufmerksamkeit weniger dem Bankräuber, was man ihr nicht verübeln kann.«

»Verständlich. Ich dachte bloß.«

Für die nächsten Sekunden herrschte nachdenkliches Schweigen.

»Im Grunde betrifft uns der Fall nicht direkt. Trotzdem werde ich mich mit der Kriminaltechnik in Verbindung setzen. Vielleicht können die uns inzwischen mehr zu der Waffe sagen, mit der der Fahrradhändler erschossen wurde. Falls es sich dabei um dieselbe handelt wie bei dem Banküberfall, hätten wir es vermutlich mit ein und demselben Täter zu tun oder es gäbe zumindest eine Verbindung zwischen beiden Taten«, beschloss Uwe und griff zum Telefonhörer.

KAPITEL 14

»Vielen Dank für alles, Anna! Ich weiß nicht, wie ich das jemals gutmachen kann. Mein Dank gilt auch deinem Mann. Das war nicht selbstverständlich, schließlich kanntet ihr mich nicht.« Ihr Gesichtsausdruck strahlte Dankbarkeit aus.

»Das haben wir gern gemacht«, erwiderte ich, als ich Katharina an der Haustür verabschiedete. Das Taxi wartete mit laufendem Motor. »Melde dich, wenn du Hilfe brauchst.«

»Darf ich mich auch ohne speziellen Grund melden?« Sie grinste.

»Natürlich! So meinte ich das nicht.«

»Das weiß ich doch. Also, danke noch mal und viele Grüße auch an Piet, wenn du ihn das nächste Mal sprichst!« Dann stieg sie in das Taxi, das sie nach Westerland zum Bahnhof bringen sollte.

Ich hatte kaum die Haustür geschlossen, als das Telefon klingelte.

»Moin, Piet! Das ist ein Zufall, eben haben wir von dir gesprochen«, begrüßte ich meinen Geschäftspartner.

»Moin, Anna! Du redest über mich? Ich hoffe nur Positives.« Ich konnte ihn am anderen Ende lachen hören.

»Zweifellos positiv! Ich soll dir schöne Grüße von Katharina ausrichten. Sie ist eben zum Bahnhof gefahren«, ließ ich ihn wissen.

»Sie reist ab?« Die Tatsache schien ihn zu verwundern.

»Sie dürfte in Kürze im Zug sitzen. Weil ihre Tasche samt Inhalt im Wagen des Bankräubers zurückgeblieben ist, will sie nach Hause fahren und sich um neue Ausweispapiere kümmern.«

»Den Wagen und die Tasche hat der Täter sicher längst irgendwo verschwinden lassen. Aber weswegen ich anrufe«, wechselte er das Thema. »Ein Herr Wienberg von der Gemeinde hat mich vorhin angerufen. Er sagte, er wäre dir noch eine Rückmeldung schuldig.«

»Oh, prima! Ich hatte befürchtet, er hätte mich vergessen«, scherzte ich. »Kann er den vereinbarten Termin halten?«

»Ich fürchte, du wirst nicht begeistert sein.«

»Wieso?« Für einen Augenblick stutzte ich. »Verzögert sich das Ganze etwa ein weiteres Mal?«

»Schlimmer.« Piet klang bedrückt.

»Was heißt das? Bitte, Piet, sprich Klartext!«, forderte ich ihn ungeduldig auf.

»Das heißt, der Deal ist geplatzt.«

»Geplatzt? Wir bekommen die Steine nicht?«

»Jepp, das heißt es.«

»Das darf nicht wahr sein! Wo sollen wir denn auf die Schnelle neue Granitsteine herbekommen? Herr Wienberg hat mir die Steine fest zugesagt! So ein …« Ich hatte Mühe, nicht ausfallend zu werden. Der Mitarbeiter der Inselverwaltung hatte mir die Steine vor Wochen fest zugesagt. Sie waren bei einem größeren Bauvorhaben übrig geblieben, und er war froh, in uns einen Abnehmer gefunden zu haben. Herr Wienberg war nicht müde geworden zu betonen, wie dankbar er wäre, dass wir ihm die ursprünglich zu viel bestellten Steine abnehmen würden. Darüber hinaus hatten wir uns auf einen für beide Parteien akzeptablen Preis geeinigt. Und nun zog er sein Angebot überraschend zurück.

»Schimpf nicht mit mir, ich kann nichts dafür«, erwiderte Piet beschwichtigend.

»Entschuldige. So was regt mich maßlos auf.«

»Das stelle ich gerade fest.«

»Wenn wir die Steine neu bestellen, erhöht sich der Gesamtpreis gewaltig, und den Fertigstellungstermin können wir auch nicht halten. Wie soll ich das dem Kunden beibringen? Hat er gesagt, was er mit dem Granit vorhat? Das würde mich wirklich interessieren. Da wurde mit Sicherheit gemauschelt.«

»Nein, das hat er nicht. Das ändert sowieso nichts. Wir werden uns wohl oder übel um Ersatz bemühen müssen.« Ich konnte hören, wie Piet resigniert ausatmete.

»Sieht ganz danach aus. Ich hätte trotzdem zu gern gewusst, weshalb er seine Meinung plötzlich geändert hat.«

»In diesem Fall fragst du ihn am besten selbst.«

Das Gespräch mit Piet war gerade beendet, als das Telefonat erneut klingelte. Meine Freundin Britta.

»Anna! Gut, dass ich dich endlich erreiche! Es war ständig besetzt.«

»Hallo, Britta! Ich habe mit Piet telefoniert. Was ist los? Du klingst aufgeregt.«

»Aufgeregt? Ich bin so was von stinksauer! Dieser aufgeblasene, arrogante Eike Bleicken, von dem wir das Grundstück für mein Café gekauft haben, will plötzlich alles rückgängig machen!«

»Was meinst du mit ›alles rückgängig machen‹?«

»Er will vom Vertrag zurücktreten und das Grundstück zurückhaben.«

»Meines Wissens geht das nicht so einfach. Vertrag ist Vertrag. Im Übrigen fällt ihm das reichlich spät ein. Der Verkauf ging doch schon vor einer ganzen Weile über die Bühne«, wandte ich ein.

»Genauso ist es. Schließlich können wir nicht alles wieder abreißen, was bereits gebaut wurde. Ich habe keine Ahnung, wie er sich das gedacht hat. In dem Projekt steckt neben einem Haufen Geld ebenso viel Arbeit.« An der Art ‚wie Britta die Worte sprach, erkannte ich, dass sie mit den Tränen kämpfte.

»Und sehr viel Herzblut. Wie sieht Jan die Sache?«

»Er will sich bei unserem Anwalt schlau machen. Er glaubt auch nicht, dass Eike eine Chance hat, mit der Forderung durchzukommen, aber wir sollten auf jeden Fall vorbereitet sein.«

»Das halte ich für eine gute Idee. Der Anwalt weiß, was in diesen Fällen zu tun ist. Wozu schließt man Verträge? Bestimmt nicht, um es sich nach Lust und Laune anders zu überlegen«, sprach ich ihr Mut zu.

»So sollte es jedenfalls sein. Ach, Anna, ich wünschte, irgendetwas würde mal glattlaufen. Mir liegt noch immer die Sache mit dem toten Journalisten und dem Sternekoch schwer im Magen.« Brittas Seufzer kam aus tiefstem Herzen. »Und bei dir? Läuft alles nach Plan?«

»Im Großen und Ganzen kann ich nicht klagen, allerdings habe ich eben erfahren, dass mir eine zugesicherte Lieferung Granitsteine durch die Lappen gegangen ist. Ich bin stinksauer.« Daraufhin schilderte ich meiner Freundin in knappen Sätzen, was vorgefallen war.

»Das ist tatsächlich nicht die feine Art. Wer weiß, was die unter der Hand gemauschelt haben. Nach dem Motto: Eine Hand wäscht die andere.«

»Das habe ich zu Piet auch gesagt, denn anders kann ich mir den plötzlichen Sinneswandel nicht erklären. Spekulieren bringt uns an dieser Stelle allerdings keinen Schritt weiter. Ich werde es akzeptieren müssen, denn rechtlich gesehen habe ich diesbezüglich nichts in der Hand. Anders als in eurem Fall, da existiert ein Vertrag. Jetzt muss ich dem Kunden bloß erklären, dass der ganze Spaß teurer wird, als ursprünglich geplant. Von der voraussichtlich wochenlangen Lieferzeit ganz zu schweigen. Material zu bekommen, gestaltet sich momentan äußerst schwierig. Besonders begeistert wird er nicht sein.«

»Wäre ich an seiner Stelle auch nicht. Was für ein blöder Tag!« Brittas Laune befand sich nach wie vor auf einem Tiefpunkt.

»Bleibt es bei morgen?«, versuchte ich, das Gespräch in eine andere Richtung zu lenken.

»Morgen?«

»Na, das *Ringreiten* in Archsum«, half ich ihrer Erinnerung auf die Sprünge.

»Na klar. Ich hoffe, Jan lässt diesen aufgeblasenen Bleicken junior richtig alt aussehen. Am liebsten würde ich ihn höchstpersönlich mit seiner Lanze aufspießen.«

»Britta! So gewaltbereit kenne ich dich gar nicht. Muss ich mir ernsthafte Sorgen machen?« Ich musste lachen, weil ich Britta unter normalen Umständen als einen äußerst friedliebenden Menschen kannte, der niemandem auch nur ein Haar krümmen konnte.

Sie stimmte in mein Gelächter ein. »Nein, natürlich nicht. Aber bei dem Gedanken geht es mir gleich besser.«

»Wann und wo treffen wir uns?«, wollte ich von meiner Freundin wissen.

»Um 13 Uhr geht es los. Da der Festplatz relativ übersichtlich ist, können wir uns quasi nicht verfehlen. Wenn ihr uns nicht gleich findet, sitzen wir entweder im Zelt neben dem Getränkeausschank oder direkt am *Ringreiter*-Areal.«

»Okay, wir halten die Augen offen.«

»Prima, dann bis morgen!«

»Ich freue mich. Und Britta ...«

»Ja?«

»Mach dir keine Sorgen. Das wird schon!«

»Dass du mich aufmuntern musst, kommt eher selten vor.« Sie lachte.

KAPITEL 15

Arne Rodenbek hatte vor wenigen Minuten eine Kundin verabschiedet und war im Begriff, die zur Ansicht herausgenommenen Schmuckstücke zurück in die Vitrinen zu legen, als die Glocke über der Ladentür ertönte. Er hielt inne und sah auf.

»Julian! Mit dir habe ich am allerwenigsten gerechnet«, kommentierte er das Erscheinen seines Sohnes und widmete sich wieder seiner Arbeit.

»Hi«, brummte dieser und schloss die Tür hinter sich, bevor er zögerlich, die Schultern hochgezogen, beide Hände in den Hosentaschen vergraben, näherkam.

»Du bist vermutlich nicht gekommen, um dich für dein Verhalten von heute Mittag zu entschuldigen. Oder? Falls du hier sein solltest, um mich nach Geld zu fragen, hättest du dir den Weg getrost sparen können. Wie ich bereits betonte, der Geldhahn ist dicht. Deine Mutter und ich mussten hart arbeiten, um das zu erreichen, was wir erreicht haben.« Er machte eine ausladende Armbewegung und sah sich in dem Raum um. »Oder glaubst du, das alles wurde uns in den Schoß gelegt? Ganz bestimmt nicht.« Er deponierte eine goldene, mit Granatsteinen bestückte Halskette in einen gläsernen Schaukasten. Die dunkelroten Edelsteine funkelten im Kunstlicht.

»Klar, in deinem Leben dreht sich alles nur um diesen Scheißladen!«, presste Julian wütend hervor.

»Dieser Scheißladen, wie du ihn nennst, hat dir bislang ein sehr komfortables Leben ermöglicht«, konterte Arne Rodenbek gereizt.

»Bei dir geht es immer nur ums Geld«, schleuderte Julian seinem Vater entgegen.

»Ach, und bei dir nicht? Interessant. Dann erzähl mir, was dich umtreibt. Vielleicht verstehe ich dich dann endlich.«

»Als ob dich das wirklich interessieren würde. In deinen Augen bin ich bloß ein Versager, nur weil ich eines Tages nicht als elender Spießer enden will!«

Rodenbek erwiderte daraufhin nichts. Seine Mimik ließ darauf schließen, dass er kurz davorstand, endgültig die Beherrschung zu verlieren. Seine Halsschlagadern traten deutlich hervor, die Kiefermuskeln waren angespannt.

»Ich weiß echt nicht, wie Mama es mit dir aushalten kann. Kein Wunder, dass sie ...«

»Dass sie was?« Arne Rodenbek kam hinter einem der Schaukästen hervor und ging langsam auf seinen Sohn zu. Seine Augen verengten sich zu Schlitzen.

»Vergiss es! Ich komme auch ohne deine beschissene Kohle klar! Schließlich habe ich Freunde, die zu mir halten.«

»Wir haben ja gesehen, wohin dich deine Freunde bislang gebracht haben.«

Julians Lippen zitterten. Er hatte Mühe, den wachsenden Zorn unter Kontrolle zu behalten. Ohne einen weiteren Kommentar abzugeben, machte er auf dem Absatz kehrt und stürmte aus dem Laden.

»Julian! Komm sofort zurück!«, rief ihm sein Vater nach, jedoch ohne Erfolg.

Er stöhnte auf. Im Nachhinein taten Arne Rodenbek seine Worte leid. Der Junge besaß das Talent, ihn regelmäßig derart zu reizen, dass er am Ende die Nerven verlor. Er hatte seine Augen starr auf die Tür gerichtet, obwohl sein Sohn längst aus seinem Blickfeld verschwunden war. Ein Gefühl der Hilflosigkeit ergriff von ihm Besitz. Niedergeschlagen begab er sich in das angrenzende Büro vor den Computer, um sich den angefallenen Rechnungen und Bestellungen zu widmen, den Verkaufsraum stets im Blick. Schnell musste er feststellen, dass ihm für die Büroarbeiten die erforderliche Konzentration fehlte. Ständig schweiften seine Gedanken zu seinem Jungen. Er versuchte zu ergründen, an welchem Punkt sowohl Hanne als auch er den Zugang zu ihm verloren hatten. Was hatten sie als Eltern falsch gemacht? Konnte man überhaupt von einem Fehler sprechen? Darüber hinaus quälte ihn ein weiterer Gedanke. Wie war Julians Anspielung in Bezug auf Hanne zu deuten? Was war kein Wunder? Julian hatte den Satz in der Luft hängen lassen. Hatte Hanne womöglich eine heimliche Affäre? Nein, das konnte er sich beim besten Willen nicht vorstellen, zumal ihm in der letzten Zeit keine Veränderung an ihr aufgefallen war. Rodenbek war überzeugt, dass Julian mit der Äußerung einzig und allein bezweckte, ihn zu verunsichern und gegen seine Frau auszuspielen. Rückblickend betrachtet wäre es nicht das erste Mal, dass er versucht hatte, einen Keil zwischen seine Eltern zu treiben. Das Klingeln der Glocke an der Ladentür unterbrach seine Gedanken. Er musste sich um die Kundschaft kümmern. Kraftlos erhob er sich von seinem Stuhl und schlurfte in den Verkaufsraum.

»Guten Tag, was kann ich für Sie tun?«, sprach er die

Person an, die vor einer Vitrine stand, hinter deren Glasscheibe eine Reihe hochwertiger Armbanduhren präsentiert wurde.

Rodenbek erhielt keine Antwort. Daher räusperte er sich und machte einige Schritte auf den Kunden zu. In diesem Augenblick drehte sich der zu ihm um. Dem Juwelier stockte der Atem, als er in den Lauf einer Waffe und zwei gelbe Augen blickte.

Zwei Streifenwagen standen direkt vor dem Juweliergeschäft. Das eingeschaltete Blaulicht hatte etliche Neugierige angelockt, die bei dem sommerlichen Wetter in den Straßen Kampens unterwegs waren.

»Wurde das Geschäft überfallen?«, rief ein Passant in kurzer Hose, Sandalen und beiger Weste beim Überqueren der Straße einer Streifenpolizistin zu, die ihm jedoch keine Beachtung schenkte, sondern mit eiligen Schritten im Ladengeschäft verschwand. Durch ein rot-weiß gestreiftes Absperrband war der Zugang zu dem Gebäude weiträumig abgeriegelt worden.

Dieser Umstand hielt den Mann allerdings nicht davon ab, bis vor die Eingangstür vorzudringen und den Kopf neugierig ins Innere des Ladens zu stecken. Seine Partnerin stand auf der gegenüberliegenden Straßenseite und versuchte mehrfach, ihn zurückzurufen. Ihr Verhalten signalisierte deutlich, dass sie das Handeln ihres Begleiters missbilligte.

»Wilfried, komm her! Was machst du denn da? Das ist verboten!«

Jegliche Bemühungen liefen jedoch ins Leere. Christof Paulsen kam aus dem Laden und wäre um Haaresbreite mit dem Passanten zusammengestoßen.

»Was machen Sie hier?«, fragte er irritiert.

»Ist der Juwelier überfallen worden? Ich habe vor Kurzem dort einen Ring für meine Lebensgefährtin gekauft.« Eine Spur Stolz schwang in seiner Stimme mit.

»Und? Das berechtigt Sie noch lange nicht, eine polizeiliche Absperrung zu überwinden. Was glauben Sie, wofür wir das machen«, blaffte Christof ungehalten zurück.

»In welchem Ton reden Sie eigentlich mit mir? Als Steuerzahler habe ich ein Recht zu erfahren ...«, empörte er sich.

»Hören Sie, erstens darf ich Ihnen keine Auskunft geben, und zweitens fordere ich Sie auf, sich unverzüglich hinter die Absperrung zu begeben.« Christof drängte den Mann freundlich, aber bestimmt vorwärts, bis er sich unter dem Plastikband hindurchbückte.

Dann ging er zum Wagen und öffnete die Heckklappe, als sich der Mann abermals zu Wort meldete.

»Und wenn ich etwas beobachtet habe?«

Christof drehte sich zu ihm um. »Was genau haben Sie denn gesehen?«

»Nichts, aber ich hätte etwas beobachtet haben können«, betonte er explizit. »In diesem Fall wäre Ihnen unter Umständen eine wichtige Zeugenaussage entgangen.«

»Wie bitte?« Der Beamte starrte sein Gegenüber fassungslos an.

»Sie haben mich fortgeschickt, ohne sich im Vorfeld Gewissheit darüber verschafft zu haben, ob ich gegebenenfalls sachdienliche Hinweise hätte geben können. Hat man Ihnen das auf der Polizeischule so beigebracht?«

Christof holte tief Luft, bevor er zu einer Antwort ansetzte. »Was wollen Sie eigentlich? Wenn Sie etwas beobachtet haben, dann sagen Sie es bitte, ansonsten würde ich Sie bitten, uns unsere Arbeit machen zu lassen. Ich fasse es nicht«, murmelte er und wandte sich wieder seiner Arbeit zu.

»Wer war der Mann, und was wollte er?«, erkundigte sich Klara Böel bei ihrem Kollegen.

»Gar nichts. Bloß so ein aufgeblasener Wichtigtuer, der uns erzählen will, wie wir zu arbeiten haben.«

»Vielleicht ein Kollege im Ruhestand«, mutmaßte sie.

»Mir egal«, erwiderte Christof übellaunig und entfernte sich.

Dann wandte sich Klara Böel dem Geschäftsinhaber zu.

»Herr Rodenbek, können Sie uns eine nähere Täterbeschreibung geben?«

Arne Rodenbek hatte sich mittlerweile draußen auf der weißen Friesenbank vor seinem Laden niedergelassen und trank einen Schluck aus einer Wasserflasche, während die Kriminaltechnik drinnen akribisch nach Spuren suchte. Seine Hände zitterten, auf seinem hellblauen Hemd zeichneten sich Schweißflecken unter den Achseln ab.

»Alles, was ich weiß, habe ich bereits Ihren Kollegen gesagt.« Er fuhr sich mit der Hand über das Gesicht.

»Sie haben das Gesicht des Täters also nicht erkennen können? Gab es eventuell weitere Auffälligkeiten?« Klara Böel fixierte den Geschäftsmann.

»Nein, wie oft soll ich das noch betonen. Das einzig Auffällige waren diese gelben Augen. Im ersten Moment habe ich mich richtig erschrocken und bin ein Stück zurückgewichen. Damit rechnet doch niemand.«

»Das ist in der Tat äußerst ungewöhnlich, da stimme ich Ihnen zu. Der Täter kam also in den Laden, und dann? Befand sich zu diesem Zeitpunkt außer Ihnen noch jemand im Geschäft?«

Rodenbek schüttelte verneinend den Kopf. »Ich war allein und habe hinten im Büro gearbeitet. Wenn gerade keine Kundschaft da ist, nutze ich diese Zeit, um Büroarbeiten zu erledigen«, erläuterte er. »Als die Türglocke ertönte, bin ich zurück in den Verkaufsraum gegangen. Er stand mit dem Rücken zu mir vor einer der Vitrinen. Im ersten Augenblick wirkte er wie ein normaler Kunde, der sich ein bisschen umsieht. Ich habe ihn angesprochen, doch er hat zunächst nicht reagiert.«

»Was ist anschließend passiert?« Klara Böel notierte die Aussagen mithilfe ihres Tablets.

»Ich bin auf ihn zugegangen. Daraufhin hat er sich sofort zu mir umgedreht und ...«, der Juwelier schluckte, »... ich blickte in den Lauf einer Pistole.«

»Hat er mit Ihnen gesprochen? Können Sie seine Stimme beschreiben? Sprach er tief oder mit Akzent?« Klara Böel war bemüht, möglichst viele Details in Erfahrung zu bringen.

»Nein, er hat lediglich auf die einzelnen Vitrinen gezeigt.«

»Die Sie ihm daraufhin geöffnet haben?« Arne Rodenbek bestätigte die Frage der Beamtin mit einem Kopfnicken. »Ich wäre Ihnen dankbar, wenn Sie uns so schnell wie möglich eine Liste der geraubten Schmuckstücke zukommen lassen könnten.«

»Natürlich. Ich muss den Schaden ohnehin der Versicherung melden. Benötigen Sie weitere Unterlagen?«

»Danke, momentan nicht. Das wär's erst mal.« Klara Böel lächelte ihn freundlich an und war im Begriff zu gehen, als sie mitten in der Bewegung stoppte und sich erneut dem Juwelier zuwandte. »Ach, eine Frage hätte ich noch, Herr Rodenbek.«

»Ja?«

»Ihr Geschäft verfügt doch bestimmt über eine Überwachungskamera. Könnten Sie uns die Aufnahmen zur Verfügung stellen, damit wir sie für den Zeitraum des Überfalles auswerten können? Das würde uns die Arbeit außerordentlich erleichtern.«

Arne Rodenbek zögerte einen Moment, bevor er mit

zerknirschter Miene verlauten ließ: »Das tut mir leid, die Kamera ist seit zwei Wochen defekt. Ich warte dringend auf ein Ersatzteil. Der Techniker wollte in den nächsten Tagen damit vorbeikommen und es einbauen. Aber anscheinend kommt es aktuell zu Lieferschwierigkeiten.«
»Hm, wie ärgerlich.«
»Das ist es tatsächlich. Ausgerechnet jetzt.« Er zuckte mit den Schultern und setzte dann abermals die Wasserflasche an die Lippen.

KAPITEL 16

Nachdem am Vormittag wiederholt kräftige Schauer, begleitet von heftigen Windböen, über der Insel niedergegangen waren, hatte sich das Wetter wieder beruhigt, und die Sonne gewann die Oberhand. Nur der teils lebhafte Nordwind war geblieben und trieb vereinzelte Wolken vor sich her. Die Temperaturen pendelten sich auf einem für norddeutsche Verhältnisse sommerlichen Niveau ein.
»Nick? Bist du so weit? Wir müssen los!«, rief ich.
»Komme!«
Ich konnte ihn die hölzernen Treppenstufen nach unten laufen hören.
»Nehmen wir die Hunde mit?«, fragte er mit Blick auf

unsere beiden Vierbeiner, die erwartungsvoll nebeneinander auf der Fußmatte saßen.

»Na klar!«, sagte ich und legte ihnen die Halsbänder an.

Wir hatten uns Anfang des Jahres ein Lastenfahrrad zugelegt, das sowohl Christopher als auch den beiden Hunden bei längeren Fahrradtouren genügend Platz bot. Mittlerweile hatten wir uns angewöhnt, kleinere Besorgungen vermehrt mit diesem Vehikel zu erledigen und das Auto stehen zu lassen. Wir fuhren die knapp drei Kilometer lange Strecke durch die Felder nach Archsum. An der Dorfwiese angekommen, schlossen wir die Räder ab und machten uns auf die Suche nach unseren Freunden. Es dauerte nicht lange und Britta hatte uns erspäht.

»Anna! Nick! Hier sind wir!«, rief sie quer über den Platz und winkte uns eifrig zu sich. Jans Schwester Wiebke sowie seine Eltern waren ebenfalls mit von der Partie.

»Schön, dass ihr da seid! Wir haben euch extra einen Platz freigehalten.« Sie zeigte auf die beiden weißen Kunststoffstühle neben ihr.

»Moin! Da ist die Familie ja nahezu vollzählig!«, stellte ich mit Blick in die Runde fest.

»Nicht ganz, ein paar fehlen dann doch«, lachte Wiebke und umarmte mich herzlich. Im Anschluss waren Nick und Christopher an der Reihe.

»Was hast du da?«, fragte Christopher und zeigte auf den Gipsverband an ihrem Arm.

»Ich habe mir den Arm gebrochen und muss diesen Verband tragen, damit die Knochen wieder zusammenwachsen können«, erklärte sie ihm bereitwillig.

»Tut das weh?«, wollte er wissen und berührte den Verband behutsam mit dem Zeigefinger.

»Am Anfang schon, jetzt nicht mehr. Manchmal juckt es darunter ein bisschen.«

Mit dieser Antwort schien er zufrieden zu sein, denn er hatte seine Aufmerksamkeit längst auf ein Pferd gerichtet, das unweit von uns frisches Gras zupfte.

»Britta hat erzählt, dass du dich verletzt hast.« Mitfühlend betrachtete ich ihren rechten Arm.

»Ja, ausgerechnet jetzt. Ich könnte mich schwarzärgern.« Sie zog eine Grimasse.

»Jan wird eure Familie gebührend vertreten, wenn auch nicht in der Damenmannschaft«, entgegnete ich, worauf Jans Mutter Edda amüsiert grinste.

»Wo steckt unser Lokalmatador?« Nick hielt zwischen den Reitern und Pferden Ausschau nach Jan.

»Er steht dort hinten! Der Reiter, der bei dem schwarzweißen Schecken steht.« Britta zeigte auf die gegenüberliegende Seite.

»Schickes Pferd«, stellte ich fest. »Jan sieht übrigens stattlich aus, so festlich uniformiert.«

»Ich hole uns erst mal etwas zu trinken«, schlug Nick vor. »Seid ihr alle versorgt oder kann ich etwas mitbringen?«

»Ich will auch was trinken!«, meldete Christopher Protest an, nachdem wir Nick unsere Getränkewünsche mitgeteilt hatten.

»Natürlich, wir vergessen dich doch nicht! Willst du mitkommen? Du kannst mir tragen helfen?« Christopher nickte eifrig und griff nach der Hand seines Vaters.

»Ich begleite euch!« Enno Hansen schloss sich den beiden auf dem Weg zum Getränkeausschank an.

Mir wurde warm ums Herz, als ich Nick und Christopher nachsah, wie sie nebeneinanderher marschierten.

»Herzallerliebst die beiden«, bemerkte Britta versonnen. »Wenn ich daran denke, als Ben und Tim in dem Alter waren. Wo ist bloß die Zeit geblieben?« Sie stieß einen Seufzer aus.

»Das frage ich mich manchmal auch. Nicht mehr lange, und er kommt in die Schule.«

Eine Lautersprecherdurchsage holte uns aus unserer sentimentalen Blase zurück ins Hier und Jetzt.

»Gleich geht's los! Ich bin richtig aufgeregt!« Britta richtete sich kerzengerade auf und blickte gespannt auf die Reiter, die sich nach und nach in die Sättel schwangen und mit ihren Lanzen bewaffneten.

»Kannst du mir kurz erklären, was gleich passieren wird? Ich fürchte, ich benötige etwas Nachhilfe in dieser speziellen nordfriesischen Tradition.«

»Gerne, Anna! Wie du siehst, ist das abgesteckte Wettkampfareal in zwei Bahnen unterteilt.« Sie deutete auf die hüfthohen braunen Metallrohre, die ringsherum gesteckt worden waren und um die Weidelitze gespannt war. »Auf jeder Bahn ist zwischen den beiden Pfosten ein Seil gespannt, an dem mittig ein Ring hängt. Das Ganze bezeichnet man als Galgen«, ließ mich meine Freundin wissen.

»Der Ring ist ganz schön klein, finde ich.«

»Das ist ja das Schwierige an der Sache. Pass auf, der erste Reiter startet!«

Gespannt richteten wir unser Augenmerk auf einen Reiter mit rotem Jackett, der im Galopp dicht ans uns vorbeipreschte, die Lanzenspitze konzentriert auf den Ring gerichtet.

»Ah, knapp vorbei!«, rief Britta.

Ein Raunen ging durch die Menge.

»Muss man zwingend galoppieren?«, erkundigte ich mich.

»Ja, sonst zählt die Runde nicht. Es gibt mehrere Runden, in denen die Reiter um einen Preis reiten. Wer zuerst drei Ringe holt, gewinnt die Runde.«

»Dann kann man theoretisch mehrmals gewinnen?«

»So ist es. Allerdings wird der Schwierigkeitsgrad jedes Mal erhöht. Du musst dann fünf Ringe treffen, um als Sieger der Runde hervorzugehen. Im Verlauf des Wettkampfes werden die Ringe auch immer kleiner. Der Kleinste misst lediglich zwölf Millimeter und wird auch als Königsring bezeichnet.«

»Puh, ich weiß nicht, ob ich mir das alles merken kann!«, gab ich mit einem Stöhnen zurück.

Nun trieb abermals einer der Reiter sein Pferd an und galoppierte auf den Galgen zu. Er legte die Lanze an und fixierte sein Ziel. Als er es passiert hatte, steckte der kleine Ring vorne auf der Lanze, was mit begeisterten Rufen und Applaus des Publikums honoriert wurde.

»Opa wird König!«, rief ein kleines Kind, hopste auf der Stelle und klatschte vor Begeisterung in die Hände.

Der Reiter ließ den Ring von der Lanze auf den Boden gleiten, wo er von einem Jungen aufgehoben und erneut am Galgen befestigt wurde.

»Zählt jemand mit, wie viele Ringe jeder Reiter aufspießt?«, fragte ich, während ich dem nächsten Teilnehmer bei dem Versuch, den kleinen Ring zu treffen, zusah.

»Natürlich. Die sogenannten Ringschreiber protokollieren ganz akribisch, damit alles seine Ordnung hat. Einer sitzt gleich hier. Siehst du?« Britta zeigte auf eine Art Zelt direkt am Rand des Wettkampfareals.

Ich beugte mich leicht vor, konnte aber kein Gesicht erkennen, da das Zelt teilweise von Lautsprecherboxen verdeckt wurde.

»Und da drüben sitzt der andere. In dem Geländewagen dort!« Sie deutete auf die gegenüberliegende Seite.

»Aha.«

»Am Ende eines Wettkampftages wird das *Königsreiten* ausgetragen. Dem Reiter mit den meisten Königsringen wird am Ende die Königswürde verliehen. Das ist im Grunde schon alles«, erklärte Britta abschließend.

»Ich finde das ziemlich kompliziert«, stellte ich fest.

»Ach, so komplex ist das gar nicht. Bis zum nächsten Jahr hast du das drauf.«

»Ich fürchte, bis dahin habe ich alles wieder vergessen«, gab ich zu bedenken, worauf sie zu lachen begann.

Plötzlich zuckte ich zusammen, als etwas Kaltes meinen Rücken berührte. Christopher, der mit Nick zurückgekommen war, hielt mir eine kalte Bierflasche an den Rücken. Mein erschrockener Aufschrei ließ ihn auflachen.

»He, du Schlingel! Du kannst mich doch nicht dermaßen erschrecken!« Ich versuchte, ihn zu packen, aber er entwischte mir und versteckte sich kichernd hinter Nick.

»Na, war Jan schon an der Reihe?«, erkundigte sich Nick und nahm neben mir Platz.

»Bislang nicht. Du kommst gerade rechtzeitig.« Britta brachte ihr Smartphone in Position, um im entscheidenden Moment ein Foto zu schießen.

Jan ließ den Schecken angaloppieren und ritt mit äußerster Konzentration auf den Galgen zu. Er hatte die Lanze auf den kleinen Metallring ausgerichtet, verfehlte ihn jedoch knapp. Die Metallspitze hatte ihn nur leicht berührt.

»Mist!« Britta schlug sich mit der Faust auf den Oberschenkel. »Haarscharf daneben.«

»Bestimmt klappt es beim nächsten Versuch«, tröstete ich sie und trank einen Schluck.

Die nächsten beiden Reiter passierten den Galgen ebenfalls ohne Treffer.

»Siehst du den Reiter mit der ausgeblichenen Reitkappe?« Britta sprach leise dicht an mein Ohr. Meine Augen suchten nach dem Ziel. »Auf dem Fuchs mit der breiten Blässe? Er ist als Übernächster an der Reihe.«

»Ja, ich sehe ihn. Was ist mit ihm?«, bestätigte ich ebenso leise.

»Das ist Eike Bleicken.« Als ich nicht sofort reagierte, fügte sie hinzu: »Der Typ, der uns das Grundstück verkauft hat und es nun zurückhaben will.«

»Ach, ich wusste nicht, dass er auch mitmacht. Das arme Pferd bricht unter seinem Gewicht fast zusammen.«

»Die Bleickens sind überall anzutreffen. Es gibt so gut wie keine Veranstaltung, an der keiner aus der Sippe teilnimmt. Ihre Familie lebt seit mehreren Generationen auf Sylt, wogegen grundsätzlich nichts einzuwenden ist, wenn sie sich nicht aufführen würden, als gehörte ihnen die gesamte Insel.« Brittas Abneigung gegen die Familie war aus ihren Worten herauszuhören. »Du hast recht, eigentlich sollte man den Tierschutz einschalten, das grenzt an Tierquälerei«, ergänzte sie.

Jetzt brachte sich Eike Bleicken in Position. Er gab seinem Fuchs die Sporen, der sich behäbig in Bewegung setzte, und steuerte auf den Galgen zu. Treffer. Ihm war es tatsächlich gelungen, den Ring aufzuspießen. Frenetischer Jubel ertönte aus einer Ecke am Festplatz. Unverkennbar hatte sich dort die Fangemeinde der Bleickens zusammengerottet. Ich sah zu Britta, deren Begeisterung sich erwartungsgemäß in Grenzen hielt. Mit angestrengter Miene klatschte sie mehr aus Höflichkeit als aus Freude.

»Das war reines Glück, noch hat er nicht gewonnen. Du weißt doch, wer zuletzt lacht ...« Ich stieß sie freundschaftlich in die Seite. Darauf blitzten ihre Augen kampfeslustig auf.

Die erste Wettkampfpause wurde eingeläutet. Die Reiter stiegen von ihren Pferden, um am Getränkewagen ihren Durst zu löschen. Die Pferde wurden in die Obhut von

Familienangehörigen oder Freunden gegeben, vornehmlich junge Mädchen und Ehefrauen. Direkt vor uns stand ein kleines Mädchen mit blonden Locken und versuchte verzweifelt, ihr Pferd daran zu hindern, Gras zu fressen, indem sie an den Zügeln zog.

»Lotte! Du sollst das nicht!«, schimpfte sie, doch die Stute ließ sich nicht beirren und zupfte mit stoischer Gelassenheit Grashalme, egal wie sehr sich das Kind anstrengte.

Jan gesellte sich zu uns, während Wiebke sich um das Pferd kümmerte. Sein Gesicht war gerötet, das Haar war von dem Reithelm vollkommen plattgedrückt.

»Oh Gott, ich glaube, ich werde morgen vor Muskelkater nicht mehr laufen, geschweige denn sitzen können«, stöhnte er mit einem schiefen Grinsen. »Das ist anstrengender, als ich es in Erinnerung hatte.«

»Du wirst eben auch nicht jünger!« Sein Vater Enno klopfte ihm lachend auf die Schulter.

»Dann stell dich in die Steigbügel, das entlastet das Hinterteil«, schlug ich vor.

»Das ist verboten, Anna«, wurde ich diesbezüglich von Enno Hansen aufgeklärt.

»Warum darf man das nicht?«

»Das ist eine Besonderheit auf Sylt. Anders als beispielsweise auf dem Festland müssen die Reiter bei uns im Sattel sitzen bleiben. Tust du das nicht, zählt die Runde nicht.«

»Das macht das Ganze auf jeden Fall schwieriger.«

»Tja, Anna, das sind nun mal unsere Regeln. Drei Galoppsprünge vor dem Ring, einen direkt darunter und alles im Sattel sitzend. Daran gibt es nichts zu rütteln.« Jans Vater nickte mir zu.

»Ich werde mir schnell meine andere Lanze holen, bevor es weitergeht«, entschied Jan.

»Was ist mit dieser nicht in Ordnung?«, fragte Britta mit Blick auf das Sportgerät in seiner Hand.

»Die andere liegt irgendwie besser in der Hand. Bin gleich wieder da!« Mit diesen Worten trabte er los.

»Beeil dich!«, rief Britta ihrem Mann nach.

Nach und nach kehrten die Teilnehmer zu ihren Pferden zurück. Auch Wiebke kam mit dem Schecken an der Hand zu uns.

»Wo bleibt denn Jan? Es geht gleich weiter«, erkundigte sie sich.

»Er wollte nur die Lanzen tauschen. Er müsste jeden Augenblick zurück sein«, erklärte Britta und hielt nach ihrem Mann Ausschau.

Jetzt forderte die Lautsprecherstimme alle Teilnehmer dazu auf, sich auf ihre Pferde zu begeben. Ein Blick auf meine Uhr verriet, dass die Pause längst beendet war, doch von Jan war weit und breit nichts zu sehen. Die anderen Reiter saßen bereits auf ihren Pferden und warteten darauf, dass die nächste Runde eingeläutet wurde. Einige der Tiere schlugen nervös mit den Köpfen oder tänzelten unruhig auf der Stelle.

»Hat das Pferd Geburtstag, Daddy?«, fragte Christopher und deutete auf eine Schimmelstute. Er saß auf Nicks Schoß und leckte an einem Lutscher, den er vorhin von Brittas Schwiegermutter bekommen hatte.

»Wie kommst du darauf?«

»Es hat eine rote Schleife am Schwanz.«

Wiebke musste sich zusammenreißen, nicht schallend zu lachen. »Nein, Christopher, sie hat nicht Geburtstag. Die Schleife am Schweif bedeutet, dass man der Stute von hinten nicht zu dicht kommen soll, da sie ausschlägt.«

»Ach so.« Damit war das Thema für ihn erledigt.

»Wo bleibt bloß Jan?«, fragte ich an Nick gewandt.

»Ich habe keine Ahnung. Dort hinten scheint noch jemand zu fehlen.«

Ich erkannte den Fuchs mit der Blässe von Eike Bleicken, der von einem jungen Mädchen geführt wurde. Von Eike selbst fehlte jede Spur.

Britta stand entschlossen auf. »Ich gehe nachsehen, wo er bleibt. Eine Lanze auszutauschen, kann unmöglich so lange dauern. Da stimmt doch etwas nicht!«

»Brauchst du nicht, da kommt er!« Nick deutete zu Jan, der auf uns zugelaufen kam.

»Da bist du ja endlich! Wir warten alle auf dich. Was war denn? Warum hast du deine Lanze nicht dabei?« Britta sah ihren Mann forschend an, der völlig außer Atem und kreidebleich im Gesicht war.

»Was ist passiert?«, erkundigte sich Nick, den eine böse Vorahnung beschlich.

»Kannst du bitte mitkommen? Und verständige am besten auch gleich deine Kollegen«, erwiderte Jan mit matter Stimme.

Ohne eine weitere Erklärung rannten die beiden Männer in die Richtung los, aus der Jan gekommen war. Ratlos sahen wir einander an.

»Weißt du, was das zu bedeuten hat?« Britta legte die Stirn in Falten und sah mich an.

»Ich fürchte, nichts Gutes.«

»Anna hat recht, etwas Schlimmes muss passiert sein, sonst hätte Jan mehr gesagt«, pflichtete mir Enno Hansen mit ernstem Gesichtsausdruck bei.

KAPITEL 17

»Für uns hättest du dich wirklich nicht extra in Schale werfen müssen«, feixte Ansgar und warf dem Kollegen Christof Paulsen einen verstohlenen Blick zu, der sich über Uwes Aufmachung ebenfalls prächtig zu amüsieren schien.

»Haha, selten so gelacht! Habt ihr nichts Sinnvolleres zu tun, als rumzustehen und blöde Sprüche zu kloppen? Achtet lieber darauf, dass sich keine Unbefugten dem Tatort nähern«, konterte Uwe übellaunig, worauf die beiden schleunigst das Weite suchten.

»Meine Güte, man wird ja wohl mal Spaß machen dürfen«, konnte man Ansgar im Weggehen maulen hören.

»Moin, Uwe! Um deine Laune scheint es tatsächlich nicht sonderlich gut bestellt zu sein«, begrüßte Nick den Kollegen.

»Diese Geburtstagsfeier ist in etwa so amüsant wie eine Beerdigung. Noch nicht einmal das Essen konnte darüber hinwegretten. Obendrein ist Tina stinksauer, dass ich gerufen wurde und sie nun ohne mich dort ausharren muss.«

»Tut mir leid.«

»Ach, halb so wild, ist ja nicht das erste Mal.« Er wiegelte mit einer entsprechenden Handbewegung ab. »Kann man schon Näheres zu dem Toten sagen? Ist seine Identität bekannt?« Uwe ging in Begleitung seines Freundes auf das Stallgebäude zu, vor dem bereits mehrere Einsatzfahrzeuge standen.

»Ja, bei dem Toten handelt es sich um Eike Bleicken. Er lebt auf der Insel und war einer der Teilnehmer beim *Ringreiten* drüben auf dem Platz.«

»Ach, was du nicht sagst! Das erklärt natürlich, weshalb er ausgerechnet in einem Stall gefunden wurde.«

»Du kennst ihn?«, hakte Nick interessiert nach.

»Kennen wäre zu viel gesagt. Ich weiß, dass die Bleickens zu einer der einflussreichsten Familien auf der Insel zählen.«

Die beiden Beamten betraten das Stallgebäude. Bereits der erste Eindruck ließ darauf schließen, dass in dem Stall penibel auf Sauberkeit und Ordnung geachtet wurde. An jeder Box hingen Halfter und Stricke ordentlich an den dafür vorgesehenen Haken. Der typische Geruch nach Heu und Pferd lag in der Luft. Nirgends herrschte Unordnung, die Stallgasse war zudem vor Kurzem gefegt worden. Lediglich vor den Boxentüren lagen vereinzelt Heuhalme, die den Pferden während des Fressens und gleichzeitigen Hinausschauens aus ihren Boxen aus dem Maul gefallen waren.

»Hier kannst du beinahe vom Boden essen, so sauber ist das«, bemerkte Uwe, während sie die Gasse zwischen den Pferdeboxen entlanggingen. Einige Tiere steckten neugierig ihre Köpfe aus den Türen und beäugten die Besucher mit ihren großen dunklen Augen. Andere kauten seelenruhig auf ihrem Heu herum und ließen sich von nichts und niemandem aus der Ruhe bringen.

»Da hinten um die Ecke ist es.« Nick zeigte zu der Stelle, an der bereits mehrere Einsatzkräfte ihrer Arbeit nachgingen. Ein Mitarbeiter der Kriminaltechnik schoss Fotos, während andere die Umgebung nach Spuren untersuchten.

»Wieso ist Achtermann schon vor Ort?«, raunte Uwe Nick verwundert zu, als der unerwartet um die Ecke gebogen kam.

»Er hatte neulich erwähnt, dass er sich in der nächsten Zeit auf der Insel aufhalten würde. Wer ihn allerdings informiert hat, weiß ich nicht. Wahrscheinlich Reimers«, vermutete Nick, worauf Uwe ein missmutiges Brummen von sich gab.

»Da sind Sie ja, Herr Wilmsen!« Achtermann kam mit ausladenden Schritten auf sie zu. Bekleidet war er mit dunkelblauen Jeans, einem weißen Hemd, das er bis zu den Ellenbogen hochgekrempelt hatte, und modischen Sneakers. Ein geflochtenes Lederarmband zierte sein rechtes Handgelenk. Ein eher untypisches Detail für ihn. Ein Geschenk, nahm Uwe an, behielt den Gedanken jedoch für sich.

»Es tut mir außerordentlich leid, dass ich Sie bei einer festlichen Aktivität stören musste. Mordermittlungen dulden leider keinerlei Aufschub, aber da erzähle ich Ihnen nichts Neues.« Der Staatsanwalt lachte gekünstelt.

»Schon in Ordnung, Herr Achtermann, das bringt der Job mit sich«, gab sich Uwe verständnisvoll.

»Schicker Anzug, wenn ich mir die Bemerkung erlauben darf. Er steht Ihnen ausgezeichnet.« Staatsanwalt Achtermann machte einen Schritt rückwärts, um den Kriminalbeamten einer eingehenden Musterung zu unterziehen.

»Jaja, danke«, erwiderte Uwe, dem das Kompliment unangenehm zu sein schien.

»Das ist nicht nur so dahergesagt. In diesem Anzug sehen Sie gleich viel ... Ich meine, er steht Ihnen wirklich blendend. Sie teilen sicher meine Ansicht, nicht wahr, Herr Scarren?«

»Auf jeden Fall«, stimmte Nick dem Staatsanwalt zu und musste sich anstrengen, ernst zu bleiben.

»Da sehen Sie es, Herr Wilmsen! Aber nun sollten wir uns besser dem Toten widmen, deswegen sind wir schließlich hier. Die Identität ist mittlerweile geklärt, wie ich erfahren habe. Ich habe bereits veranlasst, dass der Leichnam zur Obduktion in die Rechtsmedizin gebracht wird. Dass wir es mit Fremdeinwirkung zu tun haben, steht wohl außer Frage.«

»Ich würde mir die Leiche gern ansehen«, bemerkte Uwe und schob sich an Achtermann vorbei.

»Nur zu! Tun Sie das! Ich nehme an, Sie kommen auch ohne meine weitere Unterstützung zurecht?« Staatsanwalt Achtermann warf einen Blick auf seine hochwertige Armbanduhr und war im Gehen begriffen.

»Sie bleiben nicht hier?« Achtermanns Äußerung überraschte Uwe.

»Da ich mir einen ersten Überblick verschafft habe, lege ich alles Weitere vertrauensvoll in Ihre erfahrenen Hände.« Er hatte den Satz kaum ausgesprochen, als sein Handy klingelte. »Sie entschuldigen mich?« Er drehte ihnen den Rücken zu und nahm das Gespräch entgegen. »Schatz! – Ja sicher, Liebling, ich bin quasi schon unterwegs.« Dann wandte er sich mit einem entschuldigenden Gesichtsausdruck an die Beamten. »Ich werde händeringend erwartet, daher muss ich mich leider verabschieden. Halten Sie mich bitte auf dem Laufenden!«, rief er den beiden Polizisten im Weggehen zu.

»Typisch! Anderen Leuten die Arbeit überlassen und sich selbst aus dem Staub machen. Das sollten wir uns mal erlauben!« Uwe ließ seiner Verärgerung freien Lauf.

»Du kannst gerne zurück zu deiner Feier fahren, ich schaffe das allein.«

»Danke, Nick. Wenn ich schon mal da bin, ziehe ich das auch durch. Um ehrlich zu sein, bin ich gar nicht so böse, dass Achtermann angerufen hat. Wie gesagt, die Feier ist stinklangweilig, und zu essen gibt es in der Hauptsache veganes Zeug. Nicht meine Welt, vom Sattwerden ganz zu schweigen.« Uwe verzog vielsagend das Gesicht.

Mittlerweile standen sie in unmittelbarer Nähe der Leiche.

»Ach du Scheiße!«, stieß er beim Anblick des Toten hervor.

»Kein schöner Tod«, bekräftigte Nick, während sich Uwe über den leblosen Körper beugte, um ihn genauer in Augenschein zu nehmen.

»Einen Suizid können wir wohl ausschließen. Da gebe ich Achtermann recht. Der Mann wurde mit der Lanze erstochen.« Er deutete auf eine rote Lanze, an deren einem Ende eine blutverschmierte Metallspitze zu sehen war. »Die Dinger werden beim *Ringreiten* verwendet, wenn ich mich nicht irre«, stellte er fest.

»Das ist richtig. Es sieht so aus, als hätte er versucht, sich die Lanze aus dem Bauch zu ziehen. Sieh dir das viele Blut an seinen Händen an. Wahrscheinlich war er nicht sofort tot.« Nick stieß bei dem Anblick hörbar die Luft aus.

»Was befindet sich in dem Raum dort?« Uwes Interesse richtete sich auf die geöffnete Tür unweit des Toten.

»Das ist die Sattelkammer. Da stehen noch mehr von den Dingern rum.«

»Der Täter könnte dem Opfer aufgelauert, sich eine der Lanzen geschnappt und damit zugestochen haben. Ich gehe fest davon aus, dass der Fundort der Leiche mit dem Tatort übereinstimmt. Jedenfalls kann ich nirgends Schleifspuren oder Ähnliches entdecken.« Uwe betrachtete die riesige Blutlache, die sich unter und um den toten Eike Bleicken herum gebildet hatte.

»Möglich. In Anbetracht von Bleickens massiger Statur dürfte es der Täter nicht einfach gehabt haben. Ich kann mir nicht vorstellen, dass Bleicken sich nicht gegen den Angreifer gewehrt hat.«

»Hm, da hast du recht. Aber wenn ich mich so umgucke, deutet nichts auf einen Kampf hin. Was verbirgt sich hinter der Tür?« Uwe zeigte auf die Stahltür auf der anderen Seite.

»Dahinter befindet sich die Futterkammer. Laut Aussage der Stallbetreiberin werden dort Hafer, Pellets und sonstige

Futtermittel aufbewahrt. Der Raum ist außerhalb der Fütterungszeiten abgeschlossen. Bei dem Stall handelt es sich übrigens um einen kleinen Privatstall ohne öffentlichen Reitbetrieb«, fügte Nick erklärend hinzu. »Warum fragst du?«

»Reine Neugierde. Wer hat den Toten gefunden?«

»Die Ehefrau.«

»Hast du mit ihr sprechen können?«, erkundigte sich Uwe, während er sich seiner Krawatte entledigte und sie in die Tasche seines Sakkos stopfte.

»Bislang nicht. Sie steht unter Schock und wurde zunächst notärztlich versorgt, momentan kümmert sich eine Seelsorgerin um sie. Ich habe ...« Nick wurde mitten im Satz von der Stimme einer Polizistin unterbrochen.

»Nick? Uwe? Könnt ihr bitte kommen? Ihr könnt jetzt mit der Ehefrau des Opfers sprechen.«

»Danke, wir kommen.«

Daraufhin verließen die beiden Kommissare den Tatort und gingen auf eine Frau zu, die draußen vor dem Stallgebäude zusammengesunken auf einem Strohballen saß. Sie lehnte mit dem Rücken gegen das große Holztor und hatte den Kopf in den Nacken gelegt. Ihre Augen waren geschlossen. Zwischen ihren Fingern hielt sie ein zerknülltes Papiertaschentuch. Nick räusperte sich, als sie vor ihr standen. Wie in Zeitlupe hob sie die Lider und sah die Beamten teilnahmslos an.

»Unser Beileid, Frau Bleicken.« Uwe sprach die Frau behutsam an, worauf sie kaum merklich nickte. »Wir würden Ihnen gerne ein paar Fragen stellen. Fühlen Sie sich in der Lage dazu?«

»Fragen Sie ruhig.« Sie sprach leise, aus ihren Lippen war jegliche Farbe gewichen, sie glichen zwei dünnen Strichen. Mirja Bleicken erweckte den Anschein, als wäre sämtliches Leben aus ihrem Körper gewichen.

»Sie haben Ihren Mann gefunden, ist das richtig?« Nick war neben der Frau in die Hocke gegangen, während Uwe stehen blieb. Das Hemd über seinem Bauch spannte dermaßen, dass er kaum wagte, tief zu atmen, geschweige denn sich zu setzen.

Mirja Bleicken bestätigte Nicks Frage mit einem Kopfnicken und presste die Lippen noch fester zusammen. Dann schluckte sie und begann, mit dünner Stimme zu sprechen. »Die Pause war vorüber, aber von Eike fehlte jede Spur. Ich bin zum Stall gegangen, um nach ihm zu sehen. Er wollte dort etwas holen. Und dann ...« Ihr versagte mitten im Satz die Stimme. Tränen verschleierten ihren Blick, sie sah die Beamten nicht direkt an, sondern starrte an ihnen vorbei ins Leere.

»Ist Ihnen auf dem Weg dorthin jemand begegnet oder etwas Ungewöhnliches aufgefallen? Haben Sie eventuell jemanden weglaufen sehen?«, wollte Uwe wissen.

»Ja, da war jemand.« Die Antwort kam schneller als erwartet.

»Wo genau haben Sie ihn gesehen? Kannten Sie ihn?«, hakte Nick nach, stand auf und stellte sich neben Uwe.

»Er hätte mich um ein Haar umgerannt. Ich habe keine Ahnung, wer das war. An solch einem Tag wie heute halten sich unzählige fremde Menschen in der Nähe des Stalls und der Festwiese auf.«

»Können Sie ihn näher beschreiben? Welche Kleidung trug er beispielsweise?« Uwe wollte möglichst viel über die Person in Erfahrung bringen, bevor die Erinnerungen mehr und mehr verwässerten.

»Er war ungefähr Anfang 20. Bekleidet war er mit Jeans und einem dunklen T-Shirt mit irgendeinem Aufdruck. Ich glaube, es könnte ein Totenkopf gewesen sein, aber genau erinnere ich mich nicht. Wie gesagt, ich habe ihm nicht sonderlich viel Beachtung geschenkt. Es ging so schnell.« Sie setzte eine gleichermaßen hilflose wie entschuldigende Miene auf.

»Welchen Eindruck hat er auf Sie gemacht?« Uwe blieb beharrlich, auch wenn der Frau die Beantwortung seiner Fragen derzeit sicherlich nicht leichtfiel.

Mirja Bleicken sah ihn fragend an, dann schnäuzte sie lautstark in ihr Taschentuch. »'tschuldigung.«

»Der Kollege meint, ob der Mann ängstlich oder gar wütend wirkte? Hat er etwas gesagt? Hatte er es sehr eilig?«, konkretisierte Nick die Frage seines Kollegen.

»Gerannt ist er nicht gerade, aber getrödelt hat er auch nicht. Geredet hat er nicht. Glauben Sie, er hat meinem Eike das angetan? Wenn ja, warum?« Das letzte Wort hauchte sie mehr, als sie es laut aussprach, während sich ihre Augen abermals mit Tränen füllten.

»Das lässt sich zum jetzigen Zeitpunkt nicht sagen. Es muss sich nicht zwingend um den Täter gehandelt haben. Er könnte möglicherweise ein wichtiger Zeuge sein«, stellte Nick klar.

»Würden Sie die Person wiedererkennen?«, wollte Uwe von der Ehefrau des Opfers wissen.

Sie überlegte einen kurzen Moment und schien unsicher. »Ich weiß nicht recht.«

»Haben Sie keine Vorstellung, wer für die Tat infrage kommen könnte? Hatte Ihr Mann Feinde? Oder gab es Ärger oder Streit in jüngster Vergangenheit?«, begann Uwe, das Umfeld des Toten abzuklopfen.

»Ja, den gab es in der Tat.« Wieder eine prompte und bestimmte Antwort, die die beiden Polizisten nicht erwartet hatten. »Außerdem habe ich eine weitere Person gesehen.«

KAPITEL 18

»Das ist ja entsetzlich!« Mit tiefer Betroffenheit hatte ich Jans Ausführungen zur Kenntnis genommen.

»Erstochen mit einer Lanze! Wie grausam!« Auch Britta war sichtlich erschüttert.

Die Nachricht vom Tod Eike Bleickens hatte sich in Windeseile herumgesprochen. Das Turnier war abgebrochen worden, stattdessen führte die Polizei Zeugenbefragungen durch und nahm Fingerabdrücke von allen Reitern und Zutrittsberechtigten des Stallgebäudes.

»Schade, dass dieses schöne Ereignis auf so grausame Art enden musste.« Jans Mutter Edda stieß einen Seufzer aus.

»Dass Eike nicht gerade ein Sympathieträger war, ist nicht neu. Wahrscheinlich hat er jemanden dermaßen gereizt, dass dem die Sicherung durchgebrannt ist. Verstehen könnte ich es.« Jan erntete auf seine Bemerkung hin umgehend mehrere entsetzte Blicke.

»Also wirklich, Jan, wie kannst du in dieser Situation nur so etwas sagen?«, echauffierte sich seine Mutter.

»Was denn, Mama? Eike konnte einem das Leben echt schwer machen. Das weißt du genauso gut wie viele andere. Nur weil er tot ist, muss man ihn nicht gleich zum Heiligen machen«, rechtfertigte sich Jan.

»Jedenfalls hat er so einen grausamen Tod nicht verdient. Niemand verdient das«, setzte sie nach.

»Da kommen Nick und Uwe! Bestimmt können sie uns Näheres berichten.« Ich deutete in die Richtung, aus der die beiden kamen.

»Hallo, ihr zwei! Gibt es einen ersten Verdacht, wer für die Tat infrage kommt?« Britta blinzelte gegen die Sonne.

»Um das sagen zu können, ist es noch zu früh.« Nick rieb sich den Nacken und sah mich an. Von seinen Augen konnte ich ablesen, dass dies nicht die ganze Wahrheit war, und das verunsicherte mich.

»Jan, wir müssten mit dir sprechen. Könntest du bitte mit aufs Revier kommen?« Uwes Miene wirkte eine Spur angespannt.

»Ich? Warum das denn?«

»Das würde ich auch gern wissen. Was hat Jan mit der Sache zu tun? Uwe? Nick? Raus mit der Sprache. Und kommt mir bitte nicht mit dem Standardsatz, es handle sich um reine Routine.« Britta positionierte sich entschieden an die Seite ihres Mannes.

»So ist es aber. Wir müssen etwas überprüfen, mehr kann ich dir nicht sagen. Du brauchst dir keine Sorgen zu machen, Britta«, erklärte Uwe in freundlichem Ton.

»Kommst du bitte«, forderte Nick Jan auf.

»Ihr wollt mir aber nicht die Sache mit Eike anhängen? Das kann unmöglich euer Ernst sein. Ich bringe niemanden wegen einer Meinungsverschiedenheit um! Im Übrigen bin ich nicht der Einzige, mit dem Eike einen Streit vom Zaun gebrochen hat.« Hilfe suchend blickte er in die Runde.

»Das behauptet auch niemand«, dementierte Uwe. »Wir wollen dir nichts anhängen, okay?«

»Natürlich nicht, und das wissen wir alle. Geh mit, Junge.« Enno Hansen legte seinem Sohn eine Hand auf die Schulter und nickte ihm zuversichtlich zu.

»Dein Vater hat recht. Keiner von uns traut dir einen Mord zu. Darum geht es auch gar nicht«, fügte Nick hinzu, um Jans aufgebrachtes Gemüt zu besänftigen.

»Ich lasse mich von euch in nichts reinziehen! Fass mich nicht an! Ich komme freiwillig mit.« Jan schlug Nicks Hand weg, als dieser ihn zum Gehen auffordern wollte. Dann folgte er den beiden widerwillig zu einem Streifenwagen.

»Das ist alles bloß ein böser Traum, oder?« Britta war aus ihrer vorübergehenden Sprachlosigkeit erwacht. Ihr Gesicht war blass, und ich befürchtete, sie würde jeden Augenblick zusammenbrechen. Dermaßen außer Fassung hatte ich meine Freundin selten gesehen.

»Willst du dich lieber setzen?«, fragte ich vorsichtig, doch meine Worte schienen sie überhaupt nicht zu erreichen.

»Jan könnte niemandem auch nur ein Haar krümmen.« Hilflos starrte sie ihm nach.

»Niemand traut Jan eine solche Tat zu. Das hat auch keiner behauptet. Zeugenbefragungen sind vollkommen normal«, versuchte ich, sie zu beruhigen.

»Glaubst du das wirklich? Die Polizei sieht das offenbar anders.« Für einen kurzen Moment meinte ich, einen Vorwurf in ihrer Stimme erkannt zu haben.

»Das darfst du nicht persönlich nehmen. Nick und Uwe machen nur ihre Arbeit und müssen sich an die Vorschriften halten.«

»Das Beste wird sein, wir gehen nach Hause und warten, bis sich die Aufregung gelegt und die Gemüter sich beruhigt haben. Die Angelegenheit wird sich schnell klären lassen«, schlug Brittas Schwiegervater vor.

»Enno hat recht. Wir sollten nach Hause fahren. Momentan können wir ohnehin nichts tun, was Jan helfen würde«, pflichtete ihm seine Frau bei.

»Willst du mit zu uns kommen?«, schlug ich Britta vor.

»Danke, aber ich möchte zu Hause sein, wenn Jan kommt«, sagte sie, schlang sich ihre Tasche um und strebte mit hochgezogenen Schultern und hängendem Kopf dem Ausgang zu.

Ich packte ebenfalls unsere Sachen zusammen und begab

mich mit Christopher und den beiden Hunden zu unseren Fahrrädern. Nick würde sein Fahrrad später abholen müssen. Ich beugte mich vor, um das Fahrradschloss zu öffnen, als plötzlich jemand aus dem Gebüsch sprang. Mit einem Aufschrei wich ich zurück und hätte beinahe das Gleichgewicht verloren. Im letzten Augenblick gelang es mir, mich am Sattel abzustützen. Die Hunde bellten aufgebracht, während Christopher sich erschrocken an mein Bein klammerte.

»Was war das denn?«, rief ich aus und sah der Person hinterher, die um die nächste Ecke verschwand. »Alles okay, Christopher?«

»Ja. Wer war der Mann, Mama?«

»Keine Ahnung«, gab ich wahrheitsgemäß zu.

Dann machten wir uns auf den Heimweg nach Morsum.

KAPITEL 19

Julian Rodenbek zwängte sich durch die schmale Öffnung im Zaun und rannte weiter auf das verlassene Haus zu. Sein Rad hatte er zuvor in einem Gebüsch, gut getarnt vor unerwünschten Blicken, abgestellt. Sein Puls raste. Hastig lief er um das Haus herum zur Seitentür. Den passenden Schlüssel für die Tür hatte er bei seinem ersten Besuch keine zwei Meter entfernt unter einem alten Blumentopf gefunden und ohne lange zu überlegen an sich genommen. Seine Finger zitterten bei dem Versuch, den Schlüssel in das Schloss zu stecken. Erst im dritten Anlauf gelang es ihm, und die Tür sprang endlich auf. Er schlüpfte hindurch, um sie gleich darauf fest hinter sich zu schließen. Für einen Augenblick verharrte er bewegungslos neben der Tür und lauschte. Nichts. Außer dem Herzschlag, der in seinen Ohren rauschte, war nichts zu hören. Oder? War das eben ein Knacken? Furcht ergriff Besitz von ihm, er begann zu schwitzen. War ihm jemand gefolgt? Er beschloss, noch einen Moment zu warten, um absolut sicher zu sein. Bestimmt hatte ihm seine Fantasie einen Streich gespielt. Erst als er vollkommen überzeugt war, dass sich niemand im Haus befand, drang er weiter ins Innere vor. In dem ehemaligen Wohnzimmer ließ er sich auf das Matratzenlager auf dem Boden fallen. Er musste runterkommen, die überreizten Nerven beruhigen, die wild wie kleine Fische, in einem Netz gefangen, zappelten. Zum Nachdenken benötigte er Ruhe und einen klaren Kopf. Hektisch kramte er in seinem Rucksack und zog eine kleine Tüte hervor, in der sich zwei Tabletten befanden. Nachdem er eine davon mit einem Schluck abgestandener Cola runtergespült hatte, legte er sich auf den Rücken und schloss die Augen. Es würde nicht lange dauern, bis die wohltuende Wirkung einsetzte und die jüngsten Bilder in seinem Kopf ausradiert waren. Niemand würde ihn mit der Sache in Verbindung bringen, weil niemand auf ihn geachtet hatte. Alles war gut, er befand sich in Sicherheit. Dieses Haus diente ihm seit längerer Zeit als sicherer Rückzugsort, wenn die Stimmung zu Hause zu explosiv wurde. Hier war er für sich und konnte tun und lassen, was er wollte, ohne ständig Rechenschaft ablegen oder sich erklären zu müssen. Pure Freiheit. Bislang hatte er sein Versteck niemandem gegenüber erwähnt, erst recht nicht gezeigt. Das Haus auf dem großen Grundstück stand seit Jahren leer, ohne dass sich der Eigentümer darum kümmerte. Der Garten war vollkommen verwildert, die Farbe an Türen und Fensterrahmen vom rauen Nordseeklima verwittert. Auf dem Reetdach hatte sich Moos breitgemacht, das wie ein grüner Mantel aus Samt wirkte. In Anbetracht der horrenden Preise, die Immobilien auf der Insel kosteten, und dem allgemeinen Mangel an bezahlbarem Wohnraum, war es eine Schande, es derart sich selbst zu überlassen. Möglicherweise war der Leerstand der Immobilie einem jahrelangen Erbstreit geschuldet, überlegte Julian, während er langsam vor sich hindämmerte. Ihm konnte dieser Umstand nur recht sein. Obwohl das Haus weder über fließendes Wasser noch über Strom verfügte, hatte Julian es sich häuslich eingerichtet. Für einige Zeit ließ es sich auch ohne den gewohnten Luxus gut aushalten, zumal er bei diesen sommerlichen Temperaturen auch nachts nicht frieren musste. Nach einer Weile erhob er sich von seinem Matratzenlager. Die tief stehende Sonne schien durch die von Staub und Regen verschmutzten Fensterscheiben und tauchte den Raum in orangefarbenes Licht. Julian blickte zum Horizont, wo unzählige Schafe den Deich bevölkerten, und fühlte sich unendlich leicht, geradezu euphorisch und energiegeladen. Die Erinnerung an das, was sich wenige Stunden zuvor zugetragen hatte, war in weite Ferne gerückt. Plötzlich wusste er, was zu tun war.

KAPITEL 20

»Ihr zieht nicht ernsthaft in Erwägung, dass ich Eike Bleicken umgebracht habe, oder? Was soll der ganze Zirkus mit Fingerabdrücken und diesem Formalitätenwahnsinn? Vielleicht sperrt ihr mich zur Krönung noch in eine Zelle, oder was?«

»Bitte beruhige dich, Jan! Du wirst nirgends eingesperrt. Es handelt sich erst mal um eine übliche Vernehmung. Fingerabdrücke haben wir von allen Teilnehmern genommen und von den Personen, die Zutritt zum Stall hatten. Das ist ein völlig normales Prozedere«, erklärte Uwe und gab sich betont gelassen.

»Um mir im Nachhinein einen Mord anzuhängen. Ihr seid mir echt tolle Freunde!«

»Das ist Unsinn, und das weißt du genau! Also, Jan, mach' es dir und uns nicht unnötig schwer. Glaubst du, wir machen das zu unserem Vergnügen oder um dich zu ärgern? Setz dich bitte hin!« Uwe deutete auf den leeren Stuhl, doch Jan blieb stur stehen und verschränkte die Arme vor der Brust.

»Los, Jan!« Auf Nicks Bitte hin gab Jan seine Abwehrhaltung vorläufig auf und nahm mit einem Stöhnen Platz. »Danke.«

»In welcher Beziehung stehst du zu Eike Bleicken?«, begann Uwe.

»Ich kenne ihn seit unserer Schulzeit. Er war eine Klasse unter mir, weil er sitzen geblieben ist. Später sind wir uns ab und zu bei Veranstaltungen oder Festen über den Weg gelaufen. Man hat sich gegrüßt und gelegentlich das eine oder andere Wort gewechselt. Wie das eben unter Insulanern ist. Du kennst das ja.«

»Sonst gab es keine Berührungspunkte?«

»Was denn für Berührungspunkte? Herrgott, Uwe, worauf willst du eigentlich hinaus?«

»Wir denken in diesem Fall in erster Linie an geschäftliche Verbindungen«, schaltete sich Nick ein.

»Ach, daher weht der Wind. Hätte ich mir gleich denken können.« Jans Kiefer mahlten aufeinander.

»Gab es nun welche oder nicht? Lass dir doch nicht alles aus der Nase ziehen.« Uwe wurde zusehends ungeduldiger. Zudem spannte das Hemd über seinem Bauch, und auch die Anzughose zwickte an der einen oder anderen Stelle. Er sehnte den Augenblick herbei, an dem er diesen Zwirn endlich gegen bequemere Kleidung eintauschen konnte. An dieser Stelle konnte er Menschen wie beispielsweise Achtermann nicht verstehen, die freiwillig nahezu täglich einen Anzug trugen.

»Okay, okay. Wir, das heißt Britta und ich, haben vor knapp einem Jahr ein Grundstück von Eike gekauft. Darauf bauen wir gerade das neue Café, ein lang gehegter Traum von Britta. Sie hat Anna ja ausführlich davon erzählt. Vor ein paar Tagen kam mein Vater zu mir und berichtete, dass die Bleickens beabsichtigen, den Vertrag rückgängig zu machen. Wenn es dazu kommt, werden wir in jedem Fall dagegen vorgehen. Der Vertrag ist absolut wasserdicht. Das habe ich Eike gegenüber eindeutig klargemacht.«

»Wann war das? Wie hat er darauf reagiert?«

»Letzten Donnerstag. Er hat nur gelacht und gemeint, ich würde noch mein blaues Wunder erleben.« Jan schnaubte verächtlich bei der Erinnerung an das Gespräch.

»Weißt du, was genau er damit andeuten wollte?«

»Keine Ahnung, Nick! Das werden wir jetzt nicht mehr erfahren. Ich konnte diese arrogante und selbstgefällige Art nie leiden. Auch wenn man von Toten nicht schlecht sprechen soll, aber er war ein aufgeblasener Egoist, der ohne seine Familie nie so weit gekommen wäre.« Jan lehnte sich in seinem Stuhl zurück. Er wirkte erschöpft.

»Wann hast du das letzte Mal mit ihm gesprochen? Erinnere dich bitte möglichst genau an den Zeitpunkt. Das könnte wichtig sein«, forderte ihn Uwe auf.

»Heute, bevor das *Ringreiten* losging, haben wir kurz miteinander gesprochen. Als ich mein Pferd gesattelt habe, wenn du es genau wissen willst. Die exakte Uhrzeit kann ich dir allerdings nicht nennen.«

»Worum ging es in dem Gespräch?«, insistierte Uwe, was Jan mit einem genervten Augenrollen quittierte.

»Das kannst du dir sicher denken: um die Sache mit dem Grundstück. Ich habe ihm zu verstehen gegeben, dass er sich keine Mühe zu geben braucht, da er es niemals zurückbekommen würde. Zum Schluss haben wir uns sportlich viel Erfolg für das *Ringreiten* gewünscht. Das war alles.«

»Du hast ihm nicht persönlich gedroht?«

Jan sah Uwe entgeistert an. »Nein? Selbstverständlich nicht. Womit sollte ich ihm deiner Meinung nach drohen? Vielleicht damit, dass ich ihn umbringe? Was zum Teufel soll das Ganze? Ihr müsstet mich lange genug kennen, um zu wissen, dass ich zu solch einer Tat niemals fähig wäre!«, geriet Jan in Rage, sah von einem zum anderen und strich sich anschließend mit einer Hand über das Gesicht.

»Jan, beruhige dich. Ich kann verstehen, dass du aufgeregt bist«, zeigte Nick Verständnis für dessen Reaktion.

»Gibt es Zeugen für eure Unterhaltung?«, fuhr Uwe fort.

»Kann schon sein, da liefen genügend andere Leute herum. Namen kann ich euch im Einzelnen nicht nennen, weil ich nicht darauf geachtet habe und außerdem nicht jeden kannte. Ich konnte ja nicht ahnen, dass Eike kurze Zeit später erstochen wird.« Er sah auf seine verschränkten Hände, die auf der Tischplatte ruhten.

»Was wollest du während der Pause im Stall?«, hakte Uwe nach, der sich eifrig Notizen machte.

»Ich wollte mir eine andere Lanze holen.«

»Warum?«

»Herrgott, Uwe! Weil mir die erste zu schwer und zu lang war. Die andere liegt einfach besser in der Hand«, entgegnete Jan gereizt und verärgert zugleich.

»Okay.« Uwe notierte das letzte Wort in seinem Notizbuch und sah dann auf. »Und als du in den Stall gekommen bist, was ist dann passiert?«

»Ich bin rein und wollte zur Sattelkammer, in der die Lanzen aufbewahrt werden. Und da lag er, die Lanze neben sich. Um ihn herum war überall Blut. Ich habe mich zu ihm gebeugt, um zu prüfen, ob er noch lebt. Aber so, wie seine Augen ins Leere gestarrt haben, war mir gleich klar, dass er tot war. Dann tauchte auch schon Mirja hinter mir auf und hat laut geschrien.«

Für einige Sekunden herrschte Schweigen.

»Wie erklärst du dir, dass es ausgerechnet eine von deinen Lanzen war, die neben ihm lag?«, ergriff Nick als Erster das Wort.

»Das weiß ich wirklich nicht.« Jan blickte ratlos drein. »War's das jetzt? Kann ich endlich nach Hause?«

»Für den Moment ja. Du kannst nach Hause gehen. Aber halte dich bitte zu unserer Verfügung.« Nick öffnete die Tür.

Jan stand bereits im Gang, als er sich noch einmal umdrehte. »Ihr traut mir echt einen Mord zu. Ich kann's nicht glauben!« Fassungslos mit dem Kopf schüttelnd, setzte er seinen Weg fort, ohne eine Antwort abzuwarten.

»Du weißt, dass das nicht so ist. Wir machen nur unseren Job«, rief Uwe ihm nach, doch er war bereits durch die nächste Tür verschwunden.

»Dermaßen geladen habe ich Jan noch nie erlebt.«

»Durchaus verständlich, oder? Versetz dich mal in seine Lage. Die Situation ist alles andere als angenehm für ihn. Vor allem wegen der Sache mit dem Grundstücksverkauf hätte er ein starkes Motiv.« Uwe klappte sein Notizbuch zu und stand auf.

»Du hältst ihn nicht tatsächlich für den Täter, oder, Uwe?«

»Vollkommen ausschließen kann man das nie, das haben wir in unserer langjährigen Arbeit das eine oder andere Mal feststellen müssen. Aber Jan traue ich die Tat eigentlich nicht zu, dafür kenne ich ihn zu lange. Obwohl er mit Bleicken im Clinch lag, bezweifle ich, dass er überhaupt dazu in der Lage wäre. Ein Unfall kommt meines Erachtens nicht in Betracht. Eher Tötung im Affekt? Trotzdem kommen wir nicht umhin, allen Hinweisen nachzugehen. Dazu gehört auch die Überprüfung von Jans möglicher Täterschaft. Ich bin auf Achtermanns Reaktion gespannt.«

KAPITEL 21

Auf dem Weg nach Hause begegnete ich zufällig unserer Nachbarin Ava Carstensen, die einige Besorgungen erledigt hatte, was ihre voll beladene Einkaufstasche auf Rollen verriet.

»Moin, Ava! Schicker Hackenporsche!«, rief ich ihr zu. Sie drehte sich überrascht um. »Oh, moin, ihr beiden! Pardon, ihr vier!«, verbesserte sie sich mit Blick auf die beiden Hunde, die hechelnd und mit langer Zunge neben uns standen. »Wo habt ihr denn Nick gelassen? Habt ihr ihn etwa abgehängt?« Sie zwinkerte Christopher verschwörerisch zu, der daraufhin freudig lachte.

»Nein, er musste überraschend arbeiten. Es ist etwas Schreckliches passiert.«

Während ich berichtete, schüttelte Ava immer wieder ungläubig den Kopf.

»Das ist entsetzlich! Die arme Helga.« Als sie mein fragender Blick traf, fügte sie erklärend hinzu: »Eikes Mutter.«

»Ich gehe davon aus, der gesamten Familie geht sein plötzlicher Tod sehr nah.«

»Zweifelsohne. Für Marten und Mirja ist es sicher ein Schock, doch für Helga tut es mir besonders leid.«

»Warum? Das verstehe ich nicht ganz. Kennst du die Bleickens gut?«, setzte ich nach, da ich das Gefühl nicht loswurde, dass Ava mir bewusst etwas vorenthielt.

»Helga und ich sind zwei Jahre lang zusammen zur Schule gegangen. Später haben wir drei Jahrzehnte im selben Chor gesungen. Eine lange Zeit.« Ein zaghaftes Lächeln glitt über ihr Gesicht. »Besonders gut kenne ich sie nicht, aber immerhin leben wir auf einer Insel, da trifft man sich unweigerlich. Marten und die Kinder habe ich seltener zu Gesicht bekommen.«

»Kinder?«, fragte ich erstaunt. »Ich dachte, sie hätten nur den einen Sohn. Eike.«

Sie stieß einen müden Seufzer aus. »Jasper, der ältere der beiden, hat vor vielen Jahren die Insel verlassen. Soweit ich weiß, ist mit seinem Weggang der Kontakt zu seiner Familie vollständig abgebrochen.«

»Weißt du, weshalb? Gab es Streit innerhalb der Familie?«, wollte ich wissen.

»Anna, Anna! Steckst du deine Nase wieder in Dinge, die dich besser nicht interessieren sollten?« Ihre Augen blitzten amüsiert auf.

»Nein, ich frage aus keinem bestimmten Grund.«

»Ach, Anna, alte Wunden sollte man nicht aufreißen.«

»Das will ich auch nicht. Es ist nur reine Neugierde.«

»Na schön. Genau weiß ich es nicht, aber Marten soll nicht Jaspers leiblicher Vater sein. Das erzählt man sich jedenfalls hinter vorgehaltener Hand. Ob und wie viel der Wahrheit entspricht, kann ich dir nicht sagen.«

»Das ist interessant. Vielleicht ...«, fing ich an zu spekulieren, als ich von Christopher unterbrochen wurde.

»Mama, ich muss mal!«, quengelte er plötzlich und rutschte unruhig auf seinem Sitz hin und her.

»Oh, dann aber schnell, bevor ein Malheur passiert!« Ich stieg umgehend auf das Fahrrad. »Ava, wir müssen los! War schön, dass wir uns getroffen haben. Viele Grüße an Carsten!«, rief ich ihr zu, während ich in die Pedale trat, um das Gefährt in Gang zu bringen.

Ich saß auf der Terrasse und las im Schein einer Lampe in dem Roman, den ich vor Wochen von meiner Mutter geschenkt bekommen und in dem ich erst wenige Seiten gelesen hatte. Die Sonne hatte sich mit einem gewaltigen Feuerwerk der Farben am Horizont verabschiedet. Das Farbspektrum reichte von Gelb- über Orange- und Rottönen bis hin zu kräftigem Violett. Dieser Anblick ließ regelmäßig mein Herz höher schlagen. Ich konnte mich daran nicht sattsehen, was unzählige Fotos belegten, die ich im Laufe der Jahre gemacht hatte. Mein absoluter Lieblingsplatz, um diese einzigartigen Momente einzufangen, war das Morsumkliff, wenn die Millionen Jahre alten, schuppenartig aufeinander geschobenen Gesteinsschichten von dem Licht der untergehenden Sonne beeindruckend in Szene gesetzt wurden. Christopher lag längst im Bett und schlief, als ich die Gartenpforte klacken hörte. Die Hunde spitzten die Ohren, dann rannten sie in Windeseile zur Vorderseite des Hauses. Wenig später hörte ich Nicks Stimme, als er um die Ecke bog. Die Hunde umkreisten ihn schwanzwedelnd. Ich legte mein Buch zur Seite.

»Hallo, Nick! Da bist du endlich! Ich hatte schon befürchtet, ihr würdet eine Nachtschicht einlegen.« Ich schenkte ihm einen mitfühlenden Blick.

»Hallo, Sweety! Eher war leider kein Wegkommen.« Er beugte sich zu mir und gab mir einen Kuss.

»Das dachte ich mir. Hat Uwe dich gefahren?«

Er schüttelte den Kopf. »Nur bis nach Archsum. Das letzte Stück bin ich mit meinem Rad gefahren.«

»Das konnte ich heute Nachmittag leider nicht mit zurücknehmen. Seid ihr denn mit den Ermittlungen vorangekommen?«, wollte ich wissen.

Nick ließ sich neben mir auf den Stuhl fallen, streckte die Beine aus und rieb sich mit der Hand über die Augen. Er sah müde aus. »Wir stehen erst ganz am Anfang. Noch lässt sich wenig sagen. Sobald alle Spuren ausgewertet sind und das Obduktionsergebnis vorliegt, sind wir hoffentlich schlauer.«

»Was ist mit Jan? Zählt er tatsächlich zum Kreis der Verdächtigen?« Ich goss mir einen Schluck Wasser in mein Glas und bot Nick ebenfalls etwas an, was er jedoch ablehnte.

»Nein danke, für mich nicht. Jan ist zunächst einer der Zeugen, die wir befragt haben. Er hat den Toten gefunden. Darüber hinaus lag er mit dem Opfer im Streit. Außerdem hat er ihn allem Anschein nach als Letzter lebend gesehen. Nicht mehr und nicht weniger.« An Nicks Tonfall erkannte ich, dass es momentan besser wäre, nicht weiter nachzufragen.

»Ich kann ihn mir jedenfalls nur schwer als Mörder vorstellen. Er kann manchmal ziemlich hitzig reagieren, aber wer tut das nicht. Es könnte doch auch sein …«, setzte ich an und wurde umgehend von Nicks eindringlichem Blick getroffen. Beschwichtigend hob ich die Hände. »Schon gut! Lassen wir das Thema. Magst du etwas essen? Du musst hungrig sein. Ich könnte dir schnell einen Salat mit Schafskäse machen, wenn du magst.«

»Nein danke. Uwe und ich haben zwischendurch eine Kleinigkeit gegessen. Ich trinke höchstens einen Kaffee.« Als ich aufstehen wollte, bedeutete er mir sitzen zu bleiben. »Lass, Anna! Den kann ich mir selbst holen, ich wollte ohnehin reingehen. Soll ich dir etwas aus der Küche mitbringen?«

»Danke, ich bleibe bei Wasser«, erwiderte ich und wies auf das Glas vor mir.

Als Nick kurze Zeit später mit einem Kaffeebecher in der Hand zurück auf die Terrasse kam, klappte ich mein Buch endgültig zu. Heute würde ich nicht mehr weiterlesen.

»Ist es nicht spannend?«, erkundigte sich Nick, trank einen Schluck und sah mich währenddessen über den Rand des Bechers an.

»Doch, jetzt unterhalte ich mich aber lieber mit dir. Bevor ich es vergesse, ich soll dir schöne Grüße von Ava ausrichten.«

»Danke. War sie hier?«

»Nein, ich habe sie heute Nachmittag auf dem Nachhauseweg getroffen.« Ich legte eine kleine Pause ein, bevor ich weitersprach. »Wusstest du übrigens, dass die Bleickens zwei Söhne haben?« Mit Spannung wartete ich auf Nicks Reaktion.

»Nein, das wusste ich nicht. Woher weißt du das?«

»Ava hat mir das erzählt. Sie kennt Helga Bleicken seit ihrer Jugendzeit, auch wenn ihr Verhältnis nicht sonderlich innig ist. Der zweite Sohn heißt Jasper, lebt aber schon lange nicht mehr auf Sylt.«

»Das soll vorkommen, dass jemand von hier weggeht.« Mehr sagte er nicht dazu, stattdessen kraulte er Pepper am Ohr und sah in den dunklen Garten, in dem die Silhouetten der Bäume und Sträucher wie stille Zeugen unserer Unterhaltung wirkten.

»Ava hat angedeutet, dass gemunkelt wird, dass Jasper nicht Marten Bleickens leiblicher Sohn ist. Näheres hat sie nicht gesagt, sondern meinte, man solle alte Wunden nicht aufreißen. Wäre doch denkbar, dass Jasper zurückgekehrt ist, es zum Streit zwischen den Geschwistern gekommen ist und er seinen Bruder am Ende erstochen hat.«

»Stopp, Anna! Bitte halte dich mit wilden Spekulationen, die jeglicher Grundlage entbehren, zurück«, wurde ich von Nick gebremst.

»Du musst zugeben, dass das immerhin eine Möglichkeit wäre.« Ich sah ihn herausfordernd an.

»Wir werden der Sache nachgehen. Aber du hältst dich bitte aus der Angelegenheit raus. Noch wissen wir nicht, wer und was dahintersteckt. Ich möchte auf keinen Fall,

dass du in irgendetwas hineingezogen wirst. Die Überfälle auf den Fahrradverleiher, die Bank und den Juwelier sind nach wie vor nicht aufgeklärt. Möglicherweise besteht ein Zusammenhang. Okay?« Er sah mich eindringlich an.
»Glaubst du, der Mord könnte etwas mit den Überfällen zu tun haben?«
»Anna!«
»Versprochen, ich halte mich raus«, gab ich zurück.
»Und auch kein Wort zu Britta.«
»Natürlich nicht. Du kannst dich auf mich verlassen.«

KAPITEL 22

»Moin, Herr Doktor Luhrmaier!« Uwe saß an seinem Schreibtisch, als das Telefon die Stille des Raums durchbrach. Schnell fegte er mit der Hand die letzten Krümel vom Tisch, die neben einer zusammengeknüllten Brötchentüte die Überbleibsel seines zweiten Frühstücks bildeten. »Ich schalte wie immer den Lautsprecher ein, damit der Kollege Scarren mithören kann«, ließ er seinen Gesprächspartner wissen.

»Tun Sie das. Ihnen ebenfalls einen guten Morgen, Herr Scarren! Ich will Sie gar nicht lange von Ihrer Arbeit abhalten, sondern Ihnen das vorläufige Obduktionsergebnis mitteilen.«

»Schießen Sie los!« Uwe nahm eine bequemere Sitzposition ein.

»Bei der Leiche handelt es sich um eine männliche Person, Ende 30, ein Meter 75 groß, stark übergewichtig ...« Das letzte Wort betonte er besonders und legte anschließend eine Kunstpause ein. Uwe schenkte Nick daraufhin einen fragenden Blick, der sich ein Grinsen nicht verkneifen konnte. Dann sprach Doktor Luhrmaier in gewohnter Manier weiter: »Eine fortgeschrittene Steatosis hepatis ist ein weiteres Indiz dafür, dass es um seine Gesundheit nicht sonderlich gut bestellt war.«

»Ist jetzt auch egal«, brummte Uwe und kritzelte nebenbei mit dem Kugelschreiber Kreise und Linien auf seinen Notizblock.

»Wollten Sie etwas sagen, Herr Wilmsen?« Der angriffslustige Ton in Luhrmaiers Stimme war nicht zu überhören.

»Nein, nein. Fahren Sie bitte fort.«

»Ich will mich auch nicht unnötig in Details verlieren. Der Stich wurde direkt von oben ausgeführt. Das lässt den Schluss zu, dass das Opfer bereits am Boden lag. Bei der Waffe handelt es sich um ...«

»... eine Lanze. Ja, das wissen wir bereits. Gibt es darüber hinaus etwas, was wir wissen müssen?«, platzte es aus Uwe heraus, der ungeduldig auf seinem Stuhl hin und her rutschte.

Am anderen Ende der Leitung herrschte Stille.

»Bitte, Herr Doktor Luhrmaier, sprechen Sie weiter«, ergriff Nick das Wort und schenkte seinem Freund einen verständnislosen Blick. Dieser zuckte die Schultern und setzte eine Unschuldsmiene auf.

Man konnte durch den Lautsprecher hören, wie der Rechtsmediziner die Luft lautstark ausstieß. Ohne auf Uwes Bemerkung einzugehen, fuhr er mit seinen Ausführungen fort: »Bei der Tatwaffe handelt es sich, wie bereits erwähnt, um eine Lanze aus Holz mit einer Metallspitze, die die Baucharterie getroffen hat.«

»Wenn ich eine Zwischenfrage stellen dürfte?«

»Selbstverständlich, Herr Scarren.«

»Ich stelle mir das relativ schwierig vor, jemanden mit einer Lanze anzugreifen und exakt die Baucharterie zu treffen. Das Opfer wird versucht haben, dem Angreifer auszuweichen, oder?«

»Das ist eine durchaus berechtigte Frage. Damit kommen wir zum nächsten Punkt. Um jemandem solch eine Verletzung wie im vorliegenden Fall beizubringen, bedarf es eines sogenannten Widerlagers.«

»Das heißt?«

»Das heißt, der Mann hat, wie ich bereits zuvor erwähnte, mit dem Rücken auf dem Boden gelegen. Durch diese Position hat sich ein Widerstand ergeben, der erforderlich ist, um die Energie auszunutzen, die wiederum bei dem Stich von oben benötigt wird, um eine derartige Verletzung herbeizuführen. Können Sie mir folgen? Im Übrigen war er bereits bewusstlos, als ihm die Verletzung mit der Lanze zugefügt wurde.«

»Ach was.« Uwe hielt inmitten seiner Kritzelei inne und sah zu Nick.

»Könnten Sie das näher erläutern?« Nick war aufgestanden, er brauchte dringend Bewegung und tigerte durch das Büro.

»Das Opfer wurde mit einem Schlag auf den Hinterkopf bewusstlos geschlagen. Dafür sprechen eindeutige Spuren auf äußere Gewalteinwirkung in diesem Bereich. Wie lange er bewusstlos war, lässt sich allerdings nicht exakt bestimmen. Kampfabwehrspuren konnten nicht gefunden werden, da der Mann von hinten angegriffen und mit einem gezielten Schlag niedergestreckt wurde.«

»Was kommt Ihrer Meinung nach dafür als mögliche Tatwaffe in Betracht?« Uwe strich sich nachdenklich mehrmals den Vollbart glatt.

»Ein stumpfer Gegenstand. Das Opfer war folglich wehrlos, als ihm die Stichverletzung mit der Lanze zugefügt wurde.«

»Laut zweier übereinstimmender Zeugenaussagen befand sich die Tatwaffe neben dem Opfer, als es gefunden wurde«, überlegte Nick.

»Damit käme ich auch zum nächsten Punkt. Anders als bei Schnittverletzungen rufen Stichverletzungen erheblich weniger Blutverlust nach außen hervor.«

»Der Tote schwamm förmlich in seinem Blut, als wir eintrafen«, bemerkte Uwe mit einem Stirnrunzeln.

»Ich war gerade im Begriff, Ihnen das zu erklären.« Abermals lag ein stummer Vorwurf in der Stimme des Rechtsmediziners. »Bei derartigen Stichverletzungen verblutet das Opfer meistens nach innen.«

»Wie ist dann die Blutlache zu erklären, die der Kollege Wilmsen eben erwähnt hat?«, bat Nick um eine Erklärung.

»Die Beschaffenheit der Wundränder sowie der Stichwinkel lassen den Schluss zu, dass das Opfer das Bewusstsein zurückerlangt hat und sich selbst der Waffe entledigt hat«, fuhr Doktor Luhrmaier in seiner Berichterstattung fort.

»Sie meinen, er hat sich die Lanze selbst aus dem Körper gezogen?«, wiederholte Uwe ungläubig.

»Absolut korrekt. Dies bedeutete sein endgültiges Todesurteil«, fügte Doktor Josef Luhrmaier ungerührt hinzu.

»Inwiefern?«, hakte Nick nach.

»Indem er die Waffe – in diesem Fall die Lanze – herausgezogen hat, hat sich eine Instabilität gebildet, an der er in der Folge gestorben ist. Das Blut konnte, wie Sie festgestellt haben, ungehindert nach außen dringen. Stellen Sie sich einen mit Wasser gefüllten Ballon vor, in dem ein Nagel steckt. Sobald sie ihn herausziehen würden, entweicht das Wasser, und zwar nach außen. So war es hier auch. Der Mann ist schlichtweg verblutet.«

»Das würde bedeuten, man hätte ihn unter Umständen retten können, wenn die Lanze stecken geblieben wäre?«, vergewisserte sich Uwe daraufhin.

»Unter Umständen, wobei der Faktor Zeit eine entscheidende Rolle spielt. Bei rechtzeitigem und richtigem Eingreifen hätte er eine Überlebenschance haben können.«

»Was wiederum bedeuten würde, dass wir es mit schwerer Körperverletzung mit anschließender Todesfolge zu tun hätten und nicht zwingend mit einem Mord«, zog Nick in Betracht.

»Vergiss den Schlag auf den Hinterkopf nicht. Damit wurde das Opfer zunächst handlungsunfähig gemacht. Anschließend konnte ihm der Täter die Lanze in Seelenruhe in den Bauch rammen. Wenn dahinter keine Mordabsicht steckt, müsste ich mich sehr täuschen!« Uwe blickte nachdenklich aus dem Fenster.

»Dahingehend stellt sich für mich die Frage der Spontaneität. Hat der Täter Bleickens vorübergehende Bewusstlosigkeit und somit seine Handlungsunfähigkeit nur ausgenutzt oder hatte er die Tat von vornherein geplant. Im ersten Fall wäre nicht von einem geplanten Mord auszugehen«, gab Nick zu bedenken. »Gab es eigentlich Kampfspuren, Herr Doktor Luhrmaier?«

»Nein, wir haben keine gefunden. Welche Schlüsse Sie letztendlich im Einzelnen daraus ziehen, sei Ihnen überlassen. Sofern von Ihrer Seite keine weiteren Fragen bestehen, würde ich unser Telefonat an dieser Stelle gern beenden. Alles Weitere finden Sie ohnehin in meinem Bericht, der Ihnen in Kürze zugeht.«

»Danke, Herr Doktor Luhrmaier, ich denke, das reicht für den Augenblick. Uwe? Hast du noch was?«

»Ich habe momentan auch keine weiteren Fragen«, ließ dieser verlauten.

»Gut. Dann wünsche ich einen angenehmen Tag, die Herren!«

»Hm. Wesentlich schlauer als vorher sind wir jetzt auch nicht.« Uwe kratzte sich nachdenklich am Kinn.

»Das sehe ich anders. Fest steht, dass Bleicken von dem oder der Täterin offensichtlich überrascht und niedergeschlagen wurde, da nichts auf eine körperliche Auseinandersetzung hindeutet. Das würde zumindest erklären, weshalb am Tatort keine Kampfspuren gefunden wurden. Während er bewusstlos war, hat er oder sie ihm die Lanze in den Bauch gestoßen. Als er zu sich kam, hat er sich die Waffe eigenhändig herausgezogen und auf diese Weise seinen Tod herbeigeführt.«

»Das ist rückwirkend betrachtet wirklich tragisch, wenn es sich tatsächlich so zugetragen hat.«

»Was willst du damit andeuten, Uwe?«

»Es wäre immerhin denkbar, dass eine weitere Person infrage kommen könnte?«

»Wie meinst du das?«

Die Tür wurde schwungvoll geöffnet, und Staatsanwalt Achtermann stolzierte herein, modisch gestylt mit einem rosa Hemd und sandfarbener Hose.

»Guten Morgen! Wie ich sehe, stecken Sie bereits mitten in der Arbeit. Gut so, es gibt schließlich einen heimtückischen Mord aufzuklären.«

»Moin, Herr Achtermann! Das gilt es noch abschließend zu beweisen. Wir haben eben mit Doktor Luhrmaier telefoniert.« Uwe bedeutete dem Staatsanwalt, Platz zu nehmen, doch dieser lehnte überraschend ab. Stattdessen hob er den linken Fuß leicht an, sodass er nur noch auf einem Bein stand. Uwe zog skeptisch die Augenbrauen hoch, verkniff sich jedoch einen Kommentar.

»Und? Was spricht der Medizinmann?« Achtermann war bemüht, das Gleichgewicht zu halten.

Nick gab dem Staatsanwalt eine kurze Zusammenfassung dessen, was ihnen der Rechtsmediziner kurz zuvor mitgeteilt hatte.

»Das ist in der Tat eine völlig neue Entwicklung. Was lernen wir daraus? Man sollte das Messer nächstes Mal besser stecken lassen, als es herauszuziehen.« Er wechselte auf das andere Bein und geriet ins Straucheln. Im letzten Augenblick stützte er sich mit der Hand an der Stuhllehne ab. Als er in die fragenden Gesichter der Beamten blickte, ergänzte er: »Schon mal vom vestibulären System gehört?«

»Ist das ansteckend?« Uwe rümpfte die Nase.

»Sie Witzbold! Präzise gesagt, handelt es sich beim vestibulären System um den Gleichgewichtssinn. Gezielte Gleichgewichtsübungen stärken sowohl die Rücken- als auch die gesamte Rumpfmuskulatur, was wiederum einem gleichmäßigeren Gangbild zugutekommt. Darüber hinaus verbessern sie die Motorik und die Konzentration. Somit können Stürze im Alltag vermieden werden, da der Gleichgewichtssinn und die Balance geschult werden«, philosophierte er weiter. Zusätzlich breitete er demonstrativ die Arme seitlich aus, geriet dabei jedoch abermals leicht ins Wanken.

»Das sehe ich«, bemerkte Uwe mit wachsendem Argwohn.

»Das sollten Sie unbedingt ausprobieren, Herr Wilmsen. Ich könnte Ihnen ein paar sehr effektive Übungen zeigen.«

»Später vielleicht«, lehnte dieser daraufhin dankend ab.

»Nach diesem kleinen Exkurs lassen Sie uns zu dem

Mordfall zurückkehren. Liegen die Ergebnisse der Spurensicherung vor? Haben Sie bereits einen Verdächtigen, der für die Tat infrage kommt?« Staatsanwalt Matthias Achtermann stand wieder mit beiden Füßen fest und sicher auf dem Boden, was Uwe mit Erleichterung zur Kenntnis nahm.

»Uns liegen diverse Zeugenaussagen vor. Bislang fehlen uns stichfeste Beweise, die für eine begründete Festnahme ausreichen würden.«

»Stichfest, das passt ja in diesem Fall.« Achtermanns Lachen erstarb augenblicklich, als er in die ernsten Gesichter der beiden Ermittler blickte. Er räusperte sich. »Nun gut. Halten Sie mich bitte weiterhin auf dem Laufenden. Ich werde, wie bereits erwähnt, eine Weile auf der Insel bleiben und bin somit jederzeit verfügbar.« Er sah auf die Uhr. »Oh, ich bin in zwei Minuten mit Herrn Reimers zum Essen verabredet. Informieren Sie mich umgehend, sofern Ihnen neue Erkenntnisse vorliegen sollten.«

»Wir melden uns«, bestätigte Uwe in der Hoffnung, der Staatsanwalt würde sie nicht länger mit seiner Anwesenheit beehren.

»Ich stelle mir gerade vor, wie du unter Achtermanns Anleitung Turnübungen machst«, bemerkte Nick belustigt, als sie wieder unter sich waren.

»Das wird nicht passieren, da kannst du sicher sein! Ich bin schließlich kein Flamingo!«, erwiderte Uwe und spielte damit auf die Hemdfarbe Achtermanns an.

Nick musste lachen, bevor er nachdenklicher wurde. »Danke, dass du Jan als möglichen Tatverdächtigen zunächst unerwähnt gelassen hast.«

»Wie du gesagt hast: Solang wir keine schlüssigen Beweise haben, bleibt er nichts weiter als ein Zeuge. Natürlich werden wir den Vorwürfen nachgehen müssen, die Bleickens Ehefrau geäußert hat, Freundschaft hin oder her.«

»Das ist unbestritten. Hast du gewusst, dass Eike einen älteren Bruder hat?« Nick blickte in Uwes erstauntes Gesicht.

»Das höre ich gerade zum ersten Mal. Interessant. Woher hast du die Info?«

»Von Anna.«

»Von Anna? Was du nicht sagst!«

»Ach, Uwe. Sie hat gestern zufällig Ava Carstensen getroffen, die ihr davon erzählt hat.«

»Lebt dieser Bruder auch auf Sylt?«

»Nein. Er ist vor geraumer Zeit nach Süddeutschland gegangen, das habe ich mittlerweile herausgefunden. Wie ich Anna verstanden habe, besteht zwischen ihm und seiner Familie seit seinem Weggang kein Kontakt mehr. Warum das so ist und was dazu geführt hat, kann ich dir nicht sagen. Es könnte damit zu tun haben, dass die Geschwister unterschiedliche Väter haben sollen. Das erzählt man sich wenigstens.« Nick zuckte die Achseln.

»Kannst du mir seinen Namen geben?« Uwe schnappte sich die Tastatur seines Computers.

»Klar. Er heißt Jasper Bleicken.«

»Mal sehen, ob sich etwas mehr über ihn finden lässt«, murmelte Uwe, während er den Namen in das Suchfeld eingab.

KAPITEL 23

»Moin, Piet!«, begrüßte ich meinen Geschäftspartner, der damit beschäftigt war, eine frisch eingetroffene Pflanzenlieferung zu kontrollieren.

»Moin! Hast du Christopher im Kindergarten abgeliefert?«, fragte er.

»Ja, er konnte es heute kaum erwarten, seine Freunde wiederzusehen.« Ich lachte.

»Das ist doch schön, dass er gerne dorthin geht.«

»Darüber bin ich auch sehr froh. Ist das die Lieferung, auf die du sehnlichst wartest?«

»Ja, aber leider ist nur die Hälfte der bestellten Ölweiden mitgekommen, und der Strandroggen ist ziemlich mickrig ausgefallen. Sieh dir das an!« Er zeigte auf die etwa 25 Zentimeter hohen Gräser.

»Das ist ärgerlich.«

»Ich habe eine weitere schlechte Nachricht.« Er verzog den Mund und ließ das Klemmbrett in seiner Hand sinken. »Jessica hat mich Freitagabend angerufen, sie kommt nicht mehr.«

»Sie kommt nicht? Einfach so? Sie hatte doch fest zugesagt? Hat sie einen Grund genannt, warum sie nicht länger für uns arbeiten will?«

»Das Übliche. Ihr Vermieter hat ihr zum Jahresende gekündigt. Ich muss dir nicht erklären, was es bedeutet, eine neue Wohnung auf der Insel zu finden. Die Mieten sind in den letzten Jahren exorbitant in die Höhe geschnellt. Auf die Pendelei zwischen dem Festland und der Insel hat sie auf die Dauer keine Lust, was ich durchaus verstehen kann.«

»Das altbekannte Problem.« Ich stieß einen Seufzer aus. »Und jetzt? So kurzfristig einen Ersatz zu bekommen, wird nicht leicht werden. Wir brauchen außerdem jemanden, der sich ein bisschen mit der Materie auskennt. Ich werde schnellstmöglich eine Anzeige aufgeben, wenn das für dich in Ordnung ist.«

»Klar ist es das. Ich werde die Dachwohnung über den Büros in Schuss bringen und selbst dort einziehen. Dann könnte ich meine Wohnung zur Not vermieten. Ich fühle mich, seit Lisa weg ist, nicht mehr besonders wohl dort.« Die Trennung von seiner Freundin hatte Piet nach wie vor nicht restlos überwunden. »Wärst du damit einverstanden?«

»Du musst mich nicht um Erlaubnis fragen, das Haus und das Grundstück gehören dir. Ich bin lediglich Teilhaberin an der Firma«, erklärte ich.

»Deine Meinung ist mir dennoch sehr wichtig, Anna.«

»Danke, Piet, das weiß ich zu schätzen. Jetzt werde ich mich an die Arbeit machen, sonst ist der Vormittag rum, ehe ich überhaupt angefangen habe.«

»Mach das! Wegen der freien Stelle habe ich eventuell eine Lösung.« Auf meinen fragenden Blick hin antwortete er: »Erzähle ich dir, wenn es spruchreif ist.«

Ich hatte eben ein Kundentelefonat beendet, als Gelächter von draußen auf dem Parkplatz zu mir drang. Neugierig stand ich auf und spähte durch das Fenster. Vor einem Kleinwagen konnte ich eine Frau erkennen, die sich angeregt mit Piet unterhielt. Ich konnte ihr Gesicht nicht sehen, da sie mir den Rücken zugewandt hatte. Piets Verhalten nach zu urteilen, handelte es sich um eine Bekannte. Ich setzte mich zurück an meinen Schreibtisch und widmete mich meiner Arbeit. Vertieft über einer Zeichnung brütend, zuckte ich zusammen, als ich plötzlich meinen Namen hörte.

»Anna?« Piet stand im Türrahmen. »Entschuldige, ich wollte dich nicht erschrecken.«

»Schon gut.« Erst jetzt erkannte ich eine weitere Person, die sich hinter Piet in mein Blickfeld schob.

»Hallo, Anna!«

»Katharina? Wie kommst du hierher? Seit wann bist du wieder auf Sylt?«, fragte ich und schenkte Piet einen irritierten Blick.

»Seit gestern Abend«, ließ sie mich erfreut wissen.

»Katharina hat mich angerufen und erzählt, dass sie gerade auf Jobsuche ist, da habe ich ihr angeboten, zunächst für Jessica einzuspringen, solang wir keinen Ersatz gefunden haben. Was hältst du von der Idee?« Piet sah mich erwartungsvoll an. Das Funkeln in seinen Augen blieb mir dabei nicht verborgen. Bevor ich reagieren konnte, meldete sich Katharina zu Wort.

»Ich habe eine Weile in einem Gartenmarkt auf dem Festland gearbeitet. Daher kenne ich mich ein bisschen mit Pflanzen aus und mit Bürokrams sowieso.«

»Grundsätzlich spricht nichts dagegen, würde ich sagen.«

»Prima, danke, Anna. Dann ist ja alles klar.« Sie strahlte, und nachdem wir einige Details geklärt hatten, verabschiedete sich wenig später von uns.

»Warum hast du mir nicht von Anfang an gesagt, dass du mit ihr gesprochen hast?«, wollte ich von Piet wissen, nachdem wir allein im Büro waren.

»Ich war zunächst nicht sicher, ob sie das mit dem Job wirklich ernst meinte, als wir am Telefon darüber gesprochen haben«, gestand er. »Jetzt bist du sauer auf mich, weil ich dir nicht gleich von der Sache erzählt habe. War wohl nicht die stärkste Idee, oder?«, räumte er reumütig ein.

»Unsinn! Ich fühlte mich im ersten Moment ein bisschen überrumpelt und wusste nicht recht, wie ich reagieren sollte. Ich konnte ja nicht wissen, dass ihr Kontakt habt. Habe ich irgendetwas nicht mitbekommen?« Ich unterzog ihn einem forschenden Blick und konnte sehen, wie Piet nach einer passenden Antwort suchte. Seine Ohren nahmen einen verdächtig roten Farbton an.

»Na ja, ich finde sie auch ein bisschen sympathisch«, erwiderte er und wirkte beinahe wie ein frisch verliebter Teenager.

»Mir gegenüber brauchst du dich nicht zu rechtfertigen. Schauen wir mal, wie sie sich macht.«

KAPITEL 24

»Das ist hochinteressant.« Uwe starrte wie gebannt auf seinen Bildschirm, während seine Finger in der Silberfolie nach einem Stück Schokolade tasteten.

»Was ist hochinteressant?« Nick stellte sich hinter den Kollegen, einen dampfenden Becher Kaffee in der Hand, an dem er vorsichtig nippte.

»Dieser Jasper Bleicken wohnt seit fast zehn Jahren in Stuttgart. Er ist Schauspieler am dortigen Staatstheater. Damit dürfte er als potenzieller Täter ausfallen.«

»Warum? Vielleicht hat er momentan Urlaub und hält sich auf der Insel auf«, entkräftete Nick das Argument des Kollegen.

»Halte ich zwar für unwahrscheinlich, aber ich werde versuchen, ihn zu erreichen.«

Ein Klopfen an der Tür ließ die beiden Beamten aufhorchen.

»Ja!«, rief Uwe, worauf sich die Tür öffnete. »Moin, kommen Sie herein!«

Klara Böel betrat das Büro. »Moin, ich hoffe, ich komme nicht ungelegen.«

»Nein. Was können wir für Sie tun?«

»Wir stecken nach wie vor in den Ermittlungen zu den Überfällen auf die Bank und den Juwelier Rodenbek.«

»Wir haben davon gehört«, bestätigte Nick.

»Laut der Täterbeschreibung des Inhabers, Arne Rodenbek, hatte der Täter gelbe Augen. Das Gesicht war ansonsten maskiert.« Sie machte eine Pause, um die Reaktion der beiden Kollegen abzuwarten.

»Das hieße …«, begann Uwe und kratzte sich am Kopf.

»… dass es sich um denselben Täter handelt wie bei dem Banküberfall. Ja, ich denke, davon können wir mittlerweile sicher ausgehen.«

»Es könnte sich ebenso um einen Trittbrettfahrer gehandelt haben. Bunte Kontaktlinsen sind leicht zu beschaffen. Im Internet ist nahezu alles zu bekommen«, gab Nick zu bedenken.

»Das halte ich für einen unwahrscheinlichen Zufall. Wir haben dieses Täterwissen nirgends veröffentlicht. Ich würde behaupten wollen, dass der Überfall auf den Fahrradverleih ebenfalls auf sein Konto geht.« Klara Böel sah von Uwe zu Nick. Dann fuhr sie fort: »Offensichtlich geht es ihm darum, möglichst schnell Beute zu machen. Dabei spielt die Branche keine ausschlaggebende Rolle. Die Nummer mit den gefärbten Kontaktlinsen scheint sein Markenzeichen zu sein. Das ist jedenfalls die Meinung von Herrn Reimers.«

»Die Kontaktlinsen sind unbestritten ein starkes Indiz. Trotzdem lässt sich bislang ein Zusammenhang zu dem Raubüberfall auf das Fahrradgeschäft nur vermuten. Was macht Herrn Reimers so sicher?«, wollte Uwe wissen, wobei er leicht gereizt wirkte.

»Das kann ich Ihnen leider auch nicht sagen«, gab sie zu.

»Seit wann mischt sich ein Dienststellenleiter derart in unsere Ermittlungen ein? Seinen Vorgänger haben die Einzelheiten nie besonders interessiert. Der war froh, wenn alles rund lief, und hat uns unsere Arbeit machen lassen«, brummte Uwe missmutig vor sich hin, ohne tatsächlich eine Antwort zu erwarten.

»Staatsanwalt Achtermann hat mir erzählt, dass es auf der Insel einen Mord gegeben hat? Ich habe ihn vorhin zufällig auf dem Flur getroffen. Ich dachte immer, er lebt auf dem Festland und gar nicht auf Sylt«, fügte die Kommissarin hinzu.

»Tut er auch. Er ist bloß aus privaten Gründen häufig auf der Insel«, erklärte Nick, ohne näher ins Detail zu gehen. »Was den Mord betrifft, stehen wir ganz am Anfang der Ermittlungen. Ein Mann wurde mit einer Lanze erstochen, drüben in Archsum.«

»Habe ich das richtig verstanden? Mit einer Lanze? Wer verwendet heutzutage solche Waffen?« Sie schüttelte verwundert mit dem Kopf.

»Diese Art Lanzen sind aus Holz und werden beim *Ringreiten*, einer nordfriesischen Tradition, verwendet. Sie sind etwa zwei Meter lang und besitzen an einem Ende eine Art Knauf und am anderen eine Metallspitze. Damit wird im

Galopp vom Pferd aus versucht, einen kleinen Ring aufzuspießen«, gab Nick eine knappe Erklärung ab.

»Wie ich sehe, habe ich in puncto Tradition und Kulturgut auf der Insel einigen Nachholbedarf.« Sie lachte kurz.

»Wenn Sie erst mal länger hier sind, bekommen Sie das zwangsläufig mit.« Uwe setzte ein wohlwollendes Lächeln auf. »Haben Sie mittlerweile das Fluchtauto des Bankräubers ausfindig machen können?«

»Zwischenzeitlich hat sich herausgestellt, dass die Nummernschilder gestohlen waren. Sie stammen von einem Fahrzeug aus Klanxbüll, das dort auf einem Park-and-ride-Parkplatz abgestellt war. Vom Fluchtwagen selbst fehlt weiterhin jede Spur, zumal nicht eindeutig feststeht, um welches Fabrikat es sich handelt. Die Zeugenaussagen liegen diesbezüglich meilenweit auseinander.« Sie verzog den Mund. »Lediglich bei der Farbe, in diesem Fall Anthrazit, und der Tatsache, dass es sich um einen älteren Kleinwagen handelt, stimmen die Aussagen größtenteils überein. Beim Überfall auf den Juwelier ist der Täter offenbar zu Fuß geflüchtet oder hatte das Fluchtfahrzeug in einiger Entfernung abgestellt. Im allgemeinen Getümmel fiel er nicht weiter auf. Maske und Kapuze runtergenommen, Sonnenbrille aufgesetzt, fertig.«

»Da bleibt nur zu hoffen, dass uns Gelbauge schleunigst ins Netz geht, bevor er seinen Streifzug munter fortsetzt. Der tanzt uns quasi auf der Nase rum«, bemerkte Uwe resigniert.

»Meine Leute arbeiten mit Hochdruck daran. Ich wollte Ihnen nur einen kurzen Zwischenbericht geben und muss gleich weiter.« Sie warf einen schnellen Blick auf ihr Smartphone.

»Haben Sie vielen Dank!«

»Gern, Herr Wilmsen. Sie wissen, wo Sie mich finden,

wenn Sie Fragen haben sollten. Bis dann!« Mit einem Kopfnicken verabschiedete sie sich.

»Nette Person«, befand Uwe. »Okay, aber jetzt weiter im Text. Dann werde ich versuchen, diesen Jasper Bleicken zu erreichen, um zu hören, was er zu sagen hat«, erklärte Uwe und griff zum Telefonhörer.

»Und ich werde mich noch mal mit Eikes Frau, Mirja, unterhalten. Ich habe sie hierher bestellt. Eigentlich müsste sie jeden Augenblick erscheinen.« Nick warf einen Blick auf seine Armbanduhr. Im selben Moment klingelte das Telefon, und er nahm ab. »Just in time, sie ist da. Du findest mich im Vernehmungszimmer, falls du mich suchst. Oder willst du dabei sein?«

»Fangt ruhig ohne mich an. Ich erledige das Telefonat und komme anschließend nach. Nur kein Stress.«

Nick öffnete die Tür und stutzte. »Maria? Was machst du denn hier?« Unerwartet stand er seiner Schwiegermutter gegenüber.

»Guten Tag, Nick! Ich freue mich auch, dich zu sehen«, gab sie zurück und schob sich an ihm vorbei ins Zimmer. »Hallo, Herr Wilmsen!«

»Frau Bergmann, das ist ja eine Überraschung!« Uwe war aufgestanden und reichte Annas Mutter zur Begrüßung die Hand. »Was können wir für Sie tun?«

»Ich will gar nicht lange stören und bin auch gleich wieder verschwunden.« Sie lächelte verlegen und zog eine runde Plastikbox mit Deckel aus einem Stoffbeutel hervor. »Da ich gerade in der Nähe war, dachte ich, ihr freut euch bestimmt über ein bisschen Kuchen.« Mit verheißungsvoller Miene öffnete sie den Deckel der Box.

»Schokomuffins! Lecker!« Uwe lief bei dem Anblick der kleinen runden Kuchen mit dunkler Glasur das Wasser im Mund zusammen. Er musste unwillkürlich schlucken.

»Mit Schokostückchen!«, fügte sie stolz hinzu. »Ich habe sie für das gestrige Handarbeitstreffen gebacken, aber die Damen waren sehr zurückhaltend, deshalb sind so viele übrig geblieben.«

»Wahrscheinlich hast du wie immer für eine ganze Kompanie gebacken«, konnte sich Nick eine Bemerkung nicht verkneifen und grinste. Der empörte Blick seiner Schwiegermutter ließ nicht lange auf sich warten.

»Bislang hast du dich über die Reste nie beschwert!«, konterte sie prompt.

»Schon okay, Maria.«

»Ich wollte euch eine kleine Freude bereiten. Ein bisschen Nervennahrung kann man immer gebrauchen, nicht wahr, Herr Wilmsen?«

»Eine hervorragende Idee! Oder, Nick?« Uwe sah zu dem Kollegen.

»Hervorragend«, bestätigte dieser.

»Das freut mich«, erwiderte Maria zufrieden. »Jetzt will ich euch nicht weiter stören.« Sie griff nach ihrer Tasche und drehte sich zur Tür, als ihre Augen an den Fotos an dem Wandbord hängen blieben. »Ist das etwa Blut?« Sie zeigte auf die undefinierbare Schmiererei des getöteten Fahrradhändlers, die die Spurensicherung auf Fotos vom Fußboden des Fahrradladens festgehalten hatte.

»Ja«, bestätigte Uwe.

Neugierig trat Maria Bergmann ein Stück näher an die Bilder heran. »Was soll das bedeuten?«

»Das wüssten wir auch gern.« Uwe ignorierte geflissentlich Nicks warnenden Blick.

Sie betrachtete das Foto und drehte dabei den Kopf hin und her, während die beiden Beamten sie beobachten.

»Darf ich das Foto abnehmen?«, fragte sie.

»Das können Sie gerne machen!«

Das ließ sich Maria nicht zweimal sagen und nahm das Foto in die Hand.

»Hast du eine Idee, was das bedeuten könnte? Im ersten Moment dachten wir an Buchstaben, haben den Gedanken allerdings schnell verworfen, da wir nichts entziffern konnten«, räumte Nick ein.

»Hm«, überlegte sie und legte das Foto auf die Tischplatte. Dann trat sie einen Schritt zurück und betrachtete es abermals von allen Seiten.

Uwe und Nick folgten aufmerksam ihrem Mienenspiel.

»Ich denke, dass das doch Buchstaben sind. Könnte ich etwas zum Schreiben bekommen?«, fragte sie.

»Wenn es hilft.« Nick reichte ihr einen Notizblock und einen Kugelschreiber. »Bitte!«

»Danke.« Dann begann sie, unterschiedliche Linien und Kreise zu zeichnen, strich dann alles wieder durch.

»Was wird das, wenn es fertig ist?«, erkundigte sich Nick ungeduldig.

»Ich bin überzeugt, dass es sich um Buchstaben handelt. Das hier«, sie deutete auf das rundere der beiden Zeichen, »könnte ein A sein. Seht ihr?« Sie malte es nach.

»Für mich ist das eher ein kleines D«, bemerkte Uwe mit vollem Mund.

»Aber nicht in altdeutscher Schrift.« Sie sah die beiden mit vor Aufregung geröteten Wangen an.

»Altdeutsch? Schreibt das heutzutage überhaupt noch jemand?«, fragte Uwe kauend. »Echt lecker, Frau Bergmann.«

»Das freut mich.«

»Wenn man das Alter von Joon Andresen berücksichtigt, könnte das durchaus möglich sein«, zog Nick in Erwägung.

»Diese Art zu schreiben, beherrschen nicht ausschließlich alte Leute«, bemerkte Maria leicht verschnupft.

»Das war auf keinen Fall despektierlich gemeint, Maria«, betonte Nick.

»Vielleicht ist Altdeutsch im klassischen Stil auch missverständlich, jedenfalls geht es in die Richtung. Meine Mutter hat so ähnlich geschrieben und Ava übrigens auch«, hob Maria hervor und widmete sich wieder dem Foto.

»Und der andere Buchstabe? Was ist das? Ein J?«

»Nein, Nick.« Sie schüttelte vehement den Kopf. »Das ist …«, sie zögerte ihre Antwort einen Moment hinaus, »… das ist definitiv ein G. Seht ihr?« Sie malte den Buchstaben auf dem Block nach und betrachtete anschließend zufrieden ihr Werk.

»Damit könnten Sie tatsächlich recht haben. Aber ich frage mich, was …«, überlegte Uwe laut, während seine Augen zwischen der Zeichnung und dem Foto hin und her wanderten.

»Der Hinweis auf das Markenzeichen des Täters! Oh Mann, da hätten wir auch selbst draufkommen können!« Nick schlug sich mit der flachen Hand vor die Stirn.

»Ich verstehe nicht?«

»Mensch, Uwe! G und A! Verstehst du?« Zur Verdeutlichung bildete Nick mit Zeige- und Mittelfinger ein V und deutete auf seine Augen.

»Natürlich! Das würde bedeuten, dass es sich bei Andresens Mörder, dem Bankräuber und dem Schmuckdieb um ein und dieselbe Person handelt«, vervollständigte Uwe das Gedankenspiel.

»Das verstehe ich nun wiederum nicht.« Maria blickte etwas ratlos drein.

»Danke, Maria, du hast uns sehr geholfen.« Nick ging auf ihre Frage nicht näher ein, sondern legte einen Arm um seine Schwiegermutter und drückte sie an sich.

»Jaja, schon in Ordnung. Wir Alten sind eben manchmal doch noch nützlich.«

»Frau Bergmann, ich bitte Sie! Sie sind doch das blühende Leben und zählen bei Weitem nicht zum alten Eisen!«, verlieh Uwe seiner Wertschätzung Ausdruck.

»Herr Wilmsen, Sie alter Charmeur!« Ihre Wangen wurden schlagartig von einem zarten Rotton überzogen.

»Es tut mir leid, aber ich muss los. Die Zeugin wartet bereits.« Nick verabschiedete sich von seiner Schwiegermutter und verließ das Büro.

»Ich werde mich auch auf den Weg machen, sonst gibt mein Mann am Ende eine Vermisstenanzeige auf. Er weiß ja nicht, dass ich bei der Polizei bin.« Sie lachte herzlich.

Uwe stimmte in ihr Lachen ein. »Warten Sie, ich bringe Sie noch nach unten. Haben Sie nochmals vielen Dank für Ihre Hilfe und natürlich für den leckeren Kuchen.« Er öffnete ihr die Bürotür und deutete eine leichte Verbeugung an, um ihr den Vortritt zu gewähren.

KAPITEL 25

»Moin, Anna! Ist Nick da?« Vor der Haustür stand Nicks Kollege Christof Paulsen.

»Hallo, Christof! Nein, er läuft gerade eine Runde mit den Hunden, müsste aber jeden Augenblick zurück sein. Komm doch rein!«

»Ich will euch wirklich nicht stören.« Nur zögernd folgte er meiner Aufforderung und trat in die Diele.

»Das tust du nicht. Christopher übernachtet heute bei meinen Eltern. Ich bin momentan allein. Kann ich dir etwas zu trinken anbieten? Kaffee, Wasser? Oder etwas anderes?«

»Nein, nichts, danke.«

»Was macht deine Verletzung? Das Auge sieht jedenfalls noch ganz schön fies aus.« Ich besah die dunkelviolett verfärbte Stelle unter seinem rechten Auge, die ihm der Bankräuber mit seinem gezielten Tritt zugefügt hatte.

»Sieht schlimmer aus, als es ist. Hätte insgesamt übler ausgehen können«, erwiderte er und zog eine Grimasse.

»Wer konnte ahnen, dass der Typ Kampfsport beherrscht und obendrein vor dem Gebrauch einer Schusswaffe nicht haltmacht. Was hättest du denn tun sollen, ohne dich und andere in Gefahr zu bringen? Ich glaube nicht, dass du dir irgendwelche Vorwürfe machen musst.«

»In solch einer Situation musst du mit allem rechnen. Oberstes Gebot ist der Schutz der Geiseln. Blöd war, dass ich allein war.«

Christof zählte in meinen Augen zu der Kategorie Menschen, die nicht sonderlich mitteilungsbedürftig waren, doch heute gab er sich selbst für seine Verhältnisse auffallend schweigsam. Ich trank einen Schluck aus meinem Glas, um das Schweigen zu überbrücken, das sich zwischen uns ausbreitete. Ich kannte ihn lange genug, um zu spüren, dass ihm etwas auf der Seele lag.

»Wie geht es deiner Freundin?«, fragte ich in der Hoffnung, nicht ausgerechnet einen wunden Punkt zu treffen.

»Wir haben uns getrennt. Sie will in Dänemark bleiben«, erwiderte er knapp.

»Oh, das tut mir sehr leid.« Volltreffer, kam es mir in den Sinn. Genau das hatte ich vermeiden wollen.

»Wahrscheinlich ist es besser so.« Er zuckte lapidar mit den Schultern.

»Tja. Hast du Pläne für das Wochenende? Das Wetter soll halten und sogar noch wärmer werden. Bislang haben wir wirklich einen tollen Sommer«, war ich bemüht, unser Gespräch am Laufen zu halten. In diesem Augenblick hörte ich den Schlüssel in der Tür und war dankbar dafür. Die beiden Hunde stürmten herein, um unseren Gast gebührend zu begrüßen.

»Nicht so wild, ihr zwei!«, versuchte ich, ihnen Einhalt zu gebieten. Besonders die Border Collie Hündin Chili sprang sofort an jedem Besucher hoch und hätte ihm am liebsten einmal quer über das Gesicht geleckt.

»Hey, Christof! Welch seltener Gast. Willst du zu mir?« Nick war vom Laufen ein bisschen außer Atem. Er wischte sich mit dem Handrücken den Schweiß von der Stirn.

»Moin, Nick! Ja, ich war gerade in der Nähe und wollte dich kurz sprechen. Ist aber eigentlich nicht so wichtig. Können wir auch ein anderes Mal machen. Ich wollte nicht einfach hereinplatzen«, wiegelte Christof ab und schien es plötzlich ausgesprochen eilig zu haben.

»Kein Thema! Bierchen?«

»Okay, überredet.«

»Geh' doch auf die Terrasse. Ich springe schnell unter die Dusche.« Er deutete auf sein nasses T-Shirt, das wie eine zweite Haut an seinem Körper klebte.

»Und ich wollte sowieso in die Küche, die Hunde füttern. Dann bringe ich auf dem Rückweg das Bier gleich mit«, bot ich an und verließ – eskortiert von den beiden Fellnasen – den Wohnbereich.

»Was wollte Christof denn Wichtiges, dass er dich extra nach Feierabend aufsucht?«, konnte ich meine Neugierde nicht länger im Zaum halten, nachdem Nicks Kollege gegangen war.

»Ansgar feiert in zwei Wochen runden Geburtstag, und Christof wollte vorschlagen, dass unsere Sportgruppe ein gemeinsames Geschenk organisieren sollte.«

»Aha. Das hätte er dich ebenso gut auf dem Revier fragen können. Ihr lauft euch doch ständig über den Weg. Oder?«

»Ich habe keine Ahnung. Vielleicht wollte er vermeiden, dass Ansgar etwas mitbekommt. Er ist ziemlich neugierig.«

»Seine Freundin hat sich von ihm getrennt. Sie will nicht nach Sylt ziehen, sondern in Dänemark bleiben. Hast du das gewusst?«

»Nein, darüber hat er mit mir nicht gesprochen.«

»Ich werde das Gefühl nicht los, dass die Sache mit dem Geschenk bloß ein Vorwand war.«

»Vorwand wofür? Wie kommst du darauf?« Nick zog fragend eine Augenbraue hoch.

»Weibliche Intuition«, entgegnete ich.

»Soso. Ich glaube eher, deine Fantasie geht mal wieder mit dir durch.« Er lachte, beugte sich zu mir und drückte mir einen Kuss auf die Stirn.

»Gibt es Neuigkeiten zu den Raubüberfällen oder im Fall Eike Bleicken? Im Augenblick jagt ein Verbrechen das nächste«, griff ich ein ernsteres Thema auf.

Nick holte tief Luft, bevor er antwortete. »Wir haben richtig viel zu tun. Aber du weißt, dass ich dir keine Einzelheiten erzählen darf.«

»Ach, Nick!« Ich präsentierte einen meiner schönsten Augenaufschläge, was ein breites Grinsen auf seinem Gesicht hervorrief.

»Und du glaubst, auf diese Weise bekommst du mich weichgeklopft?«

»Das hoffe ich zumindest«, hauchte ich mit verführerischer Stimme.

Er lachte. »Deine Mutter hat uns heute einen Besuch abgestattet.«

»Mama war bei euch im Büro?«, fragte ich nach, um mich zu vergewissern, ihn richtig verstanden zu haben. »Was wollte sie?«

»Sie hat Schokomuffins vorbeigebracht, die von gestern übrig geblieben sind.«

»Vermutlich konntet ihr damit die halbe Belegschaft versorgen.«

»So ähnlich.«

»Mir hatte sie auch welche angeboten, ich habe allerdings abgelehnt. Dass sie anschließend zu euch kommt, hätte ich nicht erwartet.«

»Uwe war hocherfreut«, bemerkte Nick amüsiert. »Maria hat uns außerdem weiterhelfen können.«

»Hat sie euch gleich noch das Rezept dagelassen?« Ich musste schmunzeln.

»Nein, aber sie konnte uns bei der Entzifferung der Zeichnung helfen, die der Fahrradhändler kurz vor seinem Tod auf den Boden gemalt hat.«

»Ach. Ausgerechnet meine Mutter löst den Fall?« Diese Information machte mich nahezu sprachlos.

»Von Lösen kann keine Rede sein. Sie hat uns lediglich unterstützt. Ihr ist aufgefallen, dass es sich bei der Schreibweise der Buchstaben um altdeutsche Schrift handeln könnte.«

»Und?« Ich konnte nach wie vor keinen Zusammenhang erkennen.

»Wir haben uns gefragt, ob die Schmiererei eventuell Buchstaben sein könnten. Allerdings ergab das, was wir herausgefunden hatten, keinen Sinn. Betrachtet man sie allerdings vor dem Hintergrund einer anderen Schrift, dann entstehen vollkommen andere Buchstaben. Was wir für ein D und ein J gehalten haben, hat deine Mutter als G und A enttarnt«, erklärte Nick.

»Ich weiß leider immer noch nicht, was du mir damit sagen willst.«

»Ich weiß, es ist etwas kompliziert. Der Buchstabe G könnte für Gelb stehen und das A für Auge. Verstehst du?«

»Ach, jetzt kapiere ich. Der Täter mit den gelben Augen!«

»Genau. Das würde bedeuten, dass nicht nur der Bankraub und der Überfall auf den Juwelier vom selben Täter verübt wurden, sondern auch der Raubüberfall auf Joon Andresen.«

»Und ausgerechnet meine Mutter hat euch auf die Spur mit den Buchstaben gebracht. Komisch, dass sie mich nicht sofort angerufen hat, um mir das zu erzählen.«

»Sie musste versprechen, mit niemandem darüber zu sprechen, um die Ermittlungen nicht zu gefährden.«

»Ob sie das lange durchhält? Wenigstens vor meinem Vater wird sie es nicht zurückhalten können. Aber er kann schweigen wie ein Grab. Was passiert jetzt?«

»Jetzt ist Ende der Fragestunde. Ich habe sowieso schon viel zu viel geredet. Wie sieht es aus? Es ist noch nicht so spät. Wollen wir essen gehen? Ich lade dich zur Feier des Tages ein.«

»Da sage ich nicht Nein! Wohin gehen wir?«

»Wohin du willst. Du hast freie Wahl!«

»Prima, dann weiß ich, wohin, vorausgesetzt wir bekommen spontan einen Tisch. Ich ziehe mich schnell um und schminke mich ein bisschen.«

»Wozu willst du dich umziehen? Du siehst super aus, wie du bist.« Nick musterte mich eingehend von Kopf bis Fuß.

»Meinst du, ich kann in den Klamotten gehen?«

Nick rollte mit den Augen. »Das würde ich sonst nicht sagen, Sweety. Let's go!«

»Das war lecker! Ich befürchte, ich platze jeden Augenblick. Danke für die Einladung, Nick«, sagte ich und strich mir demonstrativ über den Bauch.

»Gerne. Mir geht es ähnlich wie dir. Vielleicht hätte ich mir den Nachtisch doch verkneifen sollen, aber er hat mich echt gereizt.«

»Hin und wieder darf man ruhig ein bisschen über die Stränge schlagen. Du besitzt sowieso kein Gramm Fett zu viel«, konterte ich umgehend und öffnete heimlich den Knopf an meiner Jeans.

Wir überquerten den Bahnübergang bei Keitum und fuhren die Hauptstraße entlang in Richtung Archsum. Kurz vor der scharfen Rechtskurve zog ein Licht, das linker Hand von der Bahnstrecke kam, meine Aufmerksamkeit auf sich.

»Mach' mal langsamer, Nick! Da steht ein Zug mitten auf freier Strecke. Ungewöhnliche Stelle für einen Zwischenstopp, findest du nicht?«, bemerkte ich.

Nick drosselte das Tempo und lenkte den Wagen geradeaus in die kleine Straße, die in diesem Bereich auf beiden Seiten von Sträuchern und Bäumen begrenzt wurde.

»Das ist eine Einbahnstraße«, protestierte ich, doch sein vielsagender Blick ließ mich verstummen.

Wir hielten, und Nick war im Begriff auszusteigen.

»Warte, ich komme mit!«, sagte ich und öffnete die Beifahrertür.

»Dachte ich mir«, hörte ich Nick knurren.

Wir liefen den schmalen Pfad zwischen zwei Feldern entlang zum Bahndamm. Kurz bevor wir die Stelle erreicht hatten, an der die Lok stand, erkannten wir die Silhouette eines Mannes. Er leuchtete mit der Taschenlampe in unsere Richtung, nachdem Nick ihm etwas zugerufen hatte. Geblendet von dem Lichtschein, hielt ich mir schützend eine Hand über die Augen.

»Wir müssen sofort die Polizei verständigen. Der lag plötzlich auf den Gleisen!« Er deutete aufgeregt hinter sich. »In der Dunkelheit hatte ich keine Chance, rechtzeitig zu reagieren! Er ist tot!« Der Lokführer stand augenscheinlich unter Schock. Seine Hände zitterten dermaßen stark, dass der Schein der Taschenlampe nervös zappelte.

»Es war nicht Ihre Schuld. Setzen Sie sich erst mal.« Der Mann folgte Nicks Anweisung und ließ sich abseits der Schienen auf einem Findling nieder.

»Mein Name ist Nick Scarren, ich bin von der Polizei«, erklärte Nick, während er sein Handy aus der Hosentasche zog, um die Kollegen und einen Rettungswagen anzufordern. »Befinden sich Personen in dem Zug?«, erkundigte er sich.

»Nein, das ist eine Leerfahrt«, antwortete der Lokführer beinahe mechanisch und starrte dabei ins Leere. »Ich konnte doch nicht ahnen, dass da einer liegt«, wiederholte er ein ums andere Mal. Dann vergrub er das Gesicht in den Händen und wimmerte leise vor sich hin. »Oh Gott! Warum muss ausgerechnet mir das passieren?« Das Wimmern ging zunehmend in ein Schluchzen über.

»Sweety, bleib' bitte bei dem Mann, bis Verstärkung kommt.« Nick griff nach der Taschenlampe und war im Begriff zu gehen.

»Wo willst du hin?«

»Zur Unglücksstelle.«

»Soll ich mitkommen?«

»Auf keinen Fall! Du bleibst hier.« Seine Antwort fiel

vermutlich schärfer aus, als er beabsichtigt hatte, denn er setzte bedächtiger nach: »Den Anblick solltest du dir ersparen.« Dann drehte er mir den Rücken zu und ging parallel zu den Gleisen bis zur Zugmaschine.

Aus der Ferne konnte ich die Sirenen der Einsatzfahrzeuge hören. Zuckendes Blaulicht erhellte die Nacht und kam schnell näher. In kürzester Zeit war ich umringt von Polizei, Rettungskräften und Feuerwehrleuten. Der Bahndamm war in das gleißende Licht mehrerer Scheinwerfer getaucht. Während sich ein Sanitäter und ein Seelsorger um den unter Schock stehenden Lokführer kümmerten, hielt ich Ausschau nach Nick. Ein Stück weiter hinten erkannte ich ihn im Gespräch mit dem Einsatzleiter der Feuerwehr. Mittlerweile war es weit nach Mitternacht. Ich begann, leicht zu frösteln, was weniger der Kälte als der nervlichen Anspannung geschuldet war.

»Sorry, dass ich dich so lange habe warten lassen«, entschuldigte sich Nick, als er kurze Zeit später zu mir kam. »Ist dir kalt?«

»Nein, das sind nur die Nerven. Wisst ihr, um wen es sich handelt?« Ich sah an ihm vorbei zu der Unglücksstelle, um die mehrere Einsatzkräfte versammelt waren.

»Bislang können wir nur sagen, dass es sich um eine männliche Person handelt.«

»Warum werfen sich Menschen vor einen Zug? Kann man derart verzweifelt sein, dass das der letzte Ausweg ist?«

»Ich gehe nicht von einer Kurzschlusshandlung aus, da spielen mehrere Faktoren eine Rolle. Das macht man nicht einfach so.« Nick legte einen Arm um mich. »Komm, wir fahren jetzt nach Hause.«

»Musst du anschließend wieder zurück hierher?«

»Nein, um alles Weitere kümmern sich die Kollegen. Außerdem lasse ich dich nicht allein.«

Wortlos gingen wir durch das Dunkel zurück zu unserem Auto.

»Und wenn das kein Selbstmord war?«, ließ mich der Gedanke nicht los, als wir zu Hause angekommen waren. Nick zog verwundert eine Augenbraue hoch. »Es wäre immerhin möglich, dass er absichtlich auf die Schienen gelegt wurde.«

»Weshalb sollte jemand deiner Meinung nach so etwas tun?«

»Um es nach einem Suizid aussehen zu lassen.«

»Das bezweifle ich, dass sich jemand solche Mühe macht. Das Risiko, dabei gesehen zu werden, ist relativ hoch. Da gibt es einfachere Methoden.«

»Das ist jetzt euer Job, die Wahrheit herauszufinden.«

Nick stieß einen lang gezogenen Seufzer aus. »Eben. Versprich mir, dass du dich aus der Angelegenheit raushältst. Anna?«

»Ich habe es verstanden. Außerdem wüsste ich ohnehin nicht, wo ich ansetzen sollte.«

»Das hoffe ich.«

»Jetzt muss ich unbedingt ins Bett. Kommst du nicht mit?«, stutzte ich, als Nick keine Anstalten machte, mir die Treppe nach oben in unser Schlafzimmer zu folgen.

»Ich kann noch nicht schlafen. Geh' ruhig!«

»Soll ich lieber bei dir bleiben, und wir reden?«, bot ich an.

»Danke, ich komme zurecht. Nach so einer Sache brauche ich ein bisschen Zeit für mich. Ist das okay für dich?«

»Ja klar, das verstehe ich«, gab ich zurück, obwohl ich nach diesem schrecklichen Erlebnis lieber mit ihm an meiner Seite eingeschlafen wäre.

»Schlaf gut, Sweety!«

»Danke, du auch.« Ich gab ihm einen Kuss.

Nach einer Stunde hatte ich noch immer kein Auge zugemacht und lag wach. Dann hörte ich Nick die Treppe nach oben kommen. Er machte kein Licht im Schlafzimmer und ging leise in das angrenzende Bad. Ich konnte Wasser laufen hören. Kurz darauf kam er zurück und legte sich zu mir ins Bett. Ich rutschte näher an ihn heran, um mich anzukuscheln. Sogleich schoben sich seine Hände unter mein Shirt, und ich konnte seinen warmen Atem in meinem Nacken spüren. Augenblicklich waren die düsteren Bilder des Abends aus meinem Kopf sowie die Müdigkeit verschwunden. Diesen Moment beherrschte einzig unser gegenseitiges Verlangen. Nachdem wir uns leidenschaftlich geliebt hatten, schlief ich geborgen in Nicks Armen ein. Draußen kündigte sich bereits ein neuer Tag an.

KAPITEL 26

»Guten Morgen, Anna!«, wurde ich von Katharina begrüßt, als ich unsere Firma in Braderup betrat.

»Moin, du bist aber pünktlich«, erwiderte ich und stellte meine Tasche neben dem Schreibtisch ab.

»Natürlich. Schließlich will ich nicht gleich an meinem ersten offiziellen Arbeitstag zu spät kommen.« Sie lachte und korrigierte den Sitz ihrer Bluse. »Ist alles in Ordnung mit dir? Du siehst aus, als hättest du nicht besonders viel geschlafen.«

»Ich konnte ewig nicht einschlafen. Das Gedankenkarussell war mächtig am Kreisen«, erwiderte ich, was im Großen und Ganzen der Wahrheit entsprach.

»Davon kann ich auch ein Lied singen.« Sie seufzte. »Magst du drüber reden?«

Bevor ich zu einer Antwort ansetzen konnte, kam Piet herein. »Moin, Mädels! Das trifft sich gut, dass ihr beide da seid, ich habe uns frische Brötchen und Croissants mitgebracht.« Mit einem strahlenden Lächeln hielt er eine Tüte in die Höhe. Ich konnte mich nicht erinnern, wann ich ihn zu dieser frühen Stunde derart gut gelaunt angetroffen hatte. Normalerweise begann er den Arbeitstag eher wortkarg.

»Gibt es dafür einen besonderen Grund? Hast du Geburtstag?« Im Geiste blätterte ich in meinem Kalender.

»Nein, einfach so.« Er legte die Tüte auf dem Schreibtisch ab.

»Kommt das bei euch öfter vor? Der Chef bringt Frühstück mit, ich glaube, da habe ich mit der Wahl meiner Arbeitsstelle voll ins Schwarze getroffen.« Katharina zwinkerte mir zu.

»Denk dran, ich bin nicht der alleinige Chef von dem Laden. Anna und ich sind gleichberechtigte Partner«, betonte Piet und schenkte Katharina einen auffallend intensiven Blick.

Als ich mich gerade fragte, ob zwischen den beiden mehr als eine geschäftliche Verbindung bestand, verriet das Knirschen von Reifen auf Kies, dass ein Fahrzeug auf den Hof fuhr. Neugierig sah ich aus dem Fenster und erkannte einen Streifenwagen. Während einer der Polizeibeamten ausstieg, blieb der andere im Wagen sitzen.

»Moin zusammen!«, grüßte er beim Eintreten.

»Christof! Wir laufen uns in letzter Zeit ja ständig über den Weg. Was können wir für dich tun?«, fragte ich Nicks Kollegen.

»Ich komme sozusagen in eigener Sache. Ich hatte deswegen mit Piet telefoniert«, erklärte er und wirkte nervös, denn er trat unruhig auf der Stelle.

»Ach, das hätte ich glatt vergessen!« Piet schlug sich mit der flachen Hand gegen die Stirn. »Der Gutschein für die Tombola!«

»Tombola?« Ich verstand kein Wort.

»Für das diesjährige Sommerfest der Sylter Polizei. Ich hatte versprochen, etwas für die Tombola beizusteuern«, fügte Piet erklärend hinzu und wühlte sich durch die Unterlagen auf seinem Schreibtisch. »Ich hoffe, das ist in deinem Sinne, Anna?«

»Auf jeden Fall! Bist du im Organisationsteam, Christof?«

»Was? Ja, das bin ich.« Er schien mit seinen Gedanken woanders zu sein und schenkte mir ein flüchtiges Lächeln.

»Das ist übrigens Katharina«, stellte ich unsere neue Mitarbeiterin vor. »Der Bankräuber hatte sie als Geisel genommen. Du erinnerst dich bestimmt.«

Er nickte knapp. »Ich hoffe, Sie haben alles gut überstanden.«

»Danke, ich hatte unglaublich viel Glück, dass mir nichts weiter passiert ist. Sie sind nicht so glimpflich davongekommen, habe ich von Anna gehört? Sie wurden angeschossen«, erwiderte sie und sah ihm dabei fest in die Augen.

»Ein Streifschuss, geht schon wieder«, murmelte er und wich ihrem Blick aus.

»Polizeibeamte schweben in ständiger Gefahr und müssen für andere den Kopf hinhalten. Das wäre definitiv kein

Job für mich. Ich bewundere das wirklich«, fügte sie nachdenklich hinzu.

»Hier ist der Gutschein, ich habe ihn gefunden.« Piet zog einen Umschlag hervor, strich ihn glatt und übergab ihn anschließend an Christof.

»Vielen Dank dafür! Dann will ich mal weiter. Noch einen schönen Tag allerseits!« Er tippte sich an die Stirn und ging nach draußen, wo sein Kollege bei geöffneter Seitenscheibe auf ihn wartete.

»Ist der immer so kommunikativ?« Katharina grinste schief.

»Christof zählt ohnehin zu den ruhigeren Typen. Vielleicht stand ihm heute einfach nicht der Sinn nach Small Talk«, ließ ich sie wissen.

»Oder ihm ist die Sache von neulich ein wenig peinlich.« Ich sah Katharina forschend an. »Meinst du, ihm ist es unangenehm, dass er den Bankräuber nicht überwältigen und deine Geiselnahme verhindern konnte?«

»Wäre immerhin denkbar.«

»Das kann ich mir nicht vorstellen. Was hätte er machen sollen, ohne alle anderen in Gefahr zu bringen? Ich könnte mir eher vorstellen, er hat ein Faible für dich.« Amüsiert wartete ich auf ihre Reaktion.

»Quatsch! Das glaube ich nicht. Aber wenn ich es mir recht überlege, ist er schon attraktiv.« Ein breites Grinsen erschien auf ihrem Gesicht.

»Seid mal kurz still, bitte!« Piet drehte das Radio lauter.

»Was ist denn?«, fragten Katharina und ich wie aus einem Mund.

»Habt ihr das mitbekommen? Heute Nacht ist es zu einem tödlichen Unfall auf den Bahngleisen gekommen. Ein Mann hat sich vor einen Zug gelegt«, berichtete er. »Die Polizei geht von einem Suizid aus.«

»Ich weiß. Nick und ich waren auf dem Heimweg, als wir einen Lichtschein auf den Gleisen gesehen haben«, begann ich und gab eine kurze Zusammenfassung unseres nächtlichen Einsatzes.

»Das ist ja entsetzlich!« Katharina wirkte bestürzt.

Piet blickte ebenfalls betreten drein. »Weiß die Polizei, wer der Tote ist?«

Ich schüttelte verneinend den Kopf. »Gestern Abend jedenfalls war seine Identität noch ungeklärt.«

»Hast du … ich meine, bist du näher …« Katharina suchte krampfhaft nach einer passenden Formulierung.

»Nein, ich habe nichts von der verunglückten Person gesehen, wenn du das meinst. Dafür hat Nick gesorgt. Der Lokführer tat mir leid, er stand völlig unter Schock und hat immer wieder seine Unschuld beteuert. Für ihn muss es am schlimmsten gewesen sein.«

»Das kann ich mir vorstellen. Solche Bilder wird man bestimmt sein Leben lang nicht mehr los, selbst wenn man professionelle Hilfe bekommt«, warf Piet ein.

»Ich habe immer gedacht, auf Sylt sei die Welt noch in Ordnung. Da habe ich mich wohl getäuscht. Erst der Banküberfall und dann das. Das ist traurig, wenn ein junger Mensch stirbt. Noch jemand Kaffee?« Katharina hielt die Kaffeekanne hoch.

»Danke, ich trinke morgens nur Tee«, lehnte ich ab, während Piet bereitwillig nach seiner Tasse griff und sie befüllen ließ. »Der schöne Schein trügt eben manchmal gehörig. Trotz allem würde ich nicht behaupten wollen, dass die Insel ein außerordentlich kriminelles Pflaster ist, oder wie siehst du das, Piet? Als gebürtiger Insulaner kannst du das am besten beurteilen.«

Er schluckte erst seinen Kaffee hinunter, bevor er eine Antwort gab. »Das sehe ich genauso wie du. In einer Großstadt ist wesentlich mehr los, das wird dir Nick bestätigen können. Hier spricht es sich einfach viel schneller herum, wenn etwas passiert. Im Großen und Ganzen geht es bei uns friedlich zu. Sylt würde ich nicht gerade als kriminellen Hotspot bezeichnen.«

»So, nun muss ich mich aber an die Arbeit machen, sonst ist Christophers Ausflug beendet, bevor ich angefangen habe zu arbeiten.«

»Er macht einen Ausflug?«, fragte Katharina nach.

»Ja, die Kinder besuchen heute das *Sylt Aquarium* in Westerland.«

»Wie schön! Das muss ich mir auch unbedingt ansehen.«

»Es ist auf jeden Fall einen Besuch wert. Bis ich los muss, habe ich eine Menge zu tun.« Mit diesen Worten schnappte ich mir meinen Laptop und die Tasche und zog mich in mein Büro zurück.

KAPITEL 27

Hanne Rodenbek saß vor sich hinstarrend auf dem Sofa, als es an der Haustür Sturm klingelte. Wie in Zeitlupe hob sie den Kopf und sah zu ihrem Mann, der ihr gegenübersaß. Sie wirkte wie ein Schatten ihrer selbst. Die Augen waren vom Weinen gerötet, die Lider verquollen. Vor ihr auf dem

Couchtisch hatte sich ein stattlicher Berg benutzter Papiertaschentücher angehäuft. Seit der Nachricht vom Tod ihres Sohnes hatte sie kaum ein Wort gesprochen, geschweige denn ein Auge zugetan. Die Beruhigungstabletten, die ihr Mann ihr angeboten hatte, lagen unberührt neben den Taschentüchern. Lediglich an dem für sie zubereiteten Tee hatte sie spärlich genippt.

»Wer kann das sein? Hoffentlich nicht irgendwelche Reporter.« Ihr Gesichtsausdruck wirkte gequält.

»Ich gehe nachsehen.« Arne Rodenbek erhob sich und trottete mit hängenden Schultern den Flur entlang dem penetranten Klingelton entgegen. »Ich komme ja schon«, brummte er auf dem Weg dorthin.

Energisch riss er die Eingangstür auf und blickte verblüfft in die Gesichter mehrerer Polizeibeamter. Instinktiv wich er einen Schritt zurück. Ehe er seiner Verwunderung Ausdruck verleihen konnte, meldete sich ein Mann in ziviler Kleidung forsch zu Wort.

»Herr Arne Rodenbek?« Der Angesprochene nickte stumm. »Reimers, Polizeidirektion Westerland. Frau von Seidenburg von der Staatsanwaltschaft.« Er deutete auf die zierliche Frau schräg hinter ihm. Auf die namentliche Erwähnung der Kollegin Böel als leitende Ermittlerin verzichtete er geflissentlich. »Wir haben einen Durchsuchungsbeschluss für Ihr Haus und alle Geschäftsräume.« Reimers hielt dem Hausherrn ein offizielles Dokument vor die Nase, was dieser in der Kürze der Zeit sowieso nicht hätte lesen können, schon gar nicht, ohne seine Lesebrille aufzusetzen.

»Ich verstehe nicht?«, stammelte er, während sich Reimers, gefolgt von seiner Mannschaft, an ihm vorbei ins Haus drängte.

Hanne Rodenbek stand mit verstörtem Gesichtsausdruck in der offenen Wohnzimmertür. In einer Hand hielt sie ein

Taschentuch vor die Brust gepresst. »Arne, wer sind die Leute? Was hat das alles zu bedeuten?«

»Ich habe keine Ahnung. Unser Haus wird durchsucht«, erklärte ihr Mann überflüssigerweise.

»Das sehe ich selbst. Aber warum?«

»Guten Tag, mein Name ist Henriette von Seidenburg, ich vertrete Staatsanwalt Achtermann, der leider verhindert ist«, stellte sich die zierliche Frau vor, was Reimers mit einem missbilligenden Blick zur Kenntnis nahm. »Diese Maßnahme ist im Rahmen der Ermittlungen erforderlich«, erklärte sie weiter und fixierte das Ehepaar mit ihren wachen Augen.

»Geht es um Julian?« Hanne Rodenbek kämpfte mit den Tränen, als sie den Namen ihres Sohnes laut aussprach.

Ehe sich die stellvertretende Staatsanwältin erneut erklären konnte, fiel ihr Reimers ins Wort.

»Es besteht der Verdacht, dass Ihr Sohn für mehrere Straftaten verantwortlich ist.«

»Julian? Aber er ist tot!« Sie blickte Hilfe suchend zu ihrem Mann.

»Unser Sohn ist vergangene Nacht tödlich verunglückt. Halten Sie diese Aktion nicht für äußerst pietätlos?«, schnaubte Rodenbek, der mittlerweile aus seiner anfänglichen Starre erwacht war.

Reimers Gesichtsausdruck strahlte Zufriedenheit aus, während man der Staatsanwältin ihr Unwohlsein offen ansehen konnte.

»Das tut uns natürlich leid, ändert aber nichts an der Tatsache, dass sich Ihr Sohn diverser Verbrechen schuldig gemacht hat.«

»Ich halte diese Aktion ebenfalls für verfrüht und vollkommen unangemessen. Von Ihnen hätte ich mehr Professionalität erwartet«, raunte Klara Böel der Staatsanwältin zu, die sie verständnislos ansah.

»Entschuldigen Sie bitte, aber Gesetz ist Gesetz, Frau Böel. Da kann ich keine Ausnahmen machen, so hart das klingen mag. Da bin ich mit Herrn Reimers einer Meinung«, erwiderte sie ohne Umschweife. »Der Kollege Achtermann hätte nicht anders gehandelt«, setzte sie nach.

»Da wäre ich nicht so sicher«, erwiderte Klara Böel, verzichtete jedoch auf eine weiterführende Diskussion, sondern winkte resigniert ab.

»Bevor Ihre Leute unser gesamtes Haus umkrempeln, hätte ich gerne gewusst, wonach sie überhaupt suchen! Fehlt bloß noch, dass sie die Fliesen von den Wänden schlagen!« Rodenbek, dessen Gesichtsfarbe auf Rot gewechselt hatte, rang mit seiner Selbstbeherrschung, als er sah, wie sein gesamtes Hab und Gut von den Beamten auf den Kopf gestellt wurde.

»Keine schlechte Idee!« Reimers grinste, wobei eine Reihe bräunlich verfärbter Zähne zum Vorschein kam. »Wir suchen nach Beweisen«, entgegnete Reimers mit einer gewissen Arroganz und zog ein Päckchen Zigaretten aus der Hemdtasche.

»Wir sind ein Nichtraucherhaushalt.« Rodenbek deutete auf die Schachtel in Reimers Hand. »Beweise wofür?«

»Unser Sohn hat nichts verbrochen, und Sie ziehen kurz nach seinem schrecklichen Tod sein Andenken in den Schmutz, indem Sie ihn grundlos beschuldigen. Das ist widerwärtig! Ich halte das nicht aus!« Hanne Rodenbek schluchzte auf, presste sich das Taschentuch vor den Mund und verließ fluchtartig das Zimmer durch die geöffnete Terrassentür in den Garten.

»Sie besitzen nicht eine Spur Taktgefühl! Ich werde mich über Sie beschweren, darauf können Sie sich verlassen!«, zischte der Ehemann dem Dienststellenleiter zu.

»Nur zu, das steht Ihnen frei. Das wird an der Sache allerdings nichts ändern. Wie sieht es aus da oben?« Reimers stand auf der ersten Stufe zum oberen Stockwerk und sah hoch.

»Wir haben etwas gefunden!«, ertönte eine raue Männerstimme, dann kam ein Beamter die Treppe nach unten gelaufen.

»Na also. Wusste ich es doch.« In seiner Annahme bestätigt, betrachtete Reimers die Armbanduhren in einem transparenten Asservatenbeutel, die ihm der Beamte entgegenstreckte. »Kommen Ihnen diese Uhren bekannt vor? Stammen sie eventuell sogar aus Ihrem Geschäft?«

»Ich kenne die Uhren nicht und habe keine Idee, wie sie in mein Haus gekommen sind«, versicherte der Juwelier und fuhr sich mit den Fingern durch das dichte Haar. »Wo haben Sie sie gefunden?«

»Im Zimmer Ihres Sohnes«, bestätigte der Polizist.

»Wahrscheinlich hat Julian sie sich gekauft.«

Auf Rodenbeks Erklärung hin stieß Reimers einen verächtlichen Lacher aus. »Ganz bestimmt. In seinem Alter kann man sich solch teure Stücke gleich in mehrfacher Ausfertigung leisten. Für wie bescheuert halten Sie uns? Ich frage Sie ein letztes Mal, Herr Rodenbek: Stammen die Uhren aus Ihrem Warenbestand? Ja oder nein?« Reimers war mit seiner Geduld am Ende. Wenn er eines hasste, waren das Lügen, die man ihm auftischte, und seien sie noch so raffiniert.

Rodenbek schwieg, seine Augenlider flatterten nervös.

»Danke, das genügt. Mehr brauche ich nicht zu wissen.« Reimers gab seinem Mitarbeiter die Tüte mit der Anweisung »Einpacken und weitermachen!« zurück.

KAPITEL 28

»Hat die Böel gesagt, worum es bei der Pressekonferenz geht?«, wollte Uwe wissen, während sie sich auf dem Weg zu einem der Konferenzräume befanden.

»Ich habe keinen blassen Schimmer. Sie sagte nur, Reimers hätte einen Ermittlungserfolg zu vermelden.« Nick öffnete die Tür, hinter der lautes Stimmengewirr zu ihnen drang.

»Wow, das volle Ballett!« Uwe ließ den Blick durch den überfüllten Raum schweifen. »Gleich taucht bestimmt noch Achtermann auf«, raunte er seinem Kollegen zu.

Er hatte den Satz kaum beendet, als sich die Tür abermals öffnete und eine zierliche Frau auf klackernden Absätzen hereinstolziert kam. Ohne ihnen Beachtung zu schenken, rauschte sie an ihnen vorbei und nahm zwischen Peter Reimers und einem Mann Platz, den weder Nick noch Uwe kannten. Klara Böel saß am anderen Ende des langen Tisches. Ihr nervöses Fingerspiel und der ständige Wechsel ihrer Sitzposition deuteten auf eine enorme Anspannung hin.

»Achtermann hat sich offenbar einer Geschlechtsumwandlung unterzogen.« Nick grinste, worauf Uwe ihm einen leichten Stoß in die Seite verpasste.

»Du meinst, das rosa Hemd war ein erstes Zeichen? Mal im Ernst, weißt du, wer sie ist?«

»Noch nie gesehen. Achtermann hat sie nie erwähnt«, gab Nick mit einem Schulterzucken zurück.

»Guten Morgen! Danke, dass Sie gekommen sind«, eröffnete Peter Reimers die Runde. Augenblicklich verstummten alle Gespräche ringsherum, und alle Blicke richteten sich erwartungsvoll auf den neuen Dienststellenleiter.

Die gesamte Aufmerksamkeit auf sich gerichtet, fuhr Reimers fort. »Ich freue mich, Ihnen mitteilen zu können, dass die Reihe der Überfälle, die unsere Insel in jüngster Zeit in Angst und Schrecken versetzt haben, zügig aufgeklärt werden konnte.« Er legte eine Kunstpause ein. »Den schnellen Ermittlungserfolg haben wir unter anderem den Flensburger Kollegen, vertreten durch Herrn Axel Baumann, zu verdanken, die uns hervorragend unterstützt haben. Nochmals ein großes Dankeschön an Sie und Ihre Mitarbeiterinnen und Mitarbeiter.« Er nickte dem stämmigen Mann mit Glatze neben sich zu, der düster dreinblickend kaum eine Miene verzog und eher an einen Türsteher als an einen durchschnittlichen Polizeibeamten erinnerte. »An dieser Stelle möchte ich mich ebenfalls ausdrücklich für die gute Zusammenarbeit mit Frau von Seidenburg von der Staatsanwaltschaft bedanken.« Sie lächelte verlegen in die Menge.

»Auch ich danke Ihnen, Herr Reimers, für das mir entgegengebrachte Vertrauen.«

»Was ist das denn für ein Theater? Ich würde zu gerne wissen, wo Achtermann ist«, flüsterte Uwe seinem Freund zu, der ebenso ratlos dreinblickte wie er selbst.

»Wer ist der Täter? Können Sie einen Namen nennen?«, warf eine Journalistin mit langem Pferdeschwanz in der zweiten Reihe die erste Frage in den Raum.

Reimers übergab das Wort an Baumann. »Der Mann, der gefärbte Kontaktlinsen zu seinem Markenzeichen gemacht hatte, wurde vergangene Nacht selbst zum Opfer.« Ein Murmeln ging durch die Reihen. »Er hat sich das Leben genommen. Sicher haben Sie mittlerweile von dem Vorfall, der sich auf den Bahngleisen bei Keitum ereignet hat, gehört.« Abermals ging ein Raunen durch den Raum. »Wir haben bei dem Mann sowohl Uhren und Schmuck als auch Bargeld aus diversen Überfällen sicherstellen können.«

»Stammt er von der Insel?«, wurde die nächste Frage gestellt.

»Ja, aber mehr kann ich zum jetzigen Zeitpunkt nicht sagen«, ließ Reimers die Anwesenden nach einem kurzen Blickaustausch mit der Staatsanwältin wissen.

»Gehen der Überfall auf den Fahrradverleih und der Tod des Inhabers ebenfalls auf sein Konto?«, stellte ein älterer Journalist in einem verwaschenen Leinenhemd die nächste Frage.

»Das Muster stimmt überein«, blieb Reimers bei seiner Antwort vage, während sich seine Augen auf Nick und Uwe hefteten.

»Ein Name!«, erklang neuerlich die Forderung aus den Reihen der wissbegierigen Journalisten.

»Momentan können wir Ihnen leider keine näheren Details geben. Wir bitten um Ihr Verständnis. Frau Staatsanwältin?« Reimers blickte zu der Staatsanwältin, die nach wie vor einen verunsicherten Eindruck vermittelte und kerzengerade auf ihrem Stuhl saß.

»Dem schließe ich mich an. Zu gegebener Zeit werden Sie alle notwendigen Informationen erhalten«, wich sie geschickt aus. »Hervorzuheben ist sicherlich, dass es abermals gelungen ist, dem Verbrechen die Stärke des Gesetzes aufzuzeigen. Dank der hervorragenden Zusammenarbeit zwischen Polizei und Staatsanwaltschaft konnte dieser Fall schnell gelöst werden. Teamarbeit, Vertrauen und Flexibilität zahlen sich am Ende aus. Dafür möchte ich mich in aller Öffentlichkeit bei der Polizeidirektion Westerland und ihren Mitarbeitenden bedanken«, schwadronierte Frau von Seidenburg.

»Gott, die redet fast genauso schwülstig wie Achtermann. Die haben anscheinend dasselbe Motivationsseminar besucht«, knurrte Uwe, Nick zugewandt.

»Sieht beinahe so aus.«
»Ich glaube, ich habe genug gehört. Kommst du?«
Uwe und Nick verließen die Pressekonferenz und begaben sich auf den Rückweg in ihr Büro, als plötzlich hinter ihnen eine Frauenstimme erklang. Klara Böel.
»Hallo! Herr Wilmsen, Herr Scarren! Warten Sie bitte einen Moment!«
»Frau Kollegin, Glückwunsch zum Ermittlungserfolg! Das ging ja am Ende überraschend schnell.« Uwe nickte ihr zu.
Sie rollte mit den Augen. »Hören Sie bloß auf! Haben Sie einen Augenblick Zeit? Ich würde Ihnen gerne etwas zeigen.«
Nick und Uwe sahen einander fragend an und begleiteten die Kollegin anschließend in ihr Büro.
»Reimers und die neue Staatsanwältin sind in ihrer Euphorie kaum zu bremsen gewesen«, bemerkte Uwe ironisch und sah sich nebenbei nach einer Sitzgelegenheit um.
»Nehmen Sie den da!« Die Kommissarin deutete auf einen abgewetzten Holzstuhl an der Wand.
Wenn der mich mal aushält, überlegte Uwe und ließ sich behutsam darauf nieder.
»Wissen Sie, wo Achtermann ist? Neulich war er noch bei uns im Büro«, erkundigte sich Nick bei Klara Böel.
»Er hatte einen Fahrradunfall und liegt im Krankenhaus.«
»Oh, das wussten wir nicht. Schlimm?« Uwe kratzte sich am Bart.
»In Lebensgefahr schwebt er jedenfalls nicht, mehr kann ich nicht sagen. Frau von Seidenburg vertritt ihn.«
»Und versteht sich offenbar ausgezeichnet mit Reimers«, stellte Nick fest.
»Allerdings, was die Arbeit nicht gerade leichter für uns macht.« Sie seufzte.

»Sie wollten uns etwas zeigen«, kam Uwe auf den eigentlichen Grund ihres Besuches bei der Kollegin zurück.

»Das ist korrekt. Bei dem Toten auf den Bahngleisen handelt es sich um Julian Rodenbek.« Sie legte bewusst eine Pause ein, um die Reaktion der beiden abzuwarten.

»Rodenbek? Hat er etwas mit dem Juwelier Rodenbek zu tun, der kürzlich ausgeraubt wurde?« Nick legte die Stirn in Falten.

Sie nickte. »Ja, das ist richtig. Es handelt sich um den Sohn von Arne und Hanne Rodenbek. Aber das ist nicht alles.«

»Nun machen Sie es nicht unnötig spannend«, forderte Uwe die Kollegin auf, dem jegliche Art von Geheimniskrämerei zuwider war.

»Wir haben unter anderem das hier bei dem Toten gefunden.« Sie deutete auf die Fotos, die ausgebreitet auf dem Schreibtisch lagen.

»Verschiedene Schmuckstücke«, stellte Nick mit Blick auf die Bilder nüchtern fest. »Was ist damit?«

»Zunächst richtig. Aber es handelt sich nicht um irgendwelche Schmuckstücke, wie sich bereits erahnen lässt.« Bevor Uwe intervenieren konnte, sprach sie weiter. »Ein Großteil dieser Stücke stammt aus dem Überfall auf den Juwelier Rodenbek. Wir haben sowohl in Julians Zimmer als auch bei seiner Leiche einige Teile davon sicherstellen können.«

»Wie bitte? Das würde bedeuten, er hätte das Geschäft seiner Eltern überfallen und den Schmuck geraubt?« Uwe betrachtete nachdenklich eine Fotografie nach der nächsten, auf denen neben hochwertigen Armbanduhren vorwiegend Goldschmuck zu sehen war.

»Dann ist Reimers tatsächlich mit einer ganzen Kompanie bei den Rodenbeks zu Hause eingefallen? Ich habe heute früh von einer groß angelegten Durchsuchung gehört, kannte aber keine Details.«

»So ist es.« Klara Böel wirkte betreten. »Mir war die ganze Sache von Anfang an äußerst unangenehm. Abgesehen davon, dass das Ehepaar kurz zuvor erfahren hatte, dass ihr einziges Kind zu Tode gekommen ist, fand ich Reimers Vorgehen unmöglich. Er ist dort einmarschiert wie ein Bulldozer.«

»Passt zu ihm.« Uwe setzte ein vielsagendes Gesicht auf. »Offensichtlich hat er aber gefunden, wonach er gesucht hat. Sonst hätte er nicht eben diesen Medienzauber veranstaltet.«

»Tja, der Erfolg gibt ihm recht. Im Haus haben wir außerdem mehrere Uhren gefunden, die eindeutig aus dem Überfall auf das Juweliergeschäft stammen.«

»Dann liegt die Vermutung sehr nah, dass es sich bei Julian Rodenbek tatsächlich um den gesuchten Täter handelt«, überlegte Uwe. »Haben Sie auch die Schusswaffe sicherstellen können?«

»Nein, die ist bislang nirgendwo aufgetaucht. Meiner Meinung nach könnte der Junge zumindest an den Überfällen beteiligt gewesen sein«, komplettierte Klara Böel den Gedankengang des Kollegen Wilmsen.

»Wie ich Reimers vorhin verstanden habe, sind sowohl er als auch die Staatsanwaltschaft von der Schuld des Jungen überzeugt«, warf Nick ein.

»Momentan deutet einiges darauf hin. Das hier zum Beispiel.« Sie deutete auf eine kleine Box aus Plastik.

»Was soll das sein?« Uwe beäugte das Objekt in ihrer Hand skeptisch.

»Das trug der Tote ebenfalls bei sich. Wir haben es am Bahndamm bei seinen Sachen gefunden.« Klara Böel legte den durchsichtigen Beutel mit dem Plastikteil neben die Fotos auf den Schreibtisch.

»Wenn ich mich nicht täusche, bewahrt man in solchen Boxen Kontaktlinsen auf. Es handelt sich nicht zufällig um gelbe?«

»Erraten, Herr Scarren! Gelbe Kontaktlinsen, wie sie bei allen Überfällen getragen wurden.«

»Warum zeigen Sie uns das alles? Sie hegen Zweifel an Reimers Theorie, oder täusche ich mich?« Nick musterte sie mit einem prüfenden Blick.

Sie zögerte die Antwort hinaus und spitzte die Lippen. »Unter uns gesagt, bin ich mir nicht 100-prozentig sicher, ob Julian Rodenbek wirklich unser Täter ist.«

»Das lassen Sie besser weder Reimers noch die von Seidenburg hören.« Ein angedeutetes Grinsen schummelte sich durch Uwes Vollbart bei dem Gedanken.

Die Kollegin lachte freudlos auf. »Ich bin ja nicht lebensmüde! Solang ich keine Beweise für meine Vermutung habe, bleibe ich selbstverständlich bei der offiziellen Theorie. Schließlich will Reimers möglichst schnell wieder weg von der Insel. In Flensburg wird die Stelle der Direktionsleitung in Kürze vakant, wurde mir unter dem Mantel der Verschwiegenheit zugetragen.« Sie setzte eine bedeutungsvolle Miene auf.

»Aha, daher weht also der Wind!« Uwe fuhr sich abermals mit der Hand über den Bart. »In diesem Fall kann eine positive und schnelle Aufklärungsquote zuträglich für die Karriere sein. Hätte ich mir gleich denken können.«

»Sie sagen es, Herr Wilmsen.«

»Was spricht Ihrer Meinung nach gegen den jungen Rodenbek als Täter?«, wandte sich Nick wieder dem eigentlichen Thema zu.

»Für mich erscheint das Gesamtbild nicht plausibel. Auf dem Festland sollen ebenfalls einige Überfälle auf das Konto des Mannes gehen. Deshalb wurde Baumann ins Team beordert.«

»Jetzt verstehe ich, warum dieses Muskelgebirge aus Flensburg auf Sylt ist. Als wenn wir nicht allein in der Lage wären, einen Fall zu lösen. Wofür hält Reimers uns eigentlich? Für eine unfähige Provinztruppe? Wir leben schließlich nicht hinterm Mond!« Uwe schüttelte verständnislos den Kopf.

»Ich kann mir nicht vorstellen, dass die Raubüberfälle auf dem Festland ebenfalls von Julian Rodenbek verübt wurden. Leider kann ich es nicht umfänglich beweisen.« Klara Böel öffnete eine runde Keramikdose, in der sich gezuckerte Gummibärchen befanden, und hielt sie den beiden Kollegen hin. Nick lehnte ab, doch Uwe griff ohne zu zögern zu. »Ich frage mich die ganze Zeit, warum Julian einen Teil der Beute bei sich hatte, wenn er vorhatte, seinem Leben ein Ende zu bereiten? Das macht doch keinen Sinn. Oder?« Sie sah zunächst zu Nick und dann zu Uwe, der genüsslich kaute.

»Er könnte plötzlich Angst bekommen haben, als er sich der Tragweite seiner Taten bewusst wurde? Immerhin hat er einen Menschen er- und einen anderen angeschossen«, stellte Uwe eine Theorie auf, nachdem er das Gummibärchen runtergeschluckt und sich anschließend ein zweites einverleibt hatte.

»Haben Sie ein Handy bei ihm gefunden, das eventuell weitere Anhaltspunkte liefern könnte?« Nick rieb sich den Nacken.

»Das ist beispielsweise ein Punkt, den ich merkwürdig finde. Alles trug er bei sich, sogar die farbigen Kontaktlinsen, ausgerechnet das Handy nicht«, präzisierte sie.

»Das erscheint in der Tat seltsam, zumal junge Leute heute selten ohne Smartphone einen Schritt vor die Tür machen.« Uwe wirkte nachdenklich.

»Konnten die Untersuchungen der Rechtsmedizin Aufschluss über seinen Tod geben?« Nick lehnte mit dem Rücken zum Fenster, die Hände auf der Fensterbank abgestützt. Seine trainierten Oberarme und Schultern kamen dadurch eindrucksvoll zur Geltung. Klara Böels Augen hefteten sich einige Sekunden an diesen Anblick, bevor sie den Kopf schnell in eine andere Richtung drehte.

»Nein, die sind noch nicht vollständig abgeschlossen«, presste sie hervor.

»Wie bitte? Ich glaube, ich habe mich gerade verhört. Wollen Sie etwa andeuten, dieser ganze Pressezirkus wurde veranstaltet, ohne dass ein endgültiges Obduktionsergebnis vorliegt?« Uwe wollte seinen Ohren nicht trauen und sah die beiden anderen fassungslos an.

Die Kommissarin nickte. »Ich fürchte, ja.«

»Na, wenn die Presse davon Wind bekommt, dann gute Nacht, Polizeidirektor Reimers in spe! Unfassbar!« Uwe schüttelte zum wiederholten Male ungläubig den Kopf. »Ich hatte mich schon gefragt, warum das viel schneller ging als üblich.«

»Wissen Sie, wer in der Rechtsmedizin die Untersuchung durchführt?«, erkundigte sich Nick und zog zeitgleich sein Handy aus der Hosentasche.

»Ein Doktor Luhrmüller oder so ähnlich.«

»Luhrmaier«, korrigierte Uwe, während Nick bereits gewählt hatte und das Telefon an sein Ohr hielt.

»Hallo, Herr Doktor Luhrmaier! Nick Scarren hier. Ich bräuchte eine Information von Ihnen. – Nein, es geht nicht um den Fall Bleicken. Ich rufe im Fall Julian Rodenbek an.«

Interessiert verfolgten Uwe und Klara Böel den weiteren Gesprächsverlauf.

KAPITEL 29

Bevor ich mich auf den Weg vom Büro nach Hause machte, stattete ich einer Bekannten und ehemaligen Kundin von mir einen Besuch ab. Inka Weber hatte sich vor einigen Jahren auf der Insel mit einem Schmuckatelier selbstständig gemacht. Mittlerweile hatte sich das Geschäft gut etabliert. Wie sie mir anvertraut hatte, hatte sie die Entscheidung, auf Sylt einen Neustart zu wagen, nie bereut. Ich parkte direkt vor dem Ladengeschäft, an das sich die Werkstatt und das Wohnhaus anschlossen. Als ich das Geschäft betreten wollte, fiel mir ein Schild mit der Aufschrift »Sorry, we're closed« ins Auge. Irritiert sah ich auf die Uhr. Es war mitten am Tag. Vielleicht hatte Inka einen Termin, und ich hätte meinen Besuch besser vorher telefonisch ankündigen sollen, kam es mir sogleich in den Sinn. Als ich die Fahrertür meines Wagens öffnete, hörte ich Inka meinen Namen rufen. Ich drehte mich um und erkannte sie, wie sie mit einem bunten, wallenden Sommerkleid um die Ecke ihres Hauses schnurstracks auf mich zugelaufen kam.

»Anna! Wie schön, dich zu sehen!« Sie umarmte mich mit ihrer Herzlichkeit so heftig, dass mir glatt die Luft wegblieb. »Wir haben uns eine gefühlte Ewigkeit nicht mehr gesehen. Gut siehst du aus!«, stellte sie fest und musterte mich von Kopf bis Fuß. »Wie machst du das nur, dass du so schlank bleibst? Sieh mich an!« Sie schaute an sich herunter.

»Hauptsache ist doch, man ist gesund und fühlt sich wohl in seiner Haut.«

»Damit hast du recht. Bist du allein? Wo hast du denn Christopher und die Hunde gelassen?« Sie spähte an mir vorbei ins Wageninnere.

»Christopher macht heute mit dem Kindergarten einen Ausflug ins *Sylt Aquarium*, und die Hunde habe ich zu Hause gelassen. Ich war bis eben im Büro und dachte, ich mache schnell einen Abstecher zu dir. Ich bin auf der Suche nach einem Geburtstagsgeschenk für meine Mutter und wollte schauen, ob du etwas Schönes hast.«

»Da bist du bei mir genau richtig, meine Liebe! Wir finden sicher etwas Hübsches. Komm mit!«

Ich folgte ihr durch den Garten in die Werkstatt, von wo es einen direkten Zugang zum Ladengeschäft gab.

»Wie läuft eure Firma? Wie klappt die Kooperation mit Piet?«, erkundigte sie sich auf dem Weg dorthin.

»Die Auftragslage könnte nicht besser sein, wir können uns wahrlich nicht beklagen. Was die Zusammenarbeit mit Piet betrifft, kann ich mich ebenfalls nicht beschweren. Der Vorteil ist, dass ich früher öfter mit ihm und seiner Firma zusammengearbeitet habe. Ich kannte ihn, was mir die Entscheidung leichter gemacht hat, gemeinsam mit ihm eine Firma zu führen«, gab ich wahrheitsgemäß zurück.

»Das freut mich für dich. Piet ist auch ein ausgesprochen sympathischer Mann.« Inka lächelte, und ich meinte, eine leichte Gesichtsrötung bei der namentlichen Erwähnung meines Geschäftspartners erkannt zu haben. Wie ich in letzter Zeit zunehmend feststellte, kam er offensichtlich bei der Damenwelt gut an.

»Ja, das ist er«, erwiderte ich mit einem Schmunzeln. »Er ist die Zuverlässigkeit in Person.«

Als wir den stilvoll eingerichteten Verkaufsraum betraten, schaltete sie das Licht ein und die Alarmanlage mit einem Zahlencode aus.

»Hast du dir eine neue Alarmanlage zugelegt?«

»Die habe ich erst vor wenigen Tagen einbauen lassen.

Die alte hat ständig rumgezickt und war alles andere als zuverlässig.«

»Aufgrund der Überfälle in der letzten Zeit?«, vermutete ich.

»Die Alarmanlage hatte ich bereits vorher bestellt. Glücklicherweise kann der Typ mit den gelben Augen keinem mehr etwas zuleide tun.«

»Warum?«

»Weißt du das nicht?« Sie sah mich erstaunt an. »Ich dachte, du wüsstest das längst, weil dein Mann sozusagen direkt an der Quelle sitzt.«

»Sorry, da muss ich passen. Nick und ich reden nicht ausschließlich über seine Arbeit. Generell spricht er wenig über Dienstliches, da ist er manches Mal verschlossen wie eine Auster.«

»Vorhin wurde im Radio gemeldet, dass sich der Täter das Leben genommen hat. Er hat sich vor einen Zug geworfen. Wirklich schrecklich.«

Diese Meldung überraschte mich. Meines Wissens waren die Ermittlungen in dem Fall nicht abgeschlossen, daher entschied ich, nichts weiter zu dem Thema zu sagen.

»So, Anna! Jetzt lass uns mal gucken. Was hast du dir in etwa vorgestellt?« Inka stützte sich mit den Händen auf einer gläsernen Tischplatte ab.

»Ich dachte an einen Kettenanhänger mit einer passenden Kette. Vor ein paar Jahren hat sie ihren Anhänger verloren, dem sie bis heute nachtrauert.«

»Dann schauen wir mal, was ich anzubieten habe.« Inka öffnete eine Vitrine und zog eine Schublade mit unterschiedlichen Exemplaren hervor.

»Die Entscheidung wird nicht leicht werden, da ist einer fast schöner als der andere«, stellte ich mit Blick auf die Schmuckstücke fest, die ordentlich nebeneinander auf dunklem Samt gebettet lagen. »Ich glaube, dieser könnte ihr gefallen.«

»Der ist wirklich schön. Schlicht und zeitlos. Wenn ich mich nicht täusche, habe ich sogar die passende Kette dazu. Einen Moment, das haben wir gleich!« Inka öffnete eine weitere Schublade, während ich mich im Laden umsah.

»Das Collier sieht ja toll aus! Ist das auch eine deiner Eigenkreationen?« Auf einer freistehenden Säule stand eine Schmuckbüste, die mit einem Collier mit unterschiedlich großen und farbigen Glassteinen dekoriert war.

»Ja, mein neuestes Werk. Die Steine sind aus Italien, echtes Muranoglas. Gefällt es dir?« Ihre Wangen nahmen eine leicht rötliche Färbung an.

»Es ist einfach wunderschön«, bestätigte ich und schielte beiläufig auf das Preisschild, um festzustellen, dass ich mit meiner Schätzung nur knapp daneben lag.

»Hier ist die Kette.« Inka hielt sie neben den Anhänger.

»Hm. Die würde passen. Allerdings finde ich sie ein bisschen zu lang. Meine Mutter trägt sie gern kürzer. So bis ungefähr hier.« Ich deutete eine Handbreit unter meinen Hals.

»Das ist kein Problem, ich kann sie auf die gewünschte Länge bringen.«

»Okay, dann sind wir uns einig.«

»Prima. Ich rufe dich in den nächsten Tagen an, sobald die Kette fertig ist«, versprach Inka.

»Du brauchst dich nicht zu beeilen, bis zu dem Geburtstag ist noch ein bisschen Zeit.«

Ich verabschiedete mich und fuhr schnurstracks nach Hause nach Morsum.

KAPITEL 30

»Was hat Luhrmaier gesagt, Nick?«

Uwe und Klara Böel hingen Nick gespannt an den Lippen, während er ihnen den Gesprächsinhalt mit dem Rechtsmediziner wiedergab.

»Er war zu dem Zeitpunkt längst tot?«, wiederholte sie sichtlich erstaunt, nachdem er seine Berichterstattung beendet hatte.

»Laut Doktor Luhrmaier war Julian Rodenbek bereits tot, als er auf die Gleise gelegt wurde. An den Unterarmen wurden zudem kleinste Sand- und Erdpartikel sowie Spuren von Asphalt gefunden, die eindeutig nicht vom Fundort der Leiche stammen. Nach Luhrmaiers Aussage muss der Tote zuvor über unebenen Untergrund und Asphalt gezogen worden sein. Das belegen deutliche Spuren an seiner Kleidung.«

»Uh, ich möchte nicht mit unserem Doktor tauschen. Der Zustand der Leiche war vermutlich alles andere als appetitlich.« Uwe erschauderte bei der Vorstellung.

»Angenehm ist solch ein Anblick nie, trotzdem hatte ich im ersten Moment mit Schlimmerem gerechnet. Der Zug war zum Zeitpunkt des Aufeinandertreffens ausgesprochen langsam unterwegs.«

Klara Böel bestätigte Nicks Aussage mit einem zustimmenden Kopfnicken. »Das würde folglich bedeuten, jemand muss Julian Rodenbek nach seinem Tod zum Bahndamm gebracht haben. Dort hat er ihn auf den Schienen abgelegt, um es nach einer Selbsttötung aussehen zu lassen«, fasste sie zusammen.

»Korrekt. Das könnte auch erklären, weshalb bei ihm

kein Handy gefunden wurde. Die Blutanalyse hat darüber hinaus eine hohe Konzentration eines Gemisches aus Ecstasy und Alkohol ergeben. In diesem Zustand wäre Julian laut Luhrmaiers Aussage nicht sehr weit gekommen, zumal sich am Fundort weder ein Fahrrad oder ein Auto noch ein anderes Gefährt befunden hat, mit dem er dorthin gelangt sein könnte«, fügte Nick hinzu.

»Dann war dieser Drogen-Alkohol-Cocktail ursächlich für seinen Tod?« Nick bestätigte die Frage der Kollegin mit einem zustimmenden Kopfnicken.

Sie atmete lautstark aus und rieb sich über die Stirn. »Puh, das wird ordentliche Wellen schlagen, wenn das publik wird. Jetzt suchen wir nicht nur weiterhin nach unserem Gelbauge, sondern zusätzlich nach dem Mörder von Julian Rodenbek.«

»Stopp! Ob er tatsächlich ermordet wurde, lässt sich nicht mit Bestimmtheit sagen. Wir wissen lediglich, dass er von einer weiteren Person auf die Schienen gelegt wurde«, gab Uwe zu bedenken.

»In diesem Punkt muss ich dir recht geben. Er könnte sich mit dem Gemisch selbst umgebracht haben. Ob nun absichtlich oder versehentlich, bleibt offen. Sicher ist, dass sich jemand die Gelegenheit zunutze gemacht hat, um ihm die Überfälle in die Schuhe zu schieben. Dazu hat diese Person einen Teil der Beute aus dem Juwelierladen sowie die farbigen Kontaktlinsen absichtlich bei der Leiche platziert.« Nick kniff für einen kurzen Moment die Augen zusammen und rieb sich erneut den verspannten Nacken.

»Warum haben wir dann aber die Uhren im Haus seiner Eltern entdeckt? Sie gehören auch zu den Stücken, die bei dem Überfall entwendet wurden«, warf Klara Böel ein.

»Woher wissen Sie das?« Uwe nahm eine andere Sitzposition ein, worauf die Rückenlehne seines Stuhls ein gequältes Knacken von sich gab. Behutsam beugte er sich wieder nach vorne.

»Herr Rodenbek hat uns nach dem Überfall eine Liste mit sämtlichen entwendeten Stücken zur Verfügung gestellt. Die Uhren befanden sich unter anderem in dieser Aufstellung.«

»Tja, das ist in der Tat merkwürdig.«

Für einen kurzen Moment hing jeder der Anwesenden seinen Gedanken nach.

»Für mich steht fest, dass die Raubüberfälle und der Tod des Jungen irgendwie zusammenhängen müssen. Haben Sie Julians sonstige Kontakte der letzten Tage und Wochen überprüfen können? Mit wem hat er sich getroffen?« Nick ließ den Blick über das Wandbord schweifen, an dem etliche Fotos und Notizen angebracht waren.

»Ich muss gestehen, ohne sein Handy stehen wir erst am Anfang, was die Kontaktnachverfolgung angeht. Heutzutage läuft alles darüber.« Sie verzog gequält den Mund.

»Was sagen seine Eltern?«, hakte Uwe nach. »Ist denen in der letzten Zeit etwas aufgefallen?«

»Nein. Bis eben wusste ich noch nicht einmal, dass er mit Drogen zu tun hatte. Das ist immerhin ein Punkt, an dem wir anknüpfen können. Ich werde in jedem Fall mit den Eltern sprechen müssen, was das angeht.« Klara Böel wirkte erschöpft.

»Ich bin gespannt, wie Reimers reagieren wird, wenn er von den Neuigkeiten erfährt. Bislang war die Ausgangslage zu dünn, um den Fall für abgeschlossen zu erklären. Reimers wird unter erheblichen öffentlichen Druck geraten, wenn das publik wird. Sein Vorgehen kann ich absolut nicht nachvollziehen.« Uwe schüttelte verständnislos den Kopf.

»Achtermann hätte sich ganz sicher nicht derart vor den

Karren spannen lassen, davon bin ich überzeugt. Er steht zwar gern im Rampenlicht, wenn es darum geht, einen Erfolg zu präsentieren, aber dann hat alles Hand und Fuß. Offenbar schwimmt diese von Seidenburg eher auf Reimers' Welle«, ergänzte Nick.

»Ich habe von Beginn an versucht, Reimers davon zu überzeugen, dass er voreilig handelt, aber er ließ sich nicht beirren. Aufgrund der neuen Beweislage wird er alle Verantwortung von sich weisen. Wenn öffentlich wird, dass er den falschen Täter präsentiert hat, wird er die Schuld auf mich und mein Team schieben. Das ist so sicher wie das Amen in der Kirche.« Sie holte tief Luft.

»Das wird spätestens der Fall sein, wenn unser gelbäugiger Freund ein weiteres Mal zuschlägt, was wir unter allen Umständen verhindern müssen«, betonte Uwe.

»Was soll ich Ihrer Meinung nach jetzt machen?« Sie zog die Schultern hoch und steckte die Hände in die Hosentaschen.

»Zunächst lassen Sie sich schnellstens den schriftlichen Obduktionsbericht von Luhrmaier kommen. Und dann sollten Sie mit der Staatsanwältin sprechen. Erklären Sie ihr den veränderten Sachverhalt.« An ihrer Mimik war abzulesen, dass sie mit Uwes Vorschlag nicht sonderlich glücklich zu sein schien. Daher setzte er nach: »Machen Sie sich keine Gedanken um Reimers. Der beruhigt sich schon wieder. Außerdem ist er nicht blöd und wird um Schadensbegrenzung bemüht sein. Zu dumm, dass Staatsanwalt Achtermann gerade nicht einsatzbereit ist. Er hält große Stücke auf Sie und Ihre Arbeit.«

»Meinen Sie das im Ernst?«

»Sehe ich aus, als ob ich diesbezüglich Scherze machen würde?«, fragte Uwe in gespielter Entrüstung.

Sie lachte verlegen. »Nein, ganz und gar nicht.«

»Das will ich meinen.« Durch das Dickicht seines Bartes kam ein Schmunzeln zum Vorschein.

»Wie sieht es eigentlich in der Mordsache in Archsum aus? Sind Sie vorangekommen?«

»Nur bedingt. Es gibt zwar einen Hauptverdächtigen, aber die bisherigen Verdachtsmomente reichen für eine Verhaftung bei Weitem nicht aus. Wir warten außerdem dringend auf die Ergebnisse der Kriminaltechnik. Die Jungs und Mädels kommen momentan kaum hinterher. Derzeit haben sie auf Sylt enorm viel zu tun.« Uwe zuckte mit den Schultern. Dann erhob er sich von dem Stuhl, der daraufhin abermals einen ächzenden Laut von sich gab.

»Haben Sie vielen Dank für Ihre Zeit! Da ich neu hier bin, weiß ich nicht, an wen ich mich wenden kann, wenn Sie verstehen, was ich meine.« Klara Böel öffnete den beiden Beamten die Tür.

»Verstehen wir, daher danke für das Vertrauen«, erwiderte Nick und folgte dem Kollegen Wilmsen nach draußen.

»In ihrer Haut möchte ich lieber nicht stecken«, bemerkte Uwe auf dem Weg in ihr Büro.

»Achtermann würde sie nicht ans Messer liefern, davon bin ich überzeugt. Er ist zwar manchmal etwas merkwürdig und steht gern im Rampenlicht, aber skrupellos ist er nicht. Er vertraut uns. Wenn man ihm die richtigen Argumente liefert, lässt er sich darauf ein. Wie ich Reimers jedoch einschätze, wird er mit allen Mitteln versuchen, am Ende der Böel den schwarzen Peter zuzuschieben, obwohl er sich in meinen Augen damit nur selbst schaden wird. Es fällt immerhin auf die gesamte Dienststelle zurück, die ihm unterstellt ist.«

»Ich würde eher ›ausgeliefert‹ sagen, wenn der so weitermacht«, stöhnte Uwe. »Reimers geht seiner Karriere zuliebe buchstäblich über Leichen. Schade, dass sie ausgerechnet ihn als Nachfolger ausgesucht haben. Da hätte es bestimmt angenehmere Zeitgenossen gegeben.«

»Im Fall Eike Bleicken stehen wir nach wie vor ziemlich am Anfang, das macht mir echt zu schaffen.« Nick stand vor dem Kaffeevollautomaten und füllte Wasser in den Tank. Anschließend schaltete er ihn ein. Kurze Zeit später spuckte das Gerät mit einem Schnurren frischen Kaffee aus. Den vollen Becher in der Hand, lehnte Nick sich mit dem Rücken gegen den Aktenschrank.

»Irgendetwas übersehen wir. Dass Bleicken kein angenehmer Zeitgenosse war, ist kein Geheimnis. Daher kommen – von Jan abgesehen – mit Bestimmtheit weitere Personen infrage, die ein Tatmotiv haben könnten. Ich habe mir die Liste seiner Geschäftspartner angesehen. Davon lagen allein mindestens sechs Personen im Streit mit ihm. Meistens ging es um von Bleicken vermietete Immobilien, Geschäftsräume, damit verbundene Mieterhöhungen und so weiter. Die Liste ist lang, aber reicht das als Mordmotiv aus? Was ist mit seinen privaten Kontakten? Freunde? Vereinsmitglieder?«

»Alibis?«

»Bis auf Jan haben alle, die am *Ringreiten* teilgenommen haben oder als Besucher dort waren, eines. Das haben wir überprüft.«

»Mit anderen Worten: Wir müssen den Befragungsradius erweitern«, resümierte Uwe.

»Ich bin dafür, sein privates Umfeld näher abzuklopfen. Was ist mit dem Bruder aus Stuttgart? Konntest du diesbezüglich mehr herausfinden?«

»Ja. Ich habe mit seinem Arbeitgeber telefoniert. Jasper Bleicken soll sich derzeit zu Filmaufnahmen in Dänemark aufhalten.«

Bei der Nennung des Nachbarlandes schossen Nicks Augenbrauen augenblicklich in die Höhe. »Interessant.«

»Den Gedanken kannst du gleich wieder ad acta legen, mein Lieber. Er hat für die Tatzeit ein wasserdichtes Alibi.« Uwe winkte resigniert ab.

»Wäre auch zu einfach gewesen. Was ist mit der Ehefrau, Mirja Bleicken? Vielleicht sollten wir bei ihr noch einmal genauer hinsehen. Sie belastet Jan mit ihrer Aussage schwer. Wer sagt denn, dass sie nicht selbst zugestochen hat?« Nick entsperrte seinen Bildschirm, um sich die Zeugenaussagen ein weiteres Mal anzuschauen.

»Mach das! Aber zuallererst brauche ich was zwischen die Kiemen«, beschloss Uwe und schlug mit der flachen Hand auf die Tischplatte. »Was ist mit dir? Kommst du mit? Ein leckeres Fischbrötchen würde meine Lebensgeister wieder wecken.«

»Nein, danke. Ich habe keinen Hunger.«

»Wie du meinst, aber beschwer dich nicht, wenn dich der nächste Sturm umbläst.«

Nick musste lachen. »Das Risiko gehe ich ein!«

KAPITEL 31

»Was tust du da?« Arne Rodenbek stand in der geöffneten Schlafzimmertür und sah seiner Frau dabei zu, wie sie wahllos Kleidungsstücke in einen Koffer stopfte.

»Das fragst du noch?«, schleuderte sie ihm wütend entgegen. »Als wäre es nicht schlimm genug, dass Julian tot ist, da muss die Polizei unser komplettes Haus auf den Kopf stellen! Sieh dich um! Überall haben sie herumgewühlt! Selbst vor meiner Unterwäsche haben sie nicht haltgemacht.« Empört und angewidert zugleich knallte sie eine offen stehende Schranktür zu.

»Bitte, Hanne, beruhige dich!«

»Beruhigen? Die ganze Insel zeigt mit dem Finger auf uns! Julian wird für immer als Mörder in ihren Köpfen bleiben! Ich kann keine Sekunde länger hierbleiben! Das ertrage ich nicht!« Wut und Trauer kochten in ihr hoch und suchten dringend nach einem Ventil. Mit einem Wisch fegte sie sämtliche gerahmte Fotografien von der Kommode, die mit lautem Krachen zu Boden fielen. »Und du siehst nur zu und tust nichts! Dass es eines Tages dazu kommen musste, ist allein deine Schuld!«, schleuderte sie ihm entgegen. »Ich hasse dich und diese gottverdammte Insel!«

»Ich verstehe deinen Schmerz, aber mich trifft genauso wenig eine Schuld wie irgendjemanden sonst. Der Junge hatte offenbar erhebliche Probleme und hat sich uns nicht anvertraut«, hielt er dagegen und versuchte, beschwichtigend auf sie einzureden.

»Spar dir dein Verständnis! Dafür ist es ohnehin zu spät. Der Junge konnte es dir nie recht machen, das war das Problem. Und ich auch nicht.« Mit Wucht schlug sie die beiden

Kofferhälften aufeinander und legte sich mit ihrem gesamten Gewicht darauf, um sie zu schließen. Ihre Finger zitterten so stark, dass sie kaum in der Lage war, die Verschlüsse einrasten zu lassen. Einige Kleidungsstücke lugten seitlich hervor, doch sie achtete nicht darauf, sondern schob sich mit dem Gepäckstück an ihrem Mann vorbei zur Treppe.

»Das ist kompletter Unsinn, und das weißt du auch. Julian war kein einfacher Junge. Seine Drogensucht hat alles nur noch schlimmer gemacht.«

»Er war nicht drogenabhängig!«, fauchte sie ihn an, wobei ihre Augen zornig funkelten.

»Natürlich war er das, auch wenn du es nie sehen wolltest. Wir haben viel zu lange weggesehen, ohne einzugreifen.«

»Das ist nicht wahr! Du lügst!« Ihre Stimme überschlug sich.

»Bitte, Hanne! Gegenseitige Beschuldigungen helfen uns nicht weiter. Glaubst du, sein Tod geht mir nicht nahe? Schließlich war er auch mein Sohn.« Bei den letzten Worten drohte seine Stimme zu versagen.

Ungeachtet dessen stapfte sie wütend und mit Tränen in den Augen, das Gepäckstück in der Hand, die hölzerne Treppe hinunter ins Erdgeschoss. Dabei blieb sie an einem Bild hängen und riss es von der Wand. Der Rahmen zerbrach, und gesplittertes Glas lag verteilt über die Treppenstufen.

»Hast du dir wehgetan?« Er erhielt keine Antwort. »Hanne! Ich bitte dich, bleib hier und rede mit mir! Wo willst du denn hin?«, fragte er mit wachsender Verzweiflung, erhielt jedoch abermals keine Antwort. »Sei doch vernünftig!«

Unten im Hausflur hörte man einen Schlüsselbund klappern, anschließend öffnete sich die Haustür und fiel gleich darauf krachend ins Schloss. Eine nahezu vorwurfsvolle

Stille kehrte ein. Kraftlos ließ er sich auf den obersten Treppenabsatz sinken und stützte den Kopf in die Hände. Er hatte auf ganzer Linie versagt. Seinen Sohn hatte er für immer verloren, ob er seine Frau jemals zurückgewinnen würde, wusste er nicht. Vor allem, wenn sie erfuhr, was er getan hatte.

KAPITEL 32

»Hallo, Nick! Ich habe gehört, die Raubüberfälle sind aufgeklärt. Wer hätte gedacht, dass es sich dabei um den Toten vom Bahndamm handelt?«, begrüßte ich ihn, als er am frühen Abend nach Hause kam.

»Die Mitteilung kam leider verfrüht«, ließ er mich wissen, legte Handy und Schlüssel auf die Anrichte und streichelte die Hunde, die ihn schwanzwedelnd umkreisten.

»Daddy!« Unser Sohn kam freudig angerannt, als er die Stimme seines Vaters hörte.

»Hey, mein Großer! Hattest du einen aufregenden Tag?« Nick ging in die Knie, um ihn anschließend hoch in die Luft zu heben. Christopher quiekte voller Begeisterung.

»Was bedeutet ›verfrüht‹?«, fragte ich neugierig nach.

»Das bedeutet, dass berechtigte Zweifel an der Täterschaft bestehen. Reimers und die stellvertretende Staatsanwältin sind in diesem Fall voreilig nach vorne geprescht, ohne die endgültige Obduktion abzuwarten.«

»Klingt nicht sehr professionell. Warum kümmert sich Achtermann nicht weiter um den Fall?«

»Er fällt krankheitsbedingt aus.«

»Oh, ich hoffe, es ist nichts Ernstes.«

»Genaues weiß ich nicht.«

»Wieso bestehen Zweifel?«, kam ich auf das ursprüngliche Thema zurück.

»Es handelt sich nicht um einen Suizid. Die offizielle Darstellung ist leider falsch. Doktor Luhrmaiers Untersuchungen haben ergeben, dass der junge Mann bereits tot war, als er auf die Schienen gelegt wurde.«

»Das würde ja bedeuten, er wurde ermordet?«

»Völlig ausschließen kann man das momentan nicht.«

»Im Radio wurde gesagt, dass man Teile des Schmucks aus dem Überfall auf den Juwelier sowie farbige Kontaktlinsen bei dem Toten gefunden hat. Bargeld aus dem Bankraub auch, glaube ich«, versuchte ich, mich an den genauen Wortlaut der Nachrichtensprecherin zu erinnern. »Das lässt eindeutig auf den Bankräuber schließen.«

»Eben, das klingt auf den ersten Blick plausibel.«

»Komm, Daddy! Ich habe was gemalt! Du musst gucken!« Christopher griff nach Nicks Hand und zog ungeduldig daran.

»Wenn er allerdings bereits tot war, würde das heißen, jemand wollte den Verdacht bewusst von sich lenken und einem anderen die Schuld unterjubeln«, kombinierte ich, während ich den beiden in den Wohnbereich folgte.

»Diese Theorie liegt nahe«, bestätigte Nick und gähnte. »Entschuldige, ich bin ganz schön erledigt.«

»Geht mir ähnlich. Ich bin den gesamten Tag über nicht richtig wach geworden, dafür ist Christopher heute überhaupt nicht ins Bett zu kriegen«, erwiderte ich und musste prompt ebenfalls gähnen. »Es könnte natürlich auch so gewesen sein, dass ...«

»Anna, bitte!«, bremste Nick mich unverzüglich ein. »Frau Böel, Uwe und ich werden uns morgen früh weiter mit dem Fall beschäftigen müssen. Für heute möchte ich lieber nicht weiter über das Thema nachdenken müssen, sondern meine Zeit mit Christopher und dir verbringen. Okay?« Seine dunklen Augen ruhten freundlich auf mir.

»Okay, du hast ja recht.«

»Guck!« Christopher hielt seinem Vater ein bunt bemaltes Blatt Papier vor die Nase.

»Na, das muss ich mir unbedingt genauer ansehen«, erwiderte er und setzte sich auf das Sofa.

Eineinhalb Stunden später – Christopher weilte endlich im Reich der Träume – saßen wir auf der Terrasse und ließen den Tag ausklingen. Insekten umschwirrten das Windlicht, das ich auf den Tisch gestellt hatte. Die Hunde lagen zu unseren Füßen und schliefen. Chili schnarchte leise, während Peppers Vorderläufe immer wieder im Traum zuckten. Eine friedvolle Ruhe umgab uns.

»Ich weiß, du hast Feierabend, aber ...«, durchbrach ich nach einer Weile die Stille, worauf Nick einen tiefen Atemzug nahm, »... trotzdem würde ich gern wissen, wie es mit Jan weitergeht. Britta ist total fertig mit den Nerven. Sie hat Angst, dass er festgenommen wird und in Untersuchungshaft aufs Festland muss. Das wird nicht passieren, oder? Das kann Reimers nicht einfach machen? Nick? Das werdet ihr nicht zulassen.«

»Uwe und ich können das leider nicht wesentlich beeinflussen. Reimers hat sich derart fest in die Theorie verbissen, dass Jan als Hauptverdächtiger für den Mord an Eike

Bleicken infrage kommt, dass er schwer vom Gegenteil zu überzeugen ist. Zu alledem ist Achtermann ausgefallen, und seine Vertretung scheint eher Reimers Argumentation zu folgen.«

»Aber Jan ist unschuldig. Das weißt du genauso gut wie ich.«

»Natürlich weiß ich das, aber das hilft uns im Augenblick nicht weiter. Wir müssen den wahren Täter überführen, und dazu fehlen uns die entscheidenden Beweise.«

»Was ist denn mit diesem Bruder aus Süddeutschland? Hast du nicht erwähnt, er hält sich momentan in Dänemark auf? Von Dänemark nach Sylt ist es quasi ein Katzensprung. Er könnte mit der Fähre gekommen sein, hat seinen Bruder erstochen und ist gleich darauf zurückgefahren, ohne dass ihn jemand gesehen oder vermisst hat.«

»Dänemark ist nicht gerade klein. Das darfst du nicht vergessen.«

»Ich weiß. Wenn er sich in der Nähe zu Sylt aufhält, hätte er nach der Tat ohne Probleme zurück über die Grenze unerkannt verschwinden können«, hielt ich beharrlich an meiner Theorie fest.

»Diesbezüglich muss ich dich enttäuschen, der Bruder kommt als Täter definitiv nicht in Betracht. Sein Alibi ist absolut wasserdicht, daran gibt es nichts zu rütteln. Wir haben das überprüft. Jasper Bleicken ist raus.«

»Und sonst kommt niemand infrage?« Nick schüttelte auf meine Frage hin den Kopf. »Könnte es nicht auch derselbe Täter sein, der die Überfälle begangen hat? Der mit den gelben Kontaktlinsen.«

»Wie kommst du darauf?« Nick sah mich interessiert an.

»Es könnte doch sein, dass Eike ihn zufällig getroffen hat. Aus Angst, erkannt zu werden, hat er zugestochen.«

»In einem Stall? Was sollte er dort gemacht haben?

Du musst zugeben, das ist arg weit hergeholt. Außerdem gibt es für diese Theorie keinerlei Anhaltspunkte, Anna. Sorry.«

»War bloß ein Gedanke. Britta hat mir erzählt, dass Eike Bleicken mit mehreren Leuten im Streit lag. Die Grundstückssache ist nur eine von vielen. Ein Geschäftsmann, der seit über 15 Jahren einen Laden in Westerland betreibt, musste schließen, nachdem die Familie Bleicken die Miete versechsfacht hat! Da kann einem schon mal die Sicherung durchbrennen, wenn die eigene Existenz gefährdet ist.«

»Glaub mir, wir überprüfen sein gesamtes Umfeld äußerst genau«, gab Nick leicht genervt zurück.

»Entschuldige, Nick. Daran zweifle ich keine Sekunde. Mir fällt es nur schwer, tatenlos zusehen zu müssen, wie unser Freund als Mörder abgestempelt wird. Meinst du, Achtermann würde den Fall genauso sehen? War er auch von Anfang an von Jans Schuld überzeugt? Ich meine, bevor er krank geworden ist.«

»Zu dem Zeitpunkt war es zu früh, sich ein abschließendes Urteil zu bilden. Spekulieren hilft uns ohnehin nicht weiter. Du kennst Achtermann, er legt ebenfalls viel Wert darauf, in der Öffentlichkeit gut dazustehen. Und wenn Reimers ihm überzeugende Argumente liefert, würde er sofort auf den Zug aufspringen. Davon sind Uwe und ich fest überzeugt.«

»Ich weiß, Achtermann und der äußere Schein. Das fängt bei seiner Kleidung an. Wahrscheinlich bügelt er sogar seine Unterhosen und Socken.« Ich zog eine Grimasse.

Nick musste bei meinem Anblick grinsen. »Achtermann in gebügelter Unterhose. Das stelle ich mir besser nicht bildlich vor, sonst kann ich für nichts garantieren, wenn ich ihm das nächste Mal gegenüberstehe.«

»Kannst du nicht trotzdem versuchen, mit ihm zu sprechen? Du kommst doch gut mit ihm aus. Oder ist er sehr krank?«

Nick stöhnte leise auf. »Das weiß ich nicht. Ich versuche herauszubekommen, wie es ihm geht, und rufe ihn eventuell an, aber unter einer Bedingung.« Ich setzte eine Unschuldsmiene auf und sah ihm tief in die Augen. »Keine Alleingänge, du hältst dich auf jeden Fall aus der Sache raus.«

»Wie immer!« Ich hob die Hand zum Schwur und gab ihm einen Kuss. Dann rückte ich dichter an ihn heran.

»Das befürchte ich.«

Plötzlich sprang er unvermittelt auf und packte mich. Über seiner Schulter hängend, protestierte ich lachend: »Hey, Nick! Lass mich auf der Stelle runter! Was hast du vor?«

»Ich werde dich auf andere Gedanken bringen!«

KAPITEL 33

»Kann ich Ihnen helfen? Suchen Sie jemanden?« Uwe steuerte soeben auf sein Büro zu, als er einen Mann vor der Tür stehen sah, der unschlüssig wirkte.

»Guten Morgen! Ich möchte eine Aussage machen. Ich bin doch bei Ihnen richtig?«

»Das kommt darauf an. Worum geht es genau, wenn ich fragen darf?« Uwe musterte den Mann. Er war unrasiert, und dunkle Schatten bildeten einen starken Kontrast zu seinen hellblauen Augen.

»Um einen Überfall und meinen toten Sohn«, erklärte er und fuhr sich fahrig mit den Fingern durch das ungekämmte Haar.

»Dann kommen Sie erst mal rein.« Uwe öffnete die Bürotür und bot dem Mann einen Stuhl an. »Kaffee?«

»Nein, vielen Dank, wenn ich noch mehr davon zu mir nehme, zeigt mir mein Magen endgültig die rote Karte.« Ein freudloses Lachen entsprang seiner Kehle.

Uwe ließ sich auf seinen Schreibtischstuhl nieder, nachdem er den Rechner eingeschaltet hatte. »Nun erzählen Sie bitte der Reihe nach, warum Sie hier sind. Wie lautet Ihr Name?«

»Ich heiße Arne Rodenbek.«

Als Uwe den Namen hörte, war ihm augenblicklich klar, wen er vor sich hatte. »Sie sind der Juwelier, dessen Sohn tödlich verunglückt ist. Mein Beileid«, fügte er hinzu.

»Danke.« Rodenbek atmete hörbar aus.

»Sie sagten, Sie wollen eine Aussage machen?«

»Ja, das ist richtig.« Er sah auf seine Finger, die nervös an den Nägeln spielten. An einigen Stellen war die Nagelhaut eingerissen und blutete. »Sie wissen sicherlich, dass Ihre Kollegen unser gesamtes Haus durchsucht haben, weil sie glauben, Julian hätte etwas mit den Überfällen zu tun.« Uwe hörte zu, ohne ihn zu unterbrechen. »Alle glauben mittlerweile, dass er es war. Aber das ist nicht wahr.«

»Herr Rodenbek, ich fürchte, ich bin in diesem Fall nicht der richtige Ansprechpartner. Die Ermittlungen haben die Kollegen übernommen. Das Beste wird sein, ich gebe Bescheid, dass Sie da sind«, schlug Uwe vor und war im Begriff, zum Telefonhörer zu greifen.

»Nein, bitte, hören Sie mir zu! Ich werde unter keinen Umständen mit diesem Reimers sprechen.«

»Herr Rodenbek, ich schlage vor, wir ziehen die Kollegin Böel hinzu, sie ist die leitende Ermittlerin. Sind Sie damit einverstanden?«

Rodenbek war seine Skepsis deutlich anzusehen.

»Ich verspreche Ihnen, sie wird Ihnen zuhören.«

»Einverstanden.«

Nach wenigen Minuten traf Klara Böel ein. »Hallo, Herr Rodenbek, hallo, Herr Wilmsen«, begrüßte sie die beiden Männer und nahm Platz.

»Bitte, Herr Rodenbek, jetzt können Sie Ihre Aussage machen«, forderte Uwe ihn auf und war neugierig auf das, was der Vater des toten Jungen zu sagen hatte.

KAPITEL 34

Während Nick zunächst Christopher in den Kindergarten brachte und anschließend zur Dienststelle fuhr, begab ich mich mit den Hunden auf die morgendliche Runde. Ein in Böen lebhafter Wind begrüßte mich an diesem Morgen, als ich auf mein Rad stieg, so dass ich streckenweise heftig in die Pedale treten musste. Pepper und Chili zeigten sich unbeeindruckt von den aktuellen Wetterverhältnissen und rannten in flottem Tempo neben mir her. Als ich in den Hooger Wal einbog, sah ich plötzlich etwas vor mir in der Sonne blitzen. Ich bremste, stieg ab und bückte mich, um es aufzuheben. Kaum streckte ich die Hand nach dem Fundstück aus, waren die beiden Hunde zur Stelle und schnüffelten eifrig daran.

»Pepper! Chili! Nasen weg!«, schimpfte ich und schob sie energisch beiseite.

Nun hielt ich einen goldenen Ohrring in der Hand und betrachtete ihn. Dem Gewicht nach zu urteilen, musste er sehr wertvoll sein. Ein hell funkelnder Edelstein war darin verarbeitet. Vermutlich handelte es sich um einen Brillanten oder Diamanten, nahm ich an. Da weit und breit niemand zu sehen war, der das Schmuckstück verloren haben könnte, steckte ich es ein, um es später dem Fundbüro zu melden. Mittlerweile konnte man dies online mithilfe eines Formulars vornehmen. Dann schwang ich mich wieder auf mein Rad und fuhr schnurstracks nach Hause. Dort angekommen, sprang ich schnell unter die Dusche, zog mich an und verließ das Haus, um einen Kundentermin in List wahrzunehmen. Als ich an dem verabredeten Treffpunkt ankam, musste ich feststellen, dass mein Kunde noch nicht da war. Ich sah auf die Uhr.

»Okay, ich bin ein paar Minuten zu früh«, sagte ich zu mir selbst.

Um mir die Wartezeit ein wenig zu vertreiben, schlenderte ich die Straße auf und ab. Rechter Hand war in den letzten Monaten eine riesige Baustelle entstanden. Neben Wohnungen für Einheimische wurden dort, wo einst Kasernen gestanden hatten, Feriendomizile errichtet. Ein Großprojekt, das nicht nur Fürsprecher hatte. Das Thema, bezahlbaren Wohnraum für Einheimische und Menschen zu schaffen, die gleichzeitig auf Sylt leben und arbeiten wollten, war nach wie vor ein Dauerbrenner. Die Frage, wie viel Tourismus die Insel und die Natur noch verkraften konnten, stand ebenso präsent im Raum. Während ich auf das Ehepaar wartete, dessen Garten ich gestalten sollte, klingelte mein Telefon.

»Katharina! Was gibt's?«, fragte ich, nachdem ich ihren Namen auf dem Display gesehen hatte.

»Hallo, Anna! Wo treibst du dich rum?«

»Ich bin gerade in List und warte auf das Ehepaar Richter. Ich fürchte, sie haben die Zeit vergessen. Sie haben sich nicht zufällig bei dir gemeldet, um mitzuteilen, dass sie sich verspäten?«

»Sorry, bei mir hat sich niemand gemeldet. Ich wollte fragen, wann du zurück ins Büro kommst.«

»Das kann ich dir nicht genau sagen. Das hängt vom Eintreffen der Kunden ab. Warum? Willst du weg?«, wollte ich wissen.

»Nein, nein. Ist nicht so wichtig. Mach dir keinen Stress, ich bin die ganze Zeit hier«, versicherte mir unsere neue Bürokraft.

»Dann ist es ja gut.«

»Anna? Darf ich dich um einen Gefallen bitten?« Katharinas Stimme klang eine Spur zögerlich.

»Sicher. Worum geht es?«

»Es ist wegen Piet.«

Lag ich mit meiner Vermutung doch richtig, dachte ich, ließ mir jedoch nichts anmerken. »Was ist mit ihm?«, fragte ich scheinheilig.

»Ich wollte ihm eine kleine Freude machen. Er hat sich damals nach der Geiselnahme so rührend um mich gekümmert. Du weißt schon. Ich habe bloß keine Idee, was er gerne mag. Du kennst ihn länger, vielleicht fällt dir etwas ein. Isst er vielleicht etwas ganz besonders gerne?«

»Puh, da muss ich überlegen. Eis! Er liebt Eiscreme«, fiel mir plötzlich ein.

»Klasse! Da gibt es doch in List die *Eismanufaktur*. Würde es dir etwas ausmachen, mir von dort einen Gutschein mitzubringen? Sagen wir, für 20 Euro? Dann kann er sich später selbst seine Lieblingssorten aussuchen. Würdest du mir das Geld auslegen? Du bekommst es nachher gleich zurück.«

»Kein Problem, das kann ich gerne machen, wo ich gerade in der Nähe bin. Ich hoffe bloß, das Ehepaar Richter lässt sich in Kürze blicken. Sie könnten wenigstens Bescheid geben, wenn sie sich verspäten. Ich habe schließlich nicht ewig Zeit.«

»Danke, Anna, und bis später!«

»Bis dann!«

Als ich aufgelegt hatte, sah ich einen weißen Mercedes in gemächlichem Tempo um die Straßenecke biegen. Er fuhr an mir vorbei. Die Frau lächelte mir freundlich zu. Dann hielt der Wagen ein Stück weiter direkt hinter meinem. Ein älteres Ehepaar stieg aus und sah sich suchend um. Das mussten die Richters sein.

»Na, endlich!«, murmelte ich, setzte ein freundliches Gesicht auf – der Kunde ist schließlich König – und ging ihnen beschwingt entgegen.

Mit einem neuen Auftrag und einem Gutschein der *Sylter Eismanufaktur* im Gepäck fuhr ich eine Stunde später nach Braderup in unsere Firma. Als ich in die Einfahrt bog, parkte lediglich Katharinas Wagen auf dem Hof.

»Hallo!«, rief ich, als ich das Gebäude betrat, erhielt jedoch keine Antwort. »Katharina? Bist du da?«

Abermals rührte sich nichts. Vielleicht hatte Piet sie mitgenommen, und deshalb stand ihr Wagen auf dem Hof, überlegte ich, als ich verdächtige Geräusche aus den hinteren Räumen vernahm. Dort lag Piets Büro. Es hörte sich an, als würden nacheinander Schranktüren oder Schubladen geöffnet werden. Suchte Katharina nach etwas und hatte mein Rufen deswegen nicht gehört? Oder war ein Einbrecher unbemerkt mitten am helllichten Tag hereinspaziert? Unsinn, du siehst Gespenster, ermahnte ich mich selbst. Bestimmt würde sich in wenigen Sekunden alles aufklären. Wären Katharina und Piet unterwegs, hätten sie allerdings die Eingangstür abgeschlossen. Trotzdem ging ich zielstrebig auf die angelehnte Tür zu und drückte sie auf. Anstelle von Katharina stand ich plötzlich einem wildfremden Mann gegenüber, der ebenso überrascht wirkte wie ich. Er starrte mich aus blutroten Augen an. Auf der Stelle machte ich auf dem Absatz kehrt und rannte den Flur entlang dem Ausgang zu. Während meiner Flucht sah ich mich hektisch nach dem Fremden um, stolperte dabei über meine eigenen Füße und geriet ins Straucheln. Damit hatte ich meinen ohnehin nur hauchdünnen Vorsprung verspielt. Mein Verfolger hatte mich eingeholt, packte mich von hinten und riss mich zu Boden. Dabei schlug ich mit der linken Schulter gegen den halbhohen Aktenschrank aus Metall. Der Schmerz fuhr wie ein Blitz durch meinen Körper und raubte mir für Sekunden die Sinne. Trotz allem trat ich wild um mich und traf ihn am Schienbein. Schmerzhaft jaulte er auf und ließ kurz von mir ab. Ich wollte die Gelegenheit nutzen, um mich aufzurappeln, doch zu spät. Er packte meine Beine und zog sie zu sich. Ich schrie und versuchte verzweifelt, nach dem Feuerlöscher an der Wand zu greifen, um ihn als Waffe einzusetzen. Doch auch dies misslang. Der Mann drückte mich zu Boden und kniete anschließend mit seinem gesamten

Gewicht auf mir, während ich mich weiterhin mit Händen und Füßen wehrte wie ein in die Enge getriebenes Raubtier. Sämtliche Versuche, mich aus seiner Gewalt zu befreien, waren zum Scheitern verurteilt. In meiner jetzigen Situation besaß ich gegen ihn nicht den Hauch einer Chance.

»Loslassen! Hilfe!«, schrie ich so laut ich konnte.

»Halt die Klappe!«, zischte er und versuchte, mir eine Hand vor den Mund zu halten, doch ich wand mich unter ihm wie ein Aal und drehte immer wieder den Kopf weg.

Als ich zum wiederholten Male um Hilfe rief, verlor er die Geduld, holte aus und schlug mir mit voller Wucht ins Gesicht. Mein Kopf flog regelrecht zur Seite. Benommen blieb ich liegen, unfähig, mich zu bewegen. Als ich mit der Zunge vorsichtig über meine Lippe fuhr, schmeckte ich Blut. Obwohl mich die Angst zusehends zu lähmen drohte, behielt der Drang, meinem Peiniger zu entkommen, die Oberhand. Unerwartet ließ er von mir ab und stand auf. Was hatte er vor?

»Steh auf!«, befahl er, noch ehe ich den Gedanken zu Ende führen konnte, was als Nächstes geschehen würde.

Als ich seinem Befehl nicht unmittelbar nachkam, zog er eine Waffe aus dem Hosenbund und drückte sie mir unmissverständlich an die Schläfe. »Wird's bald!«

»Bitte nicht«, wimmerte ich und bemühte mich aufzustehen, während mein gesamter Körper abermals von einer Welle aus Schmerz erfasst wurde. Meine linke Gesichtshälfte fühlte sich taub an, auf dem linken Ohr nahm ich die Worte nur gedämpft wahr. Bei dem Versuch aufzustehen, wurde mir schlagartig schlecht. Nur mühsam und unter Mobilisierung meiner letzten Kraftreserven zog ich mich an dem halbhohen Metallschrank hoch. Kaum hatte ich mich aufgerichtet, hätten mir meine Beine beinahe den Dienst versagt. Als ich einigermaßen sicher stand, packte er mich am

Arm und zog mich unsanft mit sich. In diesem Augenblick drang von dem Parkplatz vor dem Haus ein Motorengeräusch zu uns, gleich darauf war eine kräftige Stimme zu hören. Ich erkannte sie sofort. Piet! War er meine Rettung? Bestimmt würde er mir zu Hilfe kommen. Meinem Peiniger war das Eintreffen des Fahrzeuges ebenfalls nicht entgangen.

Er sah sich nach allen Seiten um, dann öffnete er die Tür zu dem kleinen fensterlosen Raum, den wir als eine Art Lager für diverse Dinge verwendeten.

»Rein da!«, sagte er und verpasste mir einen heftigen Stoß in den Rücken, sodass ich erneut das Gleichgewicht verlor und mit der Schläfe gegen eines der Regale stieß. Im selben Augenblick umgab mich tiefe Schwärze.

»Anna! Hallo! Kannst du mich hören?«

Von weit her drang eine gedämpfte Stimme zu mir.

»Ich glaube, sie kommt langsam zu sich. Ihre Lider haben gezuckt.«

Ich schlug die Augen auf und blickte in ein mir vertrautes Gesicht.

»Gott sei Dank! Da bist du wieder!« Piets Miene strahlte Erleichterung aus.

»Wie geht es dir? Was ist überhaupt passiert?« Jetzt rückte auch Katharinas Gesicht in mein Blickfeld.

»Da war so ein Typ. Ich habe ihn erwischt, wie er Piets Büro durchsucht hat«, begann ich und war gleichzeitig bemüht, mich aufzurichten.

»Mach' langsam. Warte! Ich helfe dir!« Piet war augenblicklich zur Stelle, um mir bei dem Versuch aufzustehen, behilflich zu sein. »Geht's? Kannst du laufen?«, fragte er und hielt mich behutsam am Arm, um mich zu stützen.

»Du weißt doch, Unkraut vergeht nicht!«, brachte ich mit einem gequälten Lächeln hervor, obwohl mich im selben Moment eine Schwindelattacke heimsuchte. »Oh Gott, mein Kopf!«

»Das ist alles andere als lustig, Anna.« Katharina sah mich mit einer Mischung aus Hilflosigkeit und Mitgefühl an.

»Puh, mir wird gerade ziemlich schwindelig.« Ich blieb stehen und atmete durch die leicht geöffneten Lippen aus.

»Setz dich besser hin, sonst klappst du gleich wieder zusammen. Der Rettungswagen müsste jeden Moment eintreffen.«

»Ich möchte lieber nach Hause.« Ich saß mit dem Rücken an die Wand gelehnt und befühlte mit den Fingern vorsichtig mein Gesicht.

»Das sieht wirklich schlimm aus. Hat der Einbrecher dich derart zugerichtet?« Katharina schenkte mir einen mitleidigen Blick.

»Außer ihm war niemand anderes hier. Er ist hinter mir her, als ich weglaufen wollte, und hat mich zu Boden gerissen. Ich wollte den Feuerlöscher als Waffe einsetzen, um mich zu verteidigen, aber der Typ war viel stärker als ich.«

»Elender Mistkerl!«, brummte Piet und reichte mir ein nasses Geschirrtuch. »Hier! Gegen die Schwellung. Etwas anderes habe ich auf die Schnelle nicht finden können.«

»Ein richtiges Kühlkissen gehört eigentlich in jede Hausapotheke«, erklärte Katharina, doch weder Piet noch ich gingen auf ihre Bemerkung ein.

»Die Polizei muss jeden Augenblick eintreffen. Nick habe ich selbstverständlich auch gleich verständigt. Mensch, Anna! Das tut mir unendlich leid. Ausgerechnet dich muss es erwischen.« Piet verzog das Gesicht und strich mir über meine Hand.

»Dich trifft keine Schuld oder hast du den Kerl extra bestellt?«

»Das traust du mir zu?« In vorgetäuschter Empörung sah er mich an.

»Eigentlich nicht«, erwiderte ich und schloss meine Augen für einen Moment.

»Ich möchte mir gar nicht vorstellen, was passiert wäre, wenn wir nicht rechtzeitig gekommen wären. Wer weiß, was er mit dir gemacht hätte.« Katharinas Blick wanderte von mir zu Piet, der betroffen nickte.

In diesem Moment trafen sowohl der Rettungs- als auch ein Streifenwagen auf dem Parkplatz vor dem Haus ein. Ein Notarzt in Begleitung einer Sanitäterin kam herein und verschaffte sich sogleich einen Überblick über meinen Zustand.

»Wir würden Sie gerne mit in die Klinik nehmen, um auszuschließen, dass innere Verletzungen vorliegen. Außerdem haben Sie eine Gehirnerschütterung«, fasste er die Ergebnisse der Untersuchung zusammen, nachdem er die Pupillenreflexe überprüft, ein EKG geschrieben sowie den Blutzucker und die Sauerstoffsättigung in meinem Blut gemessen hatte. Dies gehörte zu den Standards in solch einem Fall, wie mir die Sanitäterin nebenbei erklärt hatte. Anschließend verstaute er seine Sachen in dem Rucksack, zog den Reißverschluss zu und stand auf.

Während ich behutsam auf eine Trage gehoben wurde, stürmte Nick in Begleitung der Kollegen Oliver Mirske und Christof Paulsen in den Flur.

»Sweety!« An seinem erschrockenen Gesichtsausdruck war abzulesen, dass ich fürchterlich aussehen musste. »Wie geht es dir? Was sagt der Doc?«

»Wenn ich ehrlich bin, ging es mir schon mal besser. Der Arzt sagt, ich soll vorsichtshalber in die Klinik. Ich habe das Gefühl, mein Kopf platzt jeden Augenblick.«

»Ich komme mit«, erwiderte Nick, ohne zu zögern.

»Das musst du nicht. Außerdem muss einer von uns Christopher aus dem Kindergarten abholen. Und die Hunde müssen mal raus.«

»Darum kümmern sich deine Eltern. Ich habe bereits mit ihnen telefoniert und alles geregelt.«

»Wenn ich dich nicht hätte«, flüsterte ich und schloss erneut meine Augen. Neben der Übelkeit ergriff zusehends eine bleierne Müdigkeit von mir Besitz. Mit einem Schlag fühlte ich mich vollkommen ausgelaugt und wollte nur noch schlafen.

KAPITEL 35

»Du bist spät dran! Setz dich, es gibt interessante Neuigkeiten!« Erst bei näherer Betrachtung erkannte Uwe, wie mitgenommen sein Kollege und Freund aussah. »Was ist los mit dir? Alles okay?«

»Ich komme eben aus der *Nordseeklinik*«, erklärte Nick und setzte Uwe über die jüngsten Geschehnisse in Kenntnis.

»Um Himmels willen! Wie geht es Anna jetzt?« Die Bestürzung stand ihm ins Gesicht geschrieben.

»Neben diversen Prellungen hat sie eine Gehirnerschütterung davongetragen. Ich bin richtig erschrocken, als ich sie gesehen habe. Du müsstest ihr Gesicht sehen.« Er schüttelte den Kopf und machte eine Pause. »Die Ärzte konnten glücklicherweise keine inneren Verletzungen feststellen. Allerdings muss sie über Nacht zur Beobachtung in der Klinik bleiben. Morgen sehen wir weiter. Möglicherweise benötigt sie darüber hinaus psychologische Betreuung. Sie spielt die Sache natürlich herunter, du kennst sie ja, aber der Schock sitzt dennoch tief.«

»Das solltet ihr unbedingt in Betracht ziehen. Anna kann zwar einiges wegstecken, aber solche Ereignisse sollte man nicht mit sich allein ausmachen. Sie sollte sich helfen lassen.«

»Ich bezweifle, dass sie das genauso sieht.«

»Da kenne ich noch jemanden.« Selbst durch Uwes dichten Bart konnte man seine Mundwinkel zucken sehen.

»Hm, fang nicht wieder damit an«, brummte Nick widerwillig.

»Konnte sie den Täter beschreiben?«

»Ich hatte bislang wenig Gelegenheit, ausführlich mit ihr über ihn zu sprechen. Sie hat erwähnt, dass er blutrote Augen hatte. Außerdem war er bewaffnet und ziemlich brutal.« Bei den letzten Worten stieg in Nick eine Welle der Wut auf. »Wenn ich den Kerl in die Finger kriege, dann ...« Er ballte die rechte Hand zu einer Faust.

»Ich kann verstehen, dass du wütend bist, aber das bringt am Ende nichts. An deiner Stelle würde ich ähnlich reagieren, wenn jemand meiner Tina so etwas antun würde. Ich verspreche dir, wir kriegen den Kerl! Rote Augen, sagst du? Dann haben wir es eventuell mit demselben Täter zu tun wie bei den übrigen Überfällen.«

»Davon gehe ich auch aus. Der Beschreibung nach könnte es passen. Er hat vielleicht nur kurzerhand die Linsenfarbe gewechselt«, pflichtete Nick seinem Freund bei. »Aber von welchen Neuigkeiten hast du zu Beginn gesprochen? Hat sich im Fall Bleicken etwas getan?«

»Nein, aber das Ergebnis der Spurensicherung sollen wir heute auf jeden Fall noch bekommen. Rodenbek war heute morgen hier.«

»Der Juwelier?«

»Korrekt. Er stand bei uns vor der Tür und wollte eine Aussage machen.«

»Welche Aussage? Und wieso kommt er damit zu uns? Klara Böel ist die zuständige Ermittlerin in dem Fall«, warf Nick ein.

»Das habe ich ihm auch gesagt. Doch das hat er zunächst vehement abgelehnt, vor allem wollte er unter keinen Umständen mit Reimers sprechen. Ich konnte ihn letztendlich überzeugen, Klara dazuzuholen.«

»Klara?« Nicks Augenbrauen schnellten amüsiert nach oben.

»Na ja, wir arbeiten immerhin eine Weile gut zusammen, sie vertraut uns. Da dachte ich, es wäre an der Zeit ...« Uwes Ohren nahmen einen leichten Rotton an.

»Du musst dich mir gegenüber nicht rechtfertigen. Das ist vollkommen legitim. Ich habe kein Problem damit. Aber zurück zum eigentlichen Thema. Was wollte Rodenbek denn?«

»Er hat uns erklärt, woher die Uhren stammen, die im Rahmen der Hausdurchsuchung bei ihm beziehungsweise im Zimmer seines Sohnes gefunden worden sind.«

»Na, da bin ich gespannt. Und woher?«

»Arne Rodenbek steckt seit Längerem in finanziellen Schwierigkeiten. Das Geschäft wirft bei Weitem nicht ausreichend Gewinn ab, um die anfallenden Kosten abzudecken. Dazu kommt, dass die Ladenmiete kürzlich exorbitant angehoben wurde.« Uwe sah den Kollegen abwartend an. »Klingelt was bei dir?«

»Die Immobilie gehört nicht zufällig der Familie Bleicken?«, kombinierte dieser prompt.

»Du sagst es.«

»Das würde bedeuten, Rodenbek gehört ebenso zur Gruppe der Tatverdächtigen wie Jan und einige andere. Er hat ein starkes Motiv«, folgerte Nick und verschränkte die Arme hinter dem Kopf. Seine stetig stärker werdenden Nackenschmerzen machten ihm zunehmend zu schaffen.

»Da stimme ich dir zu. Aber das ist längst nicht alles.«

»Was noch?«

»Arne Rodenbek hat den Überfall auf sein Geschäft als Gelegenheit genutzt, um sich einen finanziellen Vorteil zu verschaffen.«

»Das hast du nett formuliert. Mit anderen Worten: Er hat der Versicherung eine wesentlich höhere Summe gemeldet, als tatsächlich durch den Raub entstanden ist. Habe ich das richtig verstanden?«

»Punktlandung, Nick. Mit einer Durchsuchung seines Hauses hat er im Vorfeld nicht rechnen können. Daher hat er den Schmuck und die Uhren zu Hause aufbewahrt, in dem Glauben, die Sachen wären dort absolut sicher«, bestätigte Uwe. »Sein Sohn Julian war übrigens seit einiger Zeit drogenabhängig und permanent in Geldnot. Hanne Rodenbek, die Ehefrau, hat nach Aussage ihres Mannes den Sohn finanziell unterstützt.«

»Wusste sie von seiner Drogenabhängigkeit?«, wollte Nick wissen.

»Davon können wir ausgehen. Sie hat die Tatsache bloß erfolgreich verdrängt und wollte ihn beschützen. Im Anschluss an Reimers Aktion hat sie die Koffer gepackt und ist aus dem gemeinsamen Haus ausgezogen. Sie wohnt jetzt vorläufig bei ihrer Schwester in Bremerhaven.«

»Glaubst du, Rodenbek hat Eike Bleicken aus Zorn oder Verzweiflung erstochen?«

Uwe kratzte sich nachdenklich am Kinn, bevor er

Nicks Frage beantwortete. »Möglich wäre es durchaus. Er könnte ihn zur Rede gestellt haben, sie sind in Streit geraten, Rodenbek hat die Nerven verloren und zugestochen. Klara hat ihn kriminaltechnisch erfassen lassen. Mal sehen, was der Abgleich ergibt. Sie will uns umgehend Bescheid geben, sobald das Ergebnis vorliegt.«

»Ich bin äußerst gespannt, was dabei herauskommt.«

KAPITEL 36

Nachdem ich eine Weile geschlafen hatte, lag ich nunmehr wach und schaute aus dem Fenster. Draußen schwebten vereinzelt Möwen am Himmel vorbei. Durch das gekippte Fenster konnte ich ihre Rufe, begleitet von dem gleichmäßigen Rauschen des Meeres, hören, was eine beruhigende Atmosphäre vermittelte. Die Sonne stand bereits tief und verlieh den dünnen Wolkenbändern eine orange-violette Färbung. Ein Anblick, der jedes Fotografenherz höherschlagen ließ. Wie gerne würde ich in diesem Augenblick zusammen mit Nick und Christopher am Strand sitzen und die Sonne dabei beobachten, wie sie dem Horizont mit jeder Minute näher rückte, um anschließend spektakulär im Meer zu versinken. Ein allabendlicher Abschied und trotz allem immer wieder aufs Neue faszinierend. Stattdessen lag ich allein in meinem Krankenhausbett. Dank der starken Schmerzmittel, die mir in großzügiger Dosis verabreicht wurden, fühlte ich mich mittlerweile erheblich besser. Lediglich das tiefe Luftholen bereitete mir aufgrund einer Rippenprellung Schmerzen. Die Wunde an der Schläfe vom Sturz gegen das Regal war geklebt worden und sollte nach Aussage der Ärzte gut verheilen. Ein leises Klopfen an der Tür holte mich aus meinen Überlegungen.

»Ja?«, rief ich und sah zur Tür.

»Hallo, Anna! Wir wollten sehen, wie es dir geht?« Katharina betrat das Zimmer, dicht gefolgt von Piet Sanders.

»Danke, ich fühle mich besser.«

Piet trat an mein Bett und griff schüchtern nach meiner Hand, während Katharina sich nach einer Vase für den mitgebrachten Blumenstrauß umsah.

»Du hast uns einen gewaltigen Schrecken eingejagt, als wir dich im Abstellraum gefunden haben«, bekräftigte Piet und musterte meine Verletzung an der Schläfe.

»Ich kann nicht oft genug wiederholen, wie froh ich war, als ich deine Stimme draußen auf dem Parkplatz gehört habe. Obwohl ich Angst hatte, er könne auch dir etwas antun. Schließlich war er bewaffnet, und du warst vollkommen ahnungslos.« Diese Situation hatte ich mir bereits mehrfach in meiner Fantasie ausgemalt.

»Konntest du den Typen erkennen?«, fragte Katharina und hielt nach wie vor die Blumen in der Hand.

»Nein. Er war schwarz gekleidet und über dem Gesicht trug er eine Maske. Nur diese Augen werde ich so schnell nicht vergessen.«

»Seine Augen?«, wiederholte sie.

»Sie waren blutrot.«

»Wie unheimlich!« Sie schauderte und sah zu Piet.

»Kein Mensch hat blutrote Augen.«

»Ich weiß. Trotzdem war der Anblick gruselig, und ich habe mich im ersten Moment gehörig erschrocken.«

»Diese bunten Kontaktlinsen scheinen gerade schwer in Mode zu sein. Katharinas Geiselnehmer hatte doch gelbe Augen, wenn ich mich richtig erinnere«, erwiderte Piet und nahm Katharina den Blumenstrauß ab. »Ich sehe mich mal auf dem Flur nach einer Vase um.«

Sie reagierte mit einem dankbaren Lächeln auf Piets Vorschlag, das er mit einem vielsagenden Augenzwinkern erwiderte. Ich musste mich sehr täuschen, wenn zwischen den beiden nicht etwas lief. Diesen Gedanken behielt ich jedoch vorerst für mich, bis ich absolut sicher war.

»Sind die Schmerzen einigermaßen erträglich?«, erkundigte sich Katharina und verzog das Gesicht, als könne sie mit mir fühlen.

»Ich bin derart mit Schmerzmitteln vollgepumpt, dass ich nicht viel merke. Ich rate dir, in meiner Nähe mit offenem Feuer vorsichtig zu sein.«

»Oh, Anna! Dass du in deiner Situation überhaupt zu Scherzen aufgelegt sein kannst. Ich glaube, ich würde ständig nur heulen.«

»Galgenhumor«, gab ich zurück.

»Wenn ich dich so ansehe, kann ich froh sein, meinem Geiselnehmer entwischt zu sein. Wer weiß, was er womöglich mit mir angestellt hätte?«

Piet war zurückgekommen und platzierte den Strauß in einer bauchigen Vase auf meinem Nachttisch.

»Danke für die herrlichen Blumen. Der Strauß ist wunderschön.«

Plötzlich öffnete sich die Tür ein weiteres Mal, und Nick kam in das Zimmer.

»Hier ist ja richtig etwas los. Hallo zusammen!«

»Moin, Nick! Ich glaube, wir lassen euch jetzt allein und

verabschieden uns. Weiterhin gute Besserung, Anna! Und mach dir wegen der Arbeit keine Gedanken. Wir kriegen das hin.« Piet ließ Katharina beim Verlassen des Zimmers den Vortritt.

»Sweety, wie geht's dir? Du siehst jedenfalls längst nicht mehr so blass aus.« Nick beugte sich zu mir, und seine Lippen berührten behutsam meine.

»Geht bergauf«, versicherte ich, während er mir einen eindringlichen Blick schenkte. »Was macht Christopher? Hat er nach mir gefragt?«

»Natürlich fragt er nach dir. Er ist noch bei deinen Eltern, sie haben angeboten, sich um ihn zu kümmern, deshalb habe ich ihn dort gelassen. Er freut sich aber schon auf morgen, wenn du nach Hause darfst.« Er strich mir liebevoll über die Wange.

»Und ich erst. Ich fühle mich ein bisschen einsam.«

»Soll ich im Schwesternzimmer fragen, ob du in ein anderes Zimmer kannst?«

»Nein, nein. Die eine Nacht werde ich es überstehen. Nur jedes Mal, wenn die Tür aufgeht, überkommt mich ein beklemmendes Gefühl«, vertraute ich mich ihm an und merkte, wie sich indessen ein Kloß in meinem Hals bildete.

»Das ist absolut verständlich, Anna. Du kannst psychologische Hilfe in Anspruch nehmen, das weißt du, oder? Das ist in diesen Fällen nichts Ungewöhnliches«, erklärte Nick in ruhigem Ton. »Du musst das auch nicht sofort entscheiden, lass dir Zeit. Okay?«

»Okay, ich denke darüber nach, danke.«

»Bevor ich es vergesse, ich soll dir schöne Grüße von deinen Eltern ausrichten. Sie wollten dich besuchen kommen, aber da du morgen nach Hause darfst, hielten sie es für vernünftiger, ihren Besuch auf morgen zu verschieben. Du brauchst unbedingt viel Ruhe, hat deine Mutter gemeint.«

»Das sind ja ganz neue Töne. Ich hatte fest damit gerechnet, sie jeden Augenblick wie ein aufgescheuchtes Huhn durch die Tür kommen zu sehen.«

»Sie wird eben ruhiger«, feixte Nick.

»Du meinst wohl eher, sie hat sich an meine Abenteuer gewöhnt«, gab ich postwendend zurück, als ich plötzlich aufsteigende Tränen spürte. Schnell räusperte ich mich.

»Alles okay?« Nick beäugte mich aufmerksam. »Du musst nicht die Harte spielen, lass es raus. Nach solch einem Erlebnis ist es vollkommen normal, dass einen die Gefühle überrollen.«

»Es geht schon wieder. Nur ein leichtes Halskratzen«, versuchte ich, möglichst überzeugend zu klingen, und deutete neben mich. »Kannst du in meiner Handtasche nachsehen? Da müssten eigentlich Halsbonbons drin sein.«

Nick stand auf, nahm die Tasche vom Stuhl und öffnete sie. Als er beschäftigt war, blinzelte ich schnell die Tränen weg. Er zog eine Schachtel Kräuterbonbons hervor. »Diese?« Ich nickte.

»Woher hast du das?« Nick hielt den Ohrring in der Hand, den ich am Morgen auf der Hunderunde zufällig gefunden hatte.

»Den habe ich heute Morgen gefunden, als ich mit den Hunden unterwegs war. Ein außergewöhnliches Stück, er ist sicher sehr wertvoll. Ich wollte ihn auf jeden Fall beim Fundbüro melden.«

»Weißt du ungefähr, wo du ihn aufgehoben hast?«

»Das weiß ich sogar sehr genau. Am Hooger Wal, quasi direkt vor dem Haus, das seit Jahren unbewohnt ist. Weißt du, welches ich meine?«

»Ja, ich glaube, ich weiß, welches du meinst. Unmittelbar daneben befindet sich eine Schafweide.«

»Genau. Aber warum ist der genaue Fundort so wichtig?«

»Das erkläre ich dir später. Ich muss dringend mit Uwe reden. Kann ich dich allein lassen?« Nick wirkte plötzlich beunruhigt.

»Ist es nicht reichlich spät zum Arbeiten? Er ist sicher längst zu Hause.«

»Ich muss ihn trotzdem dringend sprechen. Wenn es nicht wichtig wäre, wäre ich der Letzte, der ihn in seinem Feierabend stören würde. Aber manchmal geht es nicht anders.«

Nachdem Nick gegangen war, konnte ich die Tränen nicht länger zurückhalten und begann, hemmungslos zu schluchzen.

KAPITEL 37

Die Sonne war im Begriff, im Meer zu versinken, als er aus dem Wagen stieg. Der Parkplatz, an dem sich tagsüber ein Fahrzeug neben das andere reihte, war nahezu leer. Auch der verwaiste Fahrradständer, an dem tagsüber unzählige Räder abgestellt waren, glänzte rötlich im untergehenden Sonnenlicht. Das Wärterhäuschen, an dem während der Saisonmonate eine Parkgebühr entrichtet werden musste, fristete ebenfalls ein einsames Dasein. Jemand hatte einen ausgedienten Sonnenschirm dort zurückgelassen, der gegen eine der Holzwände lehnte. Er verriegelte den Wagen und lief den sandigen Weg zwischen den mit Heide bewachsenen Dünen in Richtung Strand. Als er das hölzerne Gebäude mit den öffentlichen Toiletten passiert hatte, blieb er einen Augenblick am Rand der kleinen Holztreppe stehen und ließ den Blick über den Strand schweifen. Dann setzte er seinen Weg nach links in Richtung der Strandkörbe fort.

»Hier bin ich!«, rief ihm nach einigen Metern eine weibliche Stimme zu.

Er drehte den Kopf und erblickte sie in einem der Körbe sitzend.

»Willst du dich nicht setzen?« Sie deutete auf den freien Platz neben sich.

»Ich stehe lieber. Warum bist du hier?«, fragte er ohne Umschweife.

»Weil du mich herbestellt hast«, entgegnete sie postwendend.

»Du weißt, was ich meine: Was willst du auf Sylt?«

»Wolltest du mich bloß sehen, um mich das zu fragen? Ich dachte, du freust dich, mich nach der langen Zeit wiederzusehen.« Eine Portion Enttäuschung mischte sich in ihre Antwort.

»Beantworte einfach meine Frage«, insistierte er.

»Ich brauchte eine Luftveränderung.«

»Ist das alles?«

»Natürlich. Aus welchem Grund sollte ich deiner Meinung nach denn hergekommen sein?« Sie schirmte die Augen mit der Hand ab, um sein Gesicht gegen die untergehende Sonne besser erkennen zu können.

»Entschuldige.« Mit einem tiefen Seufzer ließ er sich neben ihr auf die blau-weiß gestreiften Polster fallen.

»Na also. Geht doch!« Sie verzog den Mund zu einem schiefen Grinsen. »So gefällst du mir wesentlich besser.«

Wortlos saßen sie eine Weile nebeneinander und blickten zum Horizont, bis sie wieder das Wort ergriff.

»Du bist Polizist geworden. Ist das der Job, der dich erfüllt?«

»Ja, ist er«, erwiderte er knapp, ohne sie dabei direkt anzusehen.

»Du siehst übrigens super aus. Bestimmt hast du eine Freundin oder Frau. Kinder auch?«, versuchte sie, näher mit ihm ins Gespräch zu kommen.

»Weder noch.«

»Sehr gesprächig bist du nicht gerade. Das war früher anders.«

»Habt ihr noch Kontakt?«, setzte er nach und sah ihr dieses Mal fest in die Augen.

»Mann, was soll diese blöde Fragerei? Das ist ewig her. Lass die verdammte Vergangenheit endlich ruhen.«

»Das würde ich gerne, geht aber nicht.« Während er sprach, ließ er immer wieder den kühlen Sand durch seine Finger rieseln. Unerwartet erhob er sich.

»Du gehst?«

»Wenn das zutrifft, was ich vermute, werde ich alles Notwendige in die Wege leiten.«

»Oh, jetzt kriege ich ja richtig Angst vor dir!« Sie lachte und zog eine Grimasse.

»Das ist kein Spaß.«

»Denk an den Schwur«, zischte sie gefährlich leise, während sich ihre Augen zu engen Schlitzen verzogen, mit denen sie ihn fixierte.

»Wie könnte ich das jemals vergessen.«

Sie sah ihm nach, wie er an der Wasserkante entlang zu einem der nächsten Strandaufgänge ging und zwischen den Dünen verschwand.

KAPITEL 38

»Das muss ja ungemein wichtig sein, wenn du mich mitten in der Nacht in diese Einöde schleppst«, maulte Uwe, als Nick und er vor dem Haus standen, vor dem Anna den Ohrring gefunden hatte.

»Erstens ist es erst kurz nach 22 Uhr und noch einigermaßen hell, und zweitens habe ich eine Vermutung.«

»Darauf bin ich gespannt. Warum müssen wir überhaupt den ganzen Weg zu Fuß gehen? Zum Parken wäre ausreichend Platz gewesen«, beschwerte sich Uwe und trottete neben Nick her, der seinem Freund einen belustigten Blick zuwarf.

Sie erreichten das Haus, das hinter hohen Bäumen und Sträuchern, schwer einsehbar, mitten auf einem weitläufigen Grundstück mit Blick zum Deich lag.

»Und du bist sicher, da wohnt niemand?«, vergewisserte sich Uwe und suchte vergeblich nach einer Klingel oder einem Namensschild.

»Ganz sicher. Das steht seit einigen Jahren leer. Ein Jammer ist das.«

Nick versuchte, das verwitterte Tor zur Einfahrt zu öffnen. Als der Versuch misslang, kletterte er kurzerhand über den Zaun.

»Toll! Und was mache ich?« Uwe hatte die Hände in die Hüften gestützt und blickte alles andere als begeistert drein.

»Moment.« Nick machte sich von der anderen Seite an dem Tor zu schaffen. Kurz darauf ließ es sich unter einem schwerfälligen Ächzen öffnen.

»Diesen Weg scheint jemand des Öfteren benutzt zu

haben.« Uwe deutete auf einen schmalen Trampelpfad, der durch das Dickicht zur Hinterseite des Hauses führte.

»Sieht ganz danach aus. Da die Rasenfläche seit ewigen Zeiten nicht gemäht wurde, lässt er sich deutlich erkennen. Komm, wir sehen uns mal die Rückseite an.«

Dem Weg folgend, näherten sich die beiden Beamten dem Gebäude, die Waffen stets griffbereit. Auch auf der Terrasse hatte der Verfall deutliche Spuren hinterlassen. Zwischen den verwitterten Terrassenplatten wuchs kniehoch das Unkraut aus den Fugen. Ein tönerner Blumentopf war umgefallen und lag zerbrochen neben der Hauswand. Die Scherben waren mit einem dicken Moosteppich überzogen.

»Sieh mal!« Nick untersuchte die Terrassentür. »Sie ist nicht verschlossen, sondern nur angelehnt.«

Während er die Tür weiter aufschob, gab ihm Uwe Rückendeckung. Nick setzte einen Fuß nach dem anderen in das Haus. Nachdem er sich vergewissert hatte, dass außer ihnen niemand anwesend war, winkte er Uwe zu sich. Auf dem Boden in einer Ecke lagen neben einer Matratze einige Kleidungsstücke sowie leere Getränkedosen und einige Pizzakartons.

»Nicht sehr appetitlich. Hier hat sich offensichtlich jemand einen Rückzugsort geschaffen«, stellte Uwe mit einem Stirnrunzeln fest.

Ein plötzliches Geräusch von draußen ließ die beiden Polizisten aufhorchen. Sofort gingen sie in Deckung und warteten ab. Auf der Terrasse tauchte eine dunkel gekleidete Gestalt auf. Sie blieb abrupt stehen, als sie die geöffnete Terrassentür bemerkte. Nick zählte bis drei, trat aus seiner Deckung hervor und hielt die Waffe auf die Person gerichtet.

»Halt! Stehen bleiben! Polizei!«

Die Person zögerte keine Sekunde, sondern ergriff umgehend die Flucht.

»Mistkerl!«, fluchte Nick und nahm die Verfolgung auf. Als er um die Ecke bog, war von dem Unbekannten weit und breit nichts zu sehen.

»Das gibt es doch nicht«, murmelte er und ging weiter zum Tor. Da hörte er hinter sich im Gebüsch ein Knacken, als wenn jemand auf trockenes Geäst getreten wäre. Bevor Nick sich umdrehen konnte, war das Entsichern einer Waffe zu hören.

»Nicht umdrehen! Waffe runter. Langsam.«

Um kein Risiko einzugehen, tat Nick, wie ihm geheißen, und legte seine Dienstwaffe neben sich ins Gras. Aus dem Augenwinkel konnte er Uwe erkennen, der um die Hausecke spähte und sich gegen die Hauswand presste. Doch es war zu spät. Der bewaffnete Unbekannte hatte ihn längst bemerkt.

»Waffe weg, sonst ist der Kollege tot!«, rief ihm der Mann zu.

»Ganz ruhig!« Uwe legte umgehend seine Dienstwaffe neben sich auf den Boden, um die angespannte Situation nicht weiter zu verschärfen.

Nick versuchte, den winzigen Moment der Ablenkung für sich zu nutzen und sich umzudrehen, als ihn ein harter Schlag in den Nacken traf. Mit einem Aufstöhnen sank er bewusstlos zu Boden. Der Angreifer rannte los und verschwand durch das Dickicht in der Dunkelheit. Uwe verzichtete auf die Verfolgung des Mannes, da er in puncto Schnelligkeit gegen ihn ohnehin nicht den Hauch einer Chance besessen hätte. Stattdessen eilte er zu seinem Freund und kniete sich neben ihn.

»He, Nick?« Er beugte sich über ihn und rüttelte ihn vorsichtig an der Schulter. »Kannst du mich hören?«

Nick öffnete die Augen und wirkte im ersten Moment benommen. Dann setzte er sich mit schmerzverzerrtem Gesicht auf.

»Bist du okay so weit?«

»Das hat gesessen!« Er rieb sich den Nacken und kniff kurzzeitig die Augen zusammen. Dann fragte er: »Ist er entkommen?«

»Leider. Der war eindeutig zu schnell für mich«, gab Uwe zerknirscht zu. »Ich habe die Kollegen der Streife angefordert, sie halten die Augen nach dem Kerl offen. Brauchst du einen Arzt?«

»Nein, geht schon«, erwiderte Nick und rappelte sich langsam auf.

»Warte, ich helfe dir! Am besten setzt du dich da drüben auf die Bank, bis die Spurensicherung kommt.« Uwe deutete auf die ehemals weiß gestrichene, jetzt von einem grünlichen Film überzogene Friesenbank neben dem Eingang. »Ich hole in der Zeit das Auto.« Mit diesen Worten machte er sich auf den Weg.

Wenige Minuten, nachdem Uwe weg war, traf der Transporter mit den Kollegen der Spurensicherung ein, die das Haus und die nähere Umgebung nach verwertbaren Spuren in Augenschein nehmen würden.

»Moin!«, grüßte der Fahrer, als er Nick erblickte. »Hättet ihr euch nicht eine andere Tageszeit aussuchen können?«

»Das Verbrechen kennt keinen Feierabend, weißt du doch!«, entgegnete Nick, worauf der Kollege einen kurzen Lacher hervorbrachte.

»Du sagst es.«

»Ihr könnt hinten rein. Die Terrassentür steht offen. Drinnen hat jemand reichlich Spuren hinterlassen, da werdet ihr mit Sicherheit fündig. Der Typ ist anschließend in diese Richtung entkommen.« Nick deutete zu dem Gestrüpp, durch das der Unbekannte geflüchtet war.

»Okay, das sehen wir uns mal genauer an. Sag mal, hast du etwas abbekommen?« Der Kollege der Spurensicherung unterzog Nick einem kritischen Blick.

»Er hat mir eins übergebraten, bevor er abgehauen ist.«

»Autsch! Diese Typen werden immer brutaler.« Mit einem Kopfschütteln folgte er den Kollegen um das Haus herum zur Terrasse.

Uwe kam durch das verwitterte Tor gestapft und reichte Nick einen Plastikbeutel, den er zuvor zwischen beiden Händen zusammengedrückt hatte. »Hier, nimm das!« Als er Nicks fragenden Blick sah, fügte er erklärend hinzu: »Das ist eine von diesen Kälte-Sofort-Kompressen, die man nicht erst ins Eisfach legen muss, damit sie kalt werden. Funktionieren super! Ein Sanitäter hat mir neulich ein paar von den Dingern geschenkt. Er meinte, die kämen in letzter Zeit beinahe mehr bei Rettungskräften selbst zum Einsatz als bei den Patienten. Das Aggressionspotenzial in der Bevölkerung gegen Rettungskräfte wäre spürbar angestiegen.«

»Da sagst du was«, pflichtete Nick ihm bei.

»Jedenfalls liegen seitdem immer welche griffbereit im Auto. Du siehst ja, kann nicht schaden, gewappnet zu sein.«

»Was es nicht alles gibt«, erwiderte Nick und legte die Kompresse behutsam auf die schmerzende Stelle im Nacken. Die wohltuende Kühlung setzte unverzüglich ein. »Er war es. Da bin ich mir absolut sicher.«

»Du meinst, bei dem Kerl handelt es sich um das gesuchte Gelbauge?«

»Ja, nur dass er mittlerweile von Gelb auf Blutrot umgestiegen ist. Das war derselbe Typ, der auch auf Anna losgegangen ist. Da gehe ich jede Wette ein.« Nick veränderte die Position der Kühlkompresse.

»Da kann ich nur hoffen, dass uns die Spuren im Haus weiterhelfen werden, ihn endlich zu identifizieren.« Uwe betrachtete seinen Freund, der nach wie vor mit der Kompresse im Nacken vor ihm saß. »Komm, Nick, ich fahre

dich jetzt nach Hause. Hier vor Ort können wir momentan wenig ausrichten und stehen bloß im Weg rum.«
»Hervorragende Idee.«

KAPITEL 39

Das war knapp. Es hätte nicht viel gefehlt, und dieser Bulle hätte ihn erwischt. Wenn sein übergewichtiger Kollege nicht dazwischengekommen wäre, wäre es womöglich brenzlig geworden. Er musste nächstes Mal unbedingt aufmerksamer vorgehen. Schwer atmend vom Laufen saß er gegen die Hauswand eines zurzeit unbewohnten Reetdachhauses gelehnt und überdachte die nächsten Schritte. In sein bisheriges Versteck konnte er nicht mehr zurück, darüber war er sich im Klaren. Die Polizei würde das gesamte Anwesen komplett auf den Kopf stellen, um nach Spuren zu suchen. Er fragte sich, was sie dazu bewogen haben könnte, sich das unauffällige Haus näher anzusehen. Hatte ihn jemand gesehen und die Polizei informiert? War er selbst zu unvorsichtig geworden, nachdem die Behörden die Serie der Raubüberfälle für gelöst erklärt hatten? Wahrscheinlich war die Kripo im Zuge der Ermittlungen den toten Jungen betreffend zufällig auf das Anwesen gestoßen, und er war bloß zur falschen Zeit am falschen Ort. Von dem toten Juweliersohn wimmelte es in dem Haus von Spuren. Dies könnte sich in seinem Fall als Vorteil erweisen. Denn er selbst war stets darauf bedacht gewesen, möglichst wenig offensichtliche Anhaltspunkte für seine Anwesenheit zu hinterlassen. In weiser Voraussicht hatte er seine Beute an einem anderen, sicheren Ort aufbewahrt. Zu dieser Idee konnte er sich im Nachhinein nur selbst gratulieren. In der Ferne ertönte das Martinshorn eines Streifenwagens. Sie suchten weiterhin die Insel nach ihm ab. Als sich seine Atmung normalisiert hatte, zog er sein Smartphone aus der Tasche. Er musste dringend telefonieren. Beim Blick auf das Display musste er feststellen, dass er die Zahlen und Buchstaben nur bedingt erkennen konnte. Das bunte Flimmern vor dem linken Auge war zurückgekehrt, das ihn in Kürze, begleitet von schier unerträglichen Kopfschmerzen, für einige Stunden außer Gefecht setzen würde. Er stand auf und sah sich nach einer geeigneten Bleibe um, in die er sich die nächsten Stunden zurückziehen konnte, bis der Migräneanfall abgeklungen war. Doch vorher nahm er die Kontaktlinsen heraus.

KAPITEL 40

Mit meiner kleinen Reisetasche neben mir auf dem Boden stand ich auf dem Parkplatz der *Nordseeklinik* und hielt Ausschau nach Nick. Nach unserem Telefonat heute Morgen hatte er darauf bestanden, mich abzuholen, obwohl ich ebenso gut ein Taxi hätte nehmen können. Ich schloss für einen Moment die Augen und spürte die wärmenden Sonnenstrahlen, die sanft mein Gesicht streichelten, als ein Streifenwagen direkt vor mir zum Stehen kam. Die Fahrertür wurde geöffnet, und ein uniformierter Beamter entstieg dem Wagen. Als er sich zu mir umdrehte, erkannte ich ihn.

»Moin, Anna!«

»Guten Morgen, Christof! Was machst du denn hier? Willst du auch jemanden abholen?«, fragte ich.

»Ja, dich!« Er grinste breit.

»Mich? Ich verstehe nicht ganz. Was ist mit Nick?«

»Ich soll dir ausrichten, dass es ihm sehr leidtut, dass er nicht persönlich kommen kann, aber ihm ist etwas dazwischengekommen. Er hat mich gebeten, dich nach Hause zu fahren. Fühlst du dich schon besser?« Christof stellte meine Tasche auf die Rückbank, dann öffnete er mir die Beifahrertür.

»Ich werde sicher nicht gleich morgen einen Berg erklimmen können, aber im Großen und Ganzen geht es mir besser.«

»Das muss furchtbar gewesen sein«, bemerkte er, während wir das Klinikgelände verließen und in Richtung Flughafen fuhren.

»Für einen Moment habe ich wirklich geglaubt, er bringt mich um.« Mich überkam eine Gänsehaut bei der Erinnerung.

»Hast du ihn erkennen können? War das der Mann aus der Bank?«

»Von der Statur hätte er es sein können, aber von seinem Gesicht konnte ich nicht viel erkennen, da er eine schwarze Maske trug. Nur diese schrecklich roten Augen.« Den letzten Satz sprach ich leise wie zu mir selbst. Diesen Anblick würde ich so schnell nicht vergessen.

»Entschuldige, ich wollte dich nicht unnötig quälen«, bemerkte Christof und schenkte mir einen verständnisvollen Blick.

»Schon gut. Mit dir ist aber alles okay, oder?«

»Ja, warum fragst du?«

Ich deutete auf zwei leere Tütchen Aspirin in der Mittelkonsole.

»Leichte Migräne. Kommt zum Glück nicht häufig vor. Im Vergleich zu deiner Gehirnerschütterung eher Peanuts.«

Wir fuhren durch das Tinnumer Gewerbegebiet, bis wir die Keitumer Landstraße erreichten und Christof sich auf dem Linksabbieger einordnete.

»Ich bin unendlich dankbar, dass Katharina und Piet so schnell zur Stelle waren und somit Schlimmeres verhindern konnten.«

»Inwiefern?«

Die Ampel schaltete auf Grün, und der Wagen setzte sich in Bewegung.

»Als ich ins Büro kam, stand Katharinas Auto auf dem Parkplatz. Daher bin ich zunächst davon ausgegangen, dass sie da ist. Tatsächlich war sie kurz mit Piet eine Besorgung machen. Wahrscheinlich hat der Einbrecher gehört, wie sie zurückgekommen sind, hat Panik bekommen und sich schleunigst aus dem Staub gemacht.«

»Das ist anzunehmen.« Christof überlegte. »Wie läuft es eigentlich mit ihr?«

»Mit Katharina, meinst du?«, vergewisserte ich mich.
»Ja.«
»Viel kann ich nicht sagen, sie arbeitet erst ganz kurz bei uns, aber bislang läuft es gut.« Ich musterte Christof von der Seite. »Fragst du aus einem bestimmten Grund?«
»Nein, reine Neugierde. Soll allgemein nicht besonders leicht sein, auf der Insel geeignetes Personal zu finden, habe ich gehört.«
»Das stimmt. Der Wohnraum fehlt, und auf die Pendelei zwischen Insel und Festland haben die wenigsten Leute Lust. Daher ist Katharina für uns ein echter Glücksgriff. Und du bist sicher, dass das alles ist, was dich interessiert?«, neckte ich ihn und stupste ihn leicht gegen den Oberarm. »Du stehst auf sie, oder?«
»Quatsch!«, konterte er prompt.
»Kannst du ruhig zugeben. Wenn du ernsthaftes Interesse an ihr hast, solltest du dich allerdings beeilen.«
»Wie ist das nun wieder gemeint?«
»Ich glaube, zwischen ihr und Piet bahnt sich etwas an.«
»Meinetwegen. Ich will ganz sicher nichts von ihr. Von Beziehungen habe ich vorerst genug.« Christof gab einen verächtlichen Laut von sich. Offensichtlich hatte ich mit dem Thema einen wunden Punkt getroffen. Um die Angelegenheit nicht weiter zu vertiefen, fragte ich stattdessen: »Was gibt es denn so Wichtiges, dass Nick keine Zeit hatte, mich abzuholen?«
»Hoher Besuch.« Er schnitt eine Grimasse.
»Dann ist Achtermann wieder da?«, schloss ich aus seiner Bemerkung.
»Das kann ich dir nicht sagen. Ich habe nur mitbekommen, dass Reimers mächtig Druck macht wegen der Sache von gestern Abend. Passt ihm offenbar nicht ins Konzept.«

»Von welcher Sache sprichst du? Hat es wieder einen Überfall gegeben?« Seine Andeutungen hatten mich misstrauisch gemacht. Zudem bemerkte ich Christofs zögerliches Verhalten, doch für einen Rückzieher war es zu spät.

»Hat Nick am Telefon nichts erwähnt?«

»Was soll er denn erwähnt haben? Nun rück' schon raus mit der Sprache, Christof! Was war los?«

»Nick und Uwe sind gestern Abend zu dem leer stehenden Haus gefahren, in dessen Nähe du den Ohrring gefunden hast. Wie sich herausgestellt hat, wurde es als eine Art Versteck benutzt.«

»Versteck? Für was oder wen?«

»Momentan lässt sich nur sagen, dass sich dort jemand einen Unterschlupf eingerichtet hat. Um wen es sich handelt und warum er sich dort aufhält, wissen wir nicht. Die Spurensicherung hat alles aufgenommen.«

Die Schranken am Bahnübergang in Keitum schlossen sich gerade. Christof hielt und ließ die Seitenscheibe herunter.

»Das ist aber längst nicht alles, oder?«, hakte ich nach und sah Christof auffordernd von der Seite an.

»Plötzlich ist ein Typ aufgetaucht. Als er Nick und Uwe bemerkt hat, hat er sofort das Weite gesucht. Nick hat versucht, ihn aufzuhalten, und ist von ihm niedergeschlagen worden.«

»Wie bitte? Das erfahre ich so nebenbei?« Ich traute meinen Ohren kaum. »Das hat er heute Morgen mit keiner Silbe erwähnt.« Fassungslos blickte ich aus der Seitenscheibe. Ein Autozug näherte sich dem Bahnübergang.

»Er wollte dich nicht zusätzlich beunruhigen.«

»Bitte lass uns zum Revier fahren!«

»Und dann?« Christofs Worte gingen nahezu im Lärm des vorbeifahrenden Zuges unter, der mit etlichen Fahrzeugen beladen in Richtung Niebüll unterwegs war. »Du kannst ihn mindestens für die nächsten zwei Stunden nicht sprechen. Reimers und diese neue Staatsanwältin machen ihm das Leben bereits schwer genug. Glaub mir, er ist wirklich okay.«

»Ich hatte nicht vor, ihm das Leben schwer zu machen, aber wahrscheinlich hast du recht«, lenkte ich ein.

»Du weißt, wie ich das meine.«

»Natürlich, Christof.«

Die Schranken öffneten sich, und die Schlange der wartenden Autos setzte sich gemächlich in Bewegung.

KAPITEL 41

In dem kleinen Besprechungsraum herrschte im wahrsten Sinne des Wortes dicke Luft. Neben Peter Reimers und Klara Böel waren die Staatsanwältin sowie zwei weitere Kolleginnen und ein Kollege anwesend. Klara Böel wollte gerade das Fenster öffnen, als sie von Reimers zurückgehalten wurde.

»Lassen Sie das Fenster zu oder wollen Sie, dass ganz Westerland erfährt, was hier gesprochen wird?«, platzten die Worte ungehalten aus ihm heraus.

Gleichermaßen erschrocken wie erstaunt über den

schroffen Ton des Dienststellenleiters setzte sie sich wortlos zurück auf ihren Platz.

»Wieso haben Sie mich nicht früher darüber in Kenntnis gesetzt, dass der junge Rodenbek bereits tot war, als er auf die Gleise gelegt wurde?«, schnaubte Peter Reimers und baute sich vor der Kollegin auf.

Auf ihrem Hals bildeten sich augenblicklich hektisch rote Flecken, die in Kürze auch ihre Wangen erreichen würden. »Ich habe Sie umgehend informiert, aber Sie ...«, wollte sie zu einer Rechtfertigung ausholen, doch Reimers erstickte ihren Versuch im Keim, in dem er seine Schimpftirade unbeeindruckt fortsetzte.

»Was ist das für eine elende Schlamperei! Das wird ernsthafte Konsequenzen mit sich bringen. Das verspreche ich Ihnen«, brüllte er ungehalten, während er an seiner Krawatte zerrte und die beiden obersten Knöpfe seines Hemdes öffnete, um sich Luft zu verschaffen. Handtellergroße nasse Flecken zeichneten sich unter seinen Achseln ab. Sein Gesicht war puterrot, und entlang der Schläfen liefen Rinnsale aus Schweiß. Er zog ein Papiertaschentuch hervor und wischte sich damit über Gesicht und Nacken, bevor er es zusammenknüllte und zornig in den Mülleimer feuerte.

»Dazu würde ich gern etwas sagen«, eilte Uwe der Kollegin Böel zu Hilfe.

»Zu Ihnen komme ich noch, Herr Wilmsen!«, unterbrach Reimers ihn scharf und zeigte mit dem Finger auf ihn.

Staatsanwältin Henriette von Seidenburg, die sich bislang mit keiner einzigen Silbe zu Wort gemeldet hatte, zuckte regelrecht zusammen und rückte zum wiederholten Male wie mechanisch ihre Brille zurecht. Ihre Lippen hatte sie zu einem schmalen, farblosen Strich zusammengepresst.

»Die Presse wird uns in der Luft zerreißen, wenn herauskommt, dass der wahre Täter weiterhin flüchtig ist. Und warum? Weil in diesem Hause offenbar jeder tun und lassen kann, was er will! Sylt mag ja in vielerlei Hinsicht besonders sein, das bedeutet aber lange nicht, dass Dienstvorschriften und Anweisungen keine Gültigkeit besitzen«, tobte Reimers derweil weiter. »Ich habe keine Ahnung, wie diese Inkompetenz und das damit einhergehende Verhalten bislang verborgen bleiben konnten. Es grenzt beinahe an ein Wunder, dass überhaupt jemals ein Fall aufgeklärt werden konnte.«

»Ich denke, das reicht jetzt, Herr Reimers!« Nick, der das bisherige Geschehen kommentarlos verfolgt hatte, erhob sich von seinem Stuhl. »Wir sind uns sicherlich alle einig, dass wir uns in einer unangenehmen Situation befinden, was die Außenwirkung angeht, dennoch liegt die Verantwortung für diese Misere weder bei der Kollegin Böel und ihrem Team noch bei uns. Das möchte ich an dieser Stelle deutlich klarstellen. Von einer Inkompetenz oder Missachtung geltender Dienstvorschriften kann ebenso keine Rede sein.«

Reimers sah ihn entgeistert an und schnappte zunächst nach Luft. Sein Mienenspiel ließ darauf schließen, dass er jeden Augenblick zu explodieren drohte. Er holte tief Luft.

»Habe ich Sie eben richtig verstanden, Herr Scarren? Soll das etwa heißen ...« Reimers sprach betont langsam, als erschlössen sich ihm die Zusammenhänge erst nach und nach. Dabei verengten sich seine Augen zu Schlitzen, als er Nick mit schief gelegtem Kopf fixierte. Doch dieser zeigte sich unbeeindruckt und fuhr mit seinen Ausführungen fort.

»Das soll heißen, dass wir uns schleunigst auf die Suche nach dem Täter machen sollten, damit eine solche Panne kein zweites Mal passiert. Wir sitzen schließlich alle im selben Boot, jeder macht seine Arbeit, so gut er kann, und zwar im Team. Fehler können immer passieren, aber letztendlich steht man dazu und versucht, sie auf faire Weise zu korrigieren. Man muss nur wollen.« Nick blieb äußerlich ruhig und wählte die Worte mit Bedacht. Wäre er mit Reimers allein gewesen, hätte er ihm in aller Deutlichkeit seine Meinung gesagt.

Die übrigen Anwesenden im Raum bekundeten ihre Zustimmung durch Kopfnicken oder Klopfen auf die Tischplatte. Reimers Augenmerk richtete sich umgehend auf die Staatsanwältin, von der er sich offensichtlich Unterstützung erhoffte, doch sie zuckte lediglich mit einem entschuldigenden Gesichtsausdruck die Achseln. Alle Augen waren auf Reimers gerichtet, dessen Hemd mittlerweile schweißnass an seinem Körper klebte.

»Worauf warten Sie? An die Arbeit. Frau von Seidenburg? Kommen Sie mit!« Reimers verließ als Erster das Zimmer. Im Türrahmen blieb er abrupt stehen und drehte sich um. »Ach, Herr Scarren!« Er legte theatralisch den Zeigefinger an die Lippen. »Um der Teamkommunikation Genüge zu tun und keine Informationen zurückzuhalten: Ihr Freund ist so gut wie auf dem Weg in die Untersuchungshaft.« Zufrieden und mit einem süßlichen Gesichtsausdruck setzte er seinen Weg fort.

Die Staatsanwältin verstaute hektisch ihre Unterlagen in ihrer Mappe, klemmte sie sich unter den Arm und sputete sich, dem Dienststellenleiter zu folgen. Im Hinausgehen deutete sie ein höfliches Kopfnicken an, bevor sie sich auf klackernden Absätzen eilig entfernte.

»Mistkerl«, brummte Nick kaum hörbar.

»Ich muss gestehen, so ein Verhalten eines Dienststellenleiters habe ich in meiner bisherigen Laufbahn noch nie erlebt. Danke für Ihre klaren Worte, Herr Scarren.« Klara Böels Gesichtsfarbe normalisierte sich allmählich wieder.

»Dieser Umgang ist bei uns normalerweise auch nicht üblich. Jeder kann sich mal im Ton vergreifen, wenn er unter

Strom steht, aber bei Reimers war das nicht das erste Mal, dass er sich so benimmt. Ich habe das für uns alle getan«, erwiderte er freundlich. »Ich bin übrigens Nick.« Er reichte ihr die Hand.

Sie ergriff sie, wobei sie leicht rot anlief. »Klara. Auf weiterhin gute Zusammenarbeit.«

»Das hätte ich dir gar nicht zugetraut. Normalerweise schluckst du so etwas kommentarlos runter«, bemerkte Uwe, als sie vor ihrer Bürotür angekommen waren. »Allerdings dürftest du ab sofort ganz oben auf Reimers Liste stehen.«

»Von welcher Liste sprichst du genau?«

»Von der mit der Überschrift: ›Zum Abschuss freigegeben‹.«

»Kann ich mit leben. Was zu viel ist, ist zu viel. Die Sache mit Jan bestätigt seinen unersättlichen Drang zur Profilierung«, knurrte Nick.

»Das muss gerade ein wahrer Triumph für ihn gewesen sein. Oder meinst du, das war bloß ein Bluff?«

»Ich fürchte nicht.«

»Wäre Reimers im Fall Julian Rodenbek nicht aus lauter Geltungssucht derart nach vorne gepresscht, bräuchte er sich im Nachhinein keine Gedanken um seinen Ruf zu machen. Darum geht es ihm doch in erster Linie. Meinst du, er riskiert das ein zweites Mal?« Uwe fuhr sich mit der Hand durch den Bart.

»Er weiß die Staatsanwältin auf seiner Seite. Sie kann sich gegen ihn nicht durchsetzen und scheint alles zu machen, was er sagt. Wenn die Beweislage für sie eindeutig ist, können wir an ihrer Entscheidung nicht viel machen«, gab Nick zu bedenken.

»Entweder sie kann sich tatsächlich nicht gegen Reimers

durchsetzen, oder die beiden schwimmen auf einer Welle und sie unterstützt sein Vorgehen. Richtig schlau werde ich aus ihr nicht.«

»Sie äußert sich auch selten, das macht die Sache nicht leichter.«

»Ich hätte nie gedacht, dass ich das einmal sagen würde, aber ich wünschte, Achtermann wäre da.«

»Denk dran, wenn du das nächste Mal mit Luhrmaier streitest. Es geht immer schlimmer!« Nick musste grinsen, als er in Uwes zerknautschte Miene blickte. »Konnten die Kollegen mittlerweile herausfinden, wem das leere Haus gehört?«, lenkte Nick das Gespräch in eine andere Richtung und ließ einen frischen Kaffee aus der Maschine in seinen Becher laufen.

»Ja, wenigstens ein Fortschritt. Die Immobilie gehört einem Vincent Perks. Er hat es vor einem knappen halben Jahr gekauft, nachdem es bereits zwei Jahre leer stand.«

»Interessant. Weshalb kauft man ein millionenschweres Anwesen und überlässt es weiterhin dem Verfall? Oder war ihm plötzlich das Geld für die Renovierung ausgegangen?«

»Angeblich gab es Ungereimtheiten in dem vorliegenden Gutachten zum Thema Feuchtigkeit, Schimmel et cetera. Die Details kenne ich nicht. Ist aber im Grunde unerheblich, denn das eigentliche Interessante an der Sache ist die Frage, von wem er es gekauft hat. Rate mal!«

»Uwe bitte, mach es nicht unnötig spannend.«

»Von Familie Bleicken.«

»Ach, welch ein Zufall! Der gehört scheinbar jedes Fleckchen auf der Insel.«

»Bevor du dich in Spekulationen verrennst, Perks kommt als Mörder von Eike definitiv nicht infrage. Das können wir sicher ausschließen.«

»Was macht dich so sicher?« Nick zog fragend die Augenbrauen hoch.

»Er befindet sich seit drei Wochen auf einer Geschäftsreise in den USA. Klaras Leute haben das überprüft. Ein absolut wasserdichtes Alibi.«

»Hm. Und wenn der Mord an Bleicken womöglich auf das Konto unseres Kontaktlinsen-Mannes geht?« Nick erwartete mit Interesse Uwes Reaktion.

»Das ist unlogisch, es fehlt das Motiv. Der Täter hat immer dort zugeschlagen, wo er sich sicher war, relativ einfach und vor allem schnell Beute machen zu können. Mit Beute meine ich vor allem Bargeld, Schmuck, Uhren. Keine wertvollen Kunstgegenstände etwa oder andere ähnlich schwer verkäufliche Gegenstände«, zählte Uwe auf.

»War nur eine weitere Option.« Nick trank den letzten Schluck Kaffee und stellte den leeren Becher auf seinem Schreibtisch ab. »Hat sich endlich die Kriminaltechnik mit den Ergebnissen im Mordfall Bleicken gemeldet? Ich habe das Gefühl, das dauert diesmal ausgesprochen lange.«

»Ich sehe gerade die neu eingegangenen E-Mails durch, vielleicht ist etwas dabei. Warte mal.« Uwes Blick konzentrierte sich auf den Bildschirm vor ihm. »Ha, da ist tatsächlich etwas gekommen.«

»Und?«

»So schnell bin ich nicht! Ich leite die Mail an dich weiter, dann kannst du dir das selbst ansehen. Hier ist vermerkt, dass sich die Tatwaffe zu einer daktyloskopischen Untersuchung bei einer Spezialabteilung des LKA befindet. Ein Ergebnis liegt demnach noch nicht vor«, fügte Uwe mit einem leichten Stirnrunzeln hinzu.

»Das könnte helfen, Jans Unschuld zu beweisen. Mit dieser Methode können Fingerspuren mittels Cyanacrylat Bedampfung sichtbar gemacht werden, die bei den gängigen Untersuchungen unentdeckt geblieben sein könnten«, erklärte Nick zu Uwes Erstaunen. »Falls du dich erinnerst, war die Tatwaffe sehr stark mit Blut verschmiert. Für das Dampfverfahren würde man die Lanze in mehrere Teile zerschneiden und dann Stück für Stück genau untersuchen.«

»Du siehst mich beeindruckt! Das hätte ich im Leben nicht gewusst. Respekt, Nick!«, gab er anerkennend zu. »Ich muss gestehen, es wäre dringend an der Zeit für eine dieser Fortbildungsmaßnahmen, vor denen ich mich in der Vergangenheit erfolgreich drücken konnte. Das wäre zur Abwechslung mal ein interessantes Thema. Woher weißt du davon?«

»Ich habe neulich einen Fachartikel darüber gelesen, den mir einer meiner ehemaligen kanadischen Kollegen geschickt hat. Das war höchst spannend. Zieht man letztendlich die DNA-Spuren und mögliche Faserspuren zu einem Gesamtergebnis hinzu, lässt dies konkretere Aufschlüsse auf den Täter zu. Ich bin sehr gespannt, was in unserem Fall bei der Methode herauskommt.«

»Ich auch.«

Jemand klopfte energisch an der Tür und öffnete sie sogleich.

»Moin. Bevor ich mir anhören muss, wir würden zu langsam arbeiten, wollte ich euch vorab mit ersten Ergebnissen versorgen.« Der Kollege von der Spurensicherung aus der vergangenen Nacht kam herein und streckte Uwe einen Aktendeckel entgegen. »Und Sie? Was macht der Nacken?« Er betrachtete Nick mit einem prüfenden Blick.

»Halb so wild, danke der Nachfrage.«

»Einige der Spuren, die wir gefunden haben, ließen sich nach einem Abgleich sofort, andere leider gar nicht zuordnen. Ein paar Analysen sind noch nicht vollständig abgeschlossen. Die Ergebnisse reichen wir nach«, ergänzte er und war bereits auf dem Weg zur Tür.

»Haben Sie vielen Dank!«, erwiderte Uwe, während er die Akte öffnete.

»Gern. Bei Rückfragen melden Sie sich einfach. Tschüss!«

»Na, da bin ich gespannt. Ich schlage vor, ich sehe mir die vorliegenden Ergebnisse von gestern Abend an, während du den Bericht im Fall Bleicken studierst. Anschließend ziehen wir Bilanz.«

»Gute Idee. Dann wollen wir mal!«

Die nächste halbe Stunde saß jeder von ihnen vertieft über seinen Unterlagen, bis Uwe als Erster die Stille durchbrach.

»Jetzt haben wir ihn!«, erklärte er und schlug mit der flachen Hand auf die Tischplatte, sodass die leere Coladose, in der er etliche Kugelschreiber aufbewahrte, umfiel.

»Von wem sprichst du?« Nick sah fragend auf.

»Die sichergestellte DNA aus dem Haus stimmt mit der vom Fahrradladen, der Bank und dem Juweliergeschäft überein. Das bedeutet, für alle Taten ist der Typ mit den farbigen Kontaktlinsen verantwortlich.«

»Dann hat er das Haus als Unterschlupf und Versteck genutzt?«, nahm Nick an.

»Nicht ganz. Er war nicht der Einzige in dem Haus.«

»Was meinst du damit?«

»Darüber hinaus wurde weitere DNA gefunden und zugeordnet. Eine davon konnte Julian Rodenbek zugeordnet werden. Er muss sich dort regelmäßig aufgehalten haben, da auch Kleidungsstücke gefunden wurden. Außerdem haben die Kollegen 5.000 Euro in bar sowie eine geringe Menge *Ecstasy* sicherstellen können.«

Nick stieß daraufhin einen leisen Pfiff aus. »Das lässt den Schluss zu, dass sich der junge Rodenbek und der Unbekannte gekannt haben. Es würde an ein Wunder grenzen, wenn sie sich in einem einsam gelegenen und leer stehenden Haus rein zufällig über den Weg gelaufen wären. Stammt das Geld aus dem Banküberfall? Ist dazu etwas vermerkt?«

»Nein, das kann ausgeschlossen werden. Die Herkunft ist bislang ungeklärt.«

»Wir müssen diesen Kerl endlich erwischen.« Nick rieb sich mit beiden Händen über das Gesicht. Er könnte dringend eine Mütze Schlaf gebrauchen.

KAPITEL 42

Das Klingeln an der Haustür riss mich aus einem tiefen, traumreichen Schlaf. Ich fuhr hoch und wusste im ersten Moment nicht, wo ich mich befand. Dann kehrte die Erinnerung zurück. Ich hatte mich auf das Sofa gelegt, um mich ein wenig auszuruhen, und war fest eingeschlafen. Die Hunde warteten bereits schwanzwedelnd vor der Tür, hinter der ich die Stimmen meiner Eltern hören konnte.

»Mama!« Christopher streckte die Arme nach mir aus und legte sie mir um den Hals.

»Hallo, mein kleiner Schatz!« Auf dem Boden kniend, drückte ich ihn, so fest es meine Prellungen zuließen, an mich.

»Bist du wieder ganz gesund?«, fragte er mich, und sein Gesichtsausdruck verriet eine gewisse Skepsis, als er meine lädierte Schläfe betrachtete.

»Ja, bis auf ein paar Kleinigkeiten bin ich wieder gesund«, versicherte ich ihm.

»Anna, mein Kind! Wir haben uns solche Sorgen um dich gemacht. Lass dich anschauen!« Meine Mutter unterzog mich eines prüfenden Blickes. »Du siehst immer noch zum Fürchten aus!«

»Danke für das Kompliment, Mama«, murmelte ich und schloss die Haustür.

»Hoffentlich behältst du keine Narbe zurück.« Sie deutete zu meiner Schläfe.

»Maria! Die Hauptsache ist doch, dass Anna nicht mehr passiert ist. Die Sache an sich war schlimm genug«, betonte mein Vater, während er meine Mutter mit einem vorwurfsvollen Blick bedachte.

»Anna weiß, wie ich das meine«, wiegelte sie ohne den Anflug eines schlechten Gewissens ab. »Ich kann dir eine ausgezeichnete Narbensalbe empfehlen. Die habe ich gekauft, als ich mich mit dem Messer geschnitten habe. Dein Vater übertreibt es mit dem Schleifen manchmal ein wenig. Sag mal, ist Nick nicht zu Hause? Ich war davon ausgegangen, dass er sich um dich kümmert und nicht mutterseelenallein lässt.« Vorwurfsvoll blickte sie im Haus umher.

»Nein, er konnte nicht weg. Momentan hat er sehr viel zu tun. Außerdem bin ich kein kleines Kind und kann sehr wohl auf mich selbst aufpassen.«

»Das hat man ja gesehen, wie gut das geklappt hat«, fiel sie mir umgehend ins Wort und ignorierte geflissentlich meinen perplexen Gesichtsausdruck. »Bestimmt hast du nicht einmal etwas Ordentliches gegessen. Alleine machst du dir doch nichts, ich kenne dich. Wir haben ein paar

Lebensmittel besorgt und mitgebracht. Zum Einkaufen war vermutlich auch keine Zeit. Komm, Christopher, du kannst mitkommen und der Oma helfen.« Sie griff nach ihrem Einkaufskorb und marschierte los.

»Du kennst sie ja. Sie meint es nur gut«, entschuldigte sich mein Vater, nachdem meine Mutter mit Christopher im Schlepptau in Richtung der Küche verschwunden war.

»Ich weiß, Papa. Trotz allem mag ich es nicht, wenn sie mich behandelt, als sei ich ein kleines Kind und hätte mein Leben nicht im Griff«, machte ich meinem Unmut Luft. Für eine tiefer gehende Diskussion fehlten mir augenblicklich nicht nur die Nerven, sondern vor allem die Kraft. »Du kannst Christophers Sachen gleich hier abstellen. Ich bringe sie später nach oben in sein Zimmer.« Ich deutete auf die Reisetasche, die er nach wie vor in der Hand hielt.

»Soll ich das nicht besser erledigen? Du musst dich ausruhen.« Als ihn mein vielsagender Blick traf, stellte er die Tasche ohne ein weiteres Wort neben der Anrichte ab.

»Danke, dass ihr euch spontan um Christopher gekümmert habt. Damit habt ihr uns sehr geholfen.«

»Das ist doch selbstverständlich, Anna. Wir haben uns wirklich ernsthafte Sorgen um dich gemacht. Wo schlitterst du bloß immer wieder rein?« Er schenkte mir ein aufmunterndes Lächeln und streichelte mir über den Oberarm.

Während ich meiner Mutter in der Küche zur Hand ging, tauchte unerwartet Nick im Türrahmen auf, ohne dass ich ihn hatte kommen hören.

»Hallo, zusammen!«

»Opa und ich haben einen Geier gesehen! Er war so groß«, berichtete Christopher seinem Vater aufgeregt und breitete dabei die Arme weit aus.

»Das war ein Reiher, Christopher, genauer gesagt ein Graureiher«, korrigierte mein Vater seinen Enkel mit einem Augenzwinkern.

»Wow! Das ist toll! Wo habt ihr ihn gesehen?«

»Bei den Schafen! Dann ist er weggeflogen. Er hat ganz lange Flügel gehabt wie ein Flugzeug.« Er nickte bedeutungsvoll.

»Du erlebst echte Abenteuer mit dem Opa.« Nick strich ihm mit einem Lachen durch das Haar.

»Jetzt baue ich mit Opa einen Turm! Mit Lego.« Mit diesen Worten rannte er aus der Küche in den Wohnbereich.

»Da bin ich gespannt!«, rief Nick ihm nach. Dann wandte er sich mir zu und legte seine Hände um meine Taille. »Wie geht es dir? Tut mir leid, dass ich dich nicht selbst aus der Klinik abholen konnte heute früh. Momentan läuft es nicht besonders rund.« Er verzog den Mund.

»Christof hat angedeutet, dass es Stress gibt. Um mich musst du dir jedenfalls keine Gedanken machen, mir geht es so weit gut, ich bin vorhin auf dem Sofa fest eingeschlafen.«

»Das ist gut.«

»Ich mache mir eher Sorgen um dich! Warum hast du mir nicht gesagt, was gestern Abend vorgefallen ist? Bei dem verlassenen Haus.« Ich senkte bewusst die Stimme, um zu verhindern, dass meine Mutter mehr mitbekam, als sie sollte.

»Ich wollte dich nicht unnötig beunruhigen.«

»Habt ihr Geheimnisse vor mir oder warum sprecht ihr plötzlich so leise?«, erkundigte sich meine Mutter und sah neugierig zu uns herüber.

»Nein, alles in bester Ordnung«, erwiderte ich und setzte eine Unschuldsmiene auf.

»Sag mal, Nick«, begann meine Mutter. »Seid ihr eigentlich in der Mordsache vom *Ringreiten* weitergekommen oder verdächtigt ihr weiterhin Jan? Ich glaube, das war der

Mann mit den bunten Augen, von dem sie in der Zeitung geschrieben haben.«

»Mama, du weißt doch, dass Nick zu laufenden Ermittlungen keine Auskunft geben darf«, erinnerte ich sie ausdrücklich.

»Nein, Maria, nach derzeitigem Stand können wir das ausschließen.«

»War auch nur eine Vermutung, das müsst ihr besser wissen. Bleibst du zum Essen oder musst du weg?«, fragte meine Mutter, als sie die Teller aus dem Schrank nahm.

»Nein, ich muss zurück ins Büro, obwohl das verdammt gut aus dem Ofen riecht.« Er schnupperte in die Richtung des Backofens.

»Fischfilet mit gegrilltem Ofengemüse«, verkündete meine Mutter mit einem Strahlen.

»Vielleicht habe ich Glück und ihr lasst mir etwas für später übrig.«

»Natürlich!«, erwiderten wir im Chor.

»Hat sich eigentlich Britta bei dir gemeldet?«, erkundigte sich Nick, als ich ihn zur Haustür begleitete.

»Nein, warum fragst du?«

»Reimers hat heute eine Andeutung gemacht, dass Jan in Untersuchungshaft aufs Festland gebracht werden soll.«

»Was?«, brachte ich bestürzt hervor. »Hat er sich nach wie vor auf Jan eingeschossen? Ich fasse es nicht!«

»Sieht danach aus. Leider muss ich gestehen, dass wir momentan nichts in Händen haben, was den Verdacht widerlegen könnte. Das Ergebnis einer letzten kriminaltechnischen Untersuchung steht weiterhin aus. Davon versprechen wir uns allerdings sehr viel. Sie könnte Jans Unschuld beweisen, sofern er unschuldig ist.«

»Sofern er unschuldig ist? Glaubst du nun auch, dass er Eike umgebracht hat?«

»Glauben hilft in dem Fall nicht weiter, Anna. Wir müssen uns an die Fakten halten, auch wenn es mir alles andere als leichtfällt. Wie gesagt, noch ist alles offen. Ich wollte bloß, dass du Bescheid weißt, falls Britta sich melden sollte.«

»Danke. Sie hält sich in den letzten Tagen ziemlich bedeckt, was den Kontakt mit mir angeht. Ich befürchte, sie fühlt sich von uns im Stich gelassen. Ein bisschen kann ich sie verstehen. Ich werde sie nachher anrufen, wenn meine Eltern gegangen sind.«

»Vielleicht keine schlechte Idee. Also, bis später!« Er gab mir einen Kuss und verließ das Haus.

Nach dem Mittagessen fuhren meine Eltern zurück in ihr Haus nach Wenningstedt. Meine Befürchtungen, meine Mutter würde sich verstärkt in unser Leben einmischen, lebten sie erst auf Sylt, hatten sich nur teilweise bewahrheitet. An manchen Tagen war ich dankbar, sie in der Nähe zu wissen, an anderen hätte ich mir ein bisschen mehr Abstand gewünscht. Während Christopher auf dem Boden im Wohnzimmer inmitten eines großen Berges von Legosteinen saß und Türme baute, ließ ich meiner Ankündigung von vorhin Taten folgen und griff nach dem Telefon, um meine Freundin Britta anzurufen.

»Anna! Nett, von dir zu hören.« Ihre Stimme klang matt.

»Hallo, Britta, ich wollte fragen, wie es euch geht.«

»Wie soll es einem schon gehen, wenn der Ehemann als Tatverdächtiger in einem Mordfall an den Pranger gestellt wird.« Ihre Worte klangen kalt und verbittert.

»Ich kann mir vorstellen, dass die Situation momentan sicher nicht einfach für euch ist, und das tut mir auch sehr leid.«

»So, kannst du dir das vorstellen?«

Ihre feindselige Antwort traf mich wie ein Schlag. Am liebsten hätte ich sofort aufgelegt, da mir buchstäblich die passenden Worte fehlten. Dann konnte ich hören, wie sie hörbar die Luft ausstieß.

»Entschuldige, das war nicht fair. Du kannst schließlich nichts für die Situation. Meine Nerven liegen einfach blank.«

»Können wir euch irgendwie unterstützen?«, wagte ich einen neuerlichen Vorstoß.

»Ach, Anna! Was könnt ihr schon tun? Solang die Staatsanwältin und dieser unangenehme Reimers von Jans Schuld überzeugt sind, können Nick und Uwe ohnehin nichts machen.«

»Glaub mir, die beiden setzen wirklich alles daran, um Beweise für Jans Unschuld zu finden und den wahren Täter zu überführen. Nick hat mir vorhin erzählt, dass er auf das Ergebnis einer kriminaltechnischen Untersuchung wartet, von der er sich sehr viel verspricht. Er würde das nicht sagen, wenn nicht eine berechtigte Hoffnung bestehen würde«, war ich bemüht, ihren verloren gegangenen Optimismus zu reaktivieren.

»Schön wär's«, erwiderte sie halbherzig. »Wie geht es euch? Ist mit Christopher alles in Ordnung?«

»Ja, danke, ihm geht es gut. Meine Eltern haben ihn vorhin hergebracht.«

»Das ist doch schön, dass das mit deinen Eltern und ihm gut funktioniert.«

Ich überlegte für den Bruchteil einer Sekunde, Britta von meiner Begegnung mit dem flüchtigen Straftäter zu berichten, entschied mich jedoch dagegen. Sie hatte genügend eigene Sorgen, da musste ich sie nicht zusätzlich mit meinen belasten. Wenn alles vorbei war, konnte ich ihr im Nachhinein immer noch davon erzählen.

»Ich hätte dich heute auch noch angerufen«, sagte sie plötzlich und riss mich aus meinen Gedanken. »Deine Mutter hat doch demnächst zu ihrer Geburtstagsfeier eingeladen. Aufgrund der aktuellen Situation glaube ich nicht, dass wir kommen. Sollte Jan tatsächlich ins Gefängnis müssen, komme ich erst recht nicht.« An ihrer Stimme konnte ich erkennen, dass sie kurz davorstand zu weinen.

»Jetzt wartet einfach ab. Bis dahin ist noch Zeit, und wer weiß? Dann sieht die Welt sicher ganz anders aus.«

»Ach, Anna. Augenblicklich sehe ich kein Licht am Ende des Tunnels. Ganz im Gegenteil.« Brittas derartige Hoffnungslosigkeit und Niedergeschlagenheit erschreckten mich regelrecht. Vielleicht hätte ich meiner Freundin in den letzten Tagen mehr Aufmerksamkeit zukommen lassen müssen.

»Anna, ich muss jetzt Schluss machen, die Jungs kommen gleich von der Schule, und ich habe das Essen noch nicht fertig.«

»Ich will dich nicht aufhalten.«

»Ich habe mich über deinen Anruf gefreut. Und – Anna?«

»Ja?«

»Zerbrich dir bitte nicht den Kopf, ob du mich womöglich zu wenig unterstützt hast.« Plötzlich hörte ich wieder die mir vertraute Britta reden. »Das wäre nämlich Unsinn. Zu wissen, dass du da bist und an uns denkst, ist mindestens genauso wertvoll. Das normale Leben muss nebenbei weitergehen.«

»Danke, dass du das sagst. Viele Grüße an alle und melde dich, wenn es Neuigkeiten gibt oder ihr Hilfe braucht.«

»Versprochen.«

KAPITEL 43

Nick und Uwe saßen sich an ihren Monitoren schweigend gegenüber. Gelegentlich war das Rascheln von Papier und Silberfolie zu hören, wenn das eine oder andere Stückchen Nussschokolade den Weg vom Schreibtisch in Uwes Mund fand.

Das Klopfen an der Tür ließ sie von den Bildschirmen aufblicken. Da niemand hereinkam, stand Nick auf, um nachzusehen. Als er die Tür öffnete, stand er unerwartet Staatsanwalt Matthias Achtermann gegenüber.

»Herr Achtermann! Das ist eine Überraschung!«, brachte er lediglich hervor.

»Guten Tag, Herr Scarren! Herr Wilmsen!« Er nickte Uwe zu, der ebenso verdutzt hinter dem Bildschirm hervorlugte.

Achtermann kam – gestützt auf zwei Unterarmgehhilfen – in das Büro gehumpelt. Das rechte Bein steckte bis zum Knie in einer orthopädischen Schiene. Quer über der Nase prangte ein weißes Pflaster, das in starkem Kontrast zu den dunkelvioletten Schatten unter den Augen stand. Er bot einen bemitleidenswerten Anblick.

»Na, Sie hat es ja ordentlich erwischt«, konnte sich Uwe eine Bemerkung nicht verkneifen. »Was ist denn mit Ihnen passiert?«

Achtermann ließ sich ungeschickt auf einem der Besucherstühle nieder, den Nick ihm herangezogen hatte.

»Ein unglückliches Zusammentreffen mit einer anderen Verkehrsteilnehmerin steht im kausalen Zusammenhang mit meiner Misere«, drückte er sich gewohnt kompliziert aus.

»Ein Autounfall?«, forschte Uwe nach, dem Achtermann ehrlich leidtat.

Der Staatsanwalt verneinte. »Ein Unfall mit dem Fahrrad, dennoch nicht minder folgenreich. Die ältere Dame war mit ihrem E-Bike unterwegs und hat mich trotz erkennbaren Gegenverkehrs überholt. Den weiteren Fortgang können Sie sich sicher denken. Ein derart rücksichtsloses Verhalten einem anderen Verkehrsteilnehmer gegenüber hätte ich in der Tat nicht erwartet.«

Nick verzog bei der Vorstellung das Gesicht, während Uwe sich räusperte und sich über den Vollbart strich.

»Bedauerlicherweise bedurfte es eines chirurgischen Eingriffs am Knöchel. Ein Routineeingriff ohne zu erwartende Komplikationen, wie mir der Oberarzt zuvor versichert hat. Jetzt fragen Sie sich bestimmt, weshalb ich die Strapazen auf mich genommen habe, um Sie aufzusuchen.« Achtermann sah erwartungsvoll in die Runde. Als keiner der beiden Beamten eine Idee äußerte, fuhr er fort: »Mir ist zu Ohren gekommen, dass es zu einer Ermittlungspanne gekommen ist.«

»Von einer Ermittlungspanne kann keine Rede sein. Die …« Uwe brachte sich in Position und wollte gerade zu einer Erklärung ansetzen, als Achtermann ihm mit erhobener Hand signalisierte, dass er mit seinen Ausführungen noch nicht am Ende war.

»Ich kann mir denken, was Sie sagen wollen, Herr Wilmsen. Herr Scarren hat sich zu diesem Thema hinreichend geäußert, wie mir zu Ohren gekommen ist.« Sein Blick wanderte zu Nick, der überrascht eine Augenbraue hob. »Ich fürchte, Frau von Seidenburg besitzt nicht den gewissen Erfahrungsschatz, den ich im Laufe der Jahre hatte sammeln können, um die Dinge abschließend und vollumfänglich beurteilen zu können.«

»So kann man es auch sagen«, brummte Nick vor sich hin.
»Herr Scarren? Möchten Sie etwas ergänzen?«
»Nein, ich wollte Sie nicht unterbrechen.«
»Ich wäre Ihnen außerordentlich dankbar, wenn Sie mich jetzt über den aktuellen Ermittlungsstand informieren könnten.«
Abwechselnd unterrichteten sie den Staatsanwalt über die Ereignisse der letzten Tage und die derzeitigen Ermittlungsergebnisse.

KAPITEL 44

»Anna? Solltest du dich nicht besser ausruhen, statt zur Arbeit zu gehen? Du hättest mich anrufen können, wenn du etwas benötigst, dann wäre ich gleich vorbeigekommen.« Katharina wirkte verwundert, als ich am nächsten Morgen in der Firma erschien. Chili und Pepper waren vorweg gestürmt und schnüffelten neugierig den Fußboden ab.

»Ich kann nicht den ganzen Tag auf dem Sofa liegen«, entgegnete ich, während ich jedem der beiden Hunde einen Kauknochen gab und sie auf ihren Platz schickte.

»Oh, moin, Anna! Schön, dass du wieder an Bord bist!« Piet kam herein und umarmte mich zur Begrüßung. Er schien bester Laune zu sein.

»Danke! Ich kann nicht tatenlos zu Hause rumsitzen. Solang ich keine Schwerstarbeit verrichten muss, kann ich mich auch nützlich machen. Außerdem muss ich sowieso einige Pläne und Unterlagen ausdrucken. – Du warst beim Friseur«, stellte ich fest und begutachtete Piets neuen Look. »Steht dir gut so kurz.«

Peinlich berührt fuhr er sich mit der Hand über die neue Frisur. »Na ja, ich dachte, ein Sommerschnitt könnte nicht schaden.« Katharina und er tauschten kurze Blicke, woraus ich schloss, dass sie an dieser Verwandlung nicht ganz unschuldig war.

»Ah, verstehe«, sagte ich demzufolge.

»Ich muss mich leider verabschieden, die anderen warten auf mich.« Piet nickte uns zu und verschwand fröhlich pfeifend nach draußen.

»Was hast du denn mit dem gemacht? So gute Laune hatte er lange nicht mehr.«

Katharina grinste. »Weiß nicht?«

»Seid ihr ein Paar?« Sie bejahte meine Frage mit einem Kopfnicken. »Das freut mich für euch. Piet ist ein ehrlicher und gutmütiger Mensch.«

»Das ist er. Oh, das Telefon klingelt! Entschuldige, Anna!« Katharina griff nach dem Hörer, während ich mich in mein Büro zurückzog. Die Hunde lagen auf ihren Decken und kauten an ihren Knochen herum. Ein beklemmendes Gefühl breitete sich in mir aus, als ich den langen Flur entlang ging. Die Erinnerung an die dramatische Begegnung mit dem Einbrecher verstärkte sich mit jedem Schritt. An meinem Platz angekommen, öffnete ich zuallererst das Fenster und sog die nach Sommer und Meer riechende Luft tief in meine Lungen. Nachdem ich mich durch meine eingegangenen E-Mails gearbeitet und die Unterlagen ausgedruckt hatte, schnappte ich die beiden Hunde und drehte mit ihnen eine kleine Runde durch die Braderuper Heide. Dank des klaren Wetters konnte man bis nach List sehen, wo sich die mächtige Wanderdüne als heller Fleck abzeichnete. Von überall her konnte man die Rufe der Küsten- und Wiesenvögel hören, die in diesem einzigartigen Naturschutzgebiet während der Sommermonate brüteten. Die hellrosa Blüten der Glockenheide erstrahlten an der einen oder anderen Stelle bereits in voller Pracht. Ab August würde sie von der Besenheide mit den kleineren und dunkleren Blüten abgelöst werden. Obwohl mir noch reichlich Zeit blieb, bis ich Christopher aus dem Kindergarten abholen musste, machte ich mich auf den Rückweg. Erst als ich in das Büro zurückkam, fiel mir auf, dass ich mein Handy auf dem Schreibtisch liegen gelassen hatte. Das war mir lange nicht passiert. Ich warf einen Blick auf das Display und sah, dass mich Inka Weber während meiner Abwesenheit zweimal versucht hatte zu erreichen. Beim zweiten Versuch hatte sie eine Nachricht auf der Mailbox hinterlassen, in der sie mir mitteilte, dass der Schmuck für meine Mutter abholbereit sei. Ich sah auf die Uhr und beschloss, auf dem Weg zum Kindergarten bei Inka vorbeizufahren.

»So, ich fahre jetzt los«, sagte ich zu Katharina, die gerade im Begriff war, die Post durchzusehen.

»Holst du Christopher jetzt ab?« Sie hob den Kopf und sah mich an.

»Ja, aber vorher lege ich einen kleinen Zwischenstopp bei einer Bekannten ein. Ich habe bei ihr eine Kette und einen Anhänger für meine Mutter zum Geburtstag gekauft. Die Kette musste noch gekürzt werden. Ich bin sehr gespannt, wie meiner Mutter der Schmuck gefallen wird.«

»Wie schön! Er wird ihr bestimmt gut gefallen. Bei deinem guten Geschmack! Ist deine Bekannte Goldschmiedin?«

»Ja. Vor ein paar Jahren habe ich die Außenanlage für ihr Wohn- und Geschäftshaus geplant. Auf diese Weise haben wir uns kennengelernt. Seitdem treffen wir uns ab und zu.«

»Dann hat sie ein eigenes Geschäft auf der Insel?«, erkundigte sich Katharina und öffnete ein dickes Kuvert, aus dem sie eine Hochglanzbroschüre hervorzog.

»Gleich um die Ecke sozusagen. Ein richtig schnuckeliger Laden«, bestätigte ich und schielte neugierig auf die Broschüre.

»Das ist bloß Werbung für Holzmöbel. Willst du gucken?«, erwiderte Katharina, als sie meinen interessierten Blick sah, und streckte mir den Katalog entgegen.

»Hm, eher nichts für uns«, lehnte ich dankend ab.

»Kommst du heute Nachmittag noch mal zurück ins Büro?«

»Nein, den Rest kann ich von zu Hause erledigen. Das müsste heute noch raus.« Ich legte zwei Briefe in den Postausgangskorb. »Das ist alles. Bei Fragen oder Problemen kannst du mich jederzeit auf dem Handy erreichen.« Ich wollte mich gerade verabschieden, als mein Blick plötzlich an einer bunt verzierten Tasche hängen blieb, die unter Katharinas Schreibtisch auf dem Boden stand.

»Ist das nicht deine verloren gegangene Tasche?«, fragte ich und deutete auf das auffällige Stück zu ihren Füßen. Sie sah mich irritiert an. »War sie nicht in dem Fluchtwagen des Bankräubers geblieben, oder habe ich das falsch in Erinnerung?«

»Meine Güte, da hatte ich eben aber eine lange Leitung!« Sie lachte. »Ja, das ist sie. Habe ich das gar nicht erzählt? Spaziergänger haben sie unweit von der Stelle im Gebüsch entdeckt, an der ich entkommen konnte. Sie haben sie im Fundbüro abgegeben. Stell dir vor, das Portemonnaie befand sich sogar drin. Daraus fehlte allerdings das gesamte Bargeld. Die EC-Karte und alle Ausweispapiere waren da. Da hätte ich mir den Aufwand mit den neuen Papieren getrost schenken können, von den Kosten ganz zu schweigen.« Sie verzog das Gesicht.

»Das konnte keiner ahnen. Freu dich, dass du sie wiederbekommen hast.«

»Das tue ich. Sehr sogar. Ich hänge so an dieser Tasche, sie war ein Geschenk.«

»Also dann, bis morgen«, sagte ich und rief nach den beiden Hunden.

»Anna? Ich finde, du siehst immer noch ziemlich blass und mitgenommen aus. Ich kann den Schmuck gern für dich abholen, wenn das zu anstrengend für dich ist. Kannst du ehrlich sagen, das macht mir nichts aus. Oder du fährst lieber morgen dorthin. Bis zu dem Geburtstag deiner Mutter sind es doch noch ein paar Tage, oder?«, bot Katharina an.

»Danke für das Angebot, aber das ist nun wirklich kein großer Aufwand. Außerdem geht es mir gut«, erwiderte ich und war im Gehen begriffen, als Katharina sich erneut zu Wort meldete.

»Anna? Ich wollte dir noch sagen, dass es mir total leidtut, dass ich neulich vergessen habe abzuschließen und der Einbrecher deswegen leichtes Spiel hatte.« Sie senkte schuldbewusst den Blick. »Als Piet mir angeboten hat, mich mitzunehmen, habe ich mich dermaßen gefreut, dass ich es einfach vergessen habe. Ich hoffe, du bist nicht sauer auf mich.«

»Schwamm drüber. Ist ja relativ glimpflich ausgegangen, auch wenn ich auf die Begegnung mit dem Kerl gern verzichtet hätte, das kannst du mir glauben. Jetzt muss ich mich langsam beeilen!« Ich verabschiedete mich und fuhr mit Pepper und Chili ein paar Straßen weiter zu Inka.

KAPITEL 45

»Wenn ich Sie richtig verstanden habe, war der Tote auf den Schienen nicht der gesuchte Mann, auf dessen Konto die Überfälle gehen«, fasste Staatsanwalt Achtermann die Ausführungen von Nick und Uwe zusammen.

»Daran bestehen keine Zweifel, zumal weder bei dem Überfall auf den Fahrradhändler noch in der Bank Spuren gefunden wurden, die mit Julian Rodenbek in Verbindung gebracht werden können«, fügte Nick hinzu, worauf der Staatsanwalt bedächtig nickte.

»Folglich kann er den Einbruch in der Firma Ihrer Frau auch nicht begangen haben, da er zu diesem Zeitpunkt bereits nicht mehr unter den Lebenden weilte«, murmelte Achtermann vor sich hin.

»Korrekt«, pflichtete Uwe ihm bei.

»Sehen Sie eine Beziehung zwischen dem jungen Rodenbek und dem echten Täter? Besteht aus Ihrer Sicht überhaupt eine Verbindung zwischen den beiden Personen?«

»Irgendeine Verbindung muss es geben, da wir bei dem Toten Schmuck aus dem Raubüberfall gefunden haben sowie Bargeld aus dem Banküberfall. Das Ganze sollte offenbar als Ablenkungsmanöver dienen«, erklärte Uwe. »Außerdem wurde DNA sowohl von Julian Rodenbek als auch von unserem unbekannten Täter in dem verlassenen Haus sichergestellt.«

»Wie sehen Sie das, Herr Scarren?«

»Ich sehe das genauso wie der Kollege und gehe noch einen Schritt weiter. Meiner Meinung nach könnte der Unbekannte für den Tod von Julian Rodenbek verantwortlich sein, da er sein Versteck kannte. Es war mit Sicherheit kein Zufall, dass wir ihm dort begegnet sind.«

»Wäre es Ihrer Ansicht nach denkbar, dass unser Straftäter von dem jungen Rodenbek erpresst wurde?«, stellte Achtermann die Frage in den Raum. »Er könnte ihn zufällig beobachtet haben, beispielsweise bei dem Überfall auf das Geschäft seiner Eltern. Sagten Sie nicht, er hätte seinem Vater kurz zuvor einen Besuch abgestattet?«

»Diese Möglichkeit haben wir ebenfalls in Betracht gezogen. Aber wir können es drehen und wenden, wie wir wollen, solang wir den Mann nicht erwischen, können die offenen Fragen nicht abschließend geklärt werden.« Uwe stieß einen resignierten Laut aus. »Ich brauche erst mal einen Kaffee. Noch jemand?«

»Sehr gerne, Herr Wilmsen. Haben Sie laktosefreie Milch?«

»Tut mir leid, damit können wir nicht dienen.«

»Ach, wissen Sie was, ich trinke ihn heute einfach mal schwarz.«

»Wie Sie möchten.« Uwe griff nach einer sauberen Tasse und stellte sie unter den Kaffeevollautomaten.

»Julian Rodenbek war nach Aussage seines Vaters drogenabhängig. Doktor Luhrmaier konnte *Ecstasy* im Blut des Opfers nachweisen. Der junge Mann benötigte regelmäßig Geld, um sich die Drogen zu beschaffen. Daher würde die Erpressungsnummer einen Sinn ergeben. Allerdings hat er sich mit dem Falschen angelegt«, fügte Nick hinzu.

»Das klingt einleuchtend«, sagte Achtermann und stöhnte leise, als er sich in eine bequemere Sitzposition bringen wollte.

»Kann ich Ihnen behilflich sein?«, bot Uwe an, doch der Staatsanwalt winkte ab.

»Nein, lassen Sie nur. Es geht schon.«

»Hier, der Kaffee!« Uwe reichte dem Staatsanwalt die Tasse.

»Danke.«

»Wir gehen mittlerweile davon aus, dass Julian das Alkohol-Drogen-Gemisch gewaltsam verabreicht wurde. Etliche Blutergüsse an seinem Oberkörper untermauern diese Theorie«, fuhr Nick fort, während sich Uwe abermals an der Kaffeemaschine zu schaffen machte.

»Wie weit sind Ihre Ermittlungen in der Mordsache ... Wie war der Name doch gleich?« Achtermann zog die Stirn kraus und presste zwei Finger gegen die Schläfe.

»Eike Bleicken«, half Nick Achtermanns Erinnerung auf die Sprünge.

»Bleicken, richtig.« Er trank einen Schluck und musste umgehend husten.

»Ist er Ihnen zu stark?«, fragte Uwe scheinheilig und warf Nick einen Seitenblick zu.

»Nein, nein. Ich habe mich bloß verschluckt.« Achtermann lächelte tapfer. »Bleicken, sagten Sie? Stimmt, ich erinnere mich. Ich weiß nicht, weshalb mir dieser Name einfach nicht im Gedächtnis bleiben will. Sind Sie in diesem Fall weitergekommen? Könnte unser Unbekannter ebenfalls in diese Sache involviert sein? Was meinen Sie?« Er blickte abwechselnd zwischen Nick und Uwe hin und her, während er an seinem Kaffee nippte.

»Sehr unwahrscheinlich. An dieser Stelle fehlt uns das Motiv. Warum sollte er sich ausgerechnet einen Pferdestall aussuchen? Was hätte er dort suchen sollen? Nein, für mich ist das keine Option«, widersprach Nick kopfschüttelnd.

»Wir warten dringend auf den Abschlussbericht der KTU. Vor allem sind wir auf das Ergebnis dieser ...« Uwe sah Hilfe suchend zu Nick.

»Daktyloskopischen Fingerspurensuche mittels Cyanacrylat-Bedampfung.«

»Genau, darauf warten wir noch.«

»Nun, bevor ich zu Ihnen gekommen bin, hatte ich eine kurze Unterredung mit Herrn Reimers. Es hat offensichtlich ein kleines Missverständnis gegeben. Der Bericht der KTU ist versehentlich direkt an ihn gegangen.«

»Versehentlich! Wer soll das denn glauben?«, schnaubte Nick verärgert. Er war aufgestanden und ging hin und her, um seinem Ärger Luft zu machen. »Hat er Angst, dass er mit seiner Theorie danebenliegt, und sucht sich das raus, was für ihn am besten passt? Für ihn stand der Täter von vorneherein fest.«

»Bitte beruhigen Sie sich, Herr Scarren! Ich kann Ihren Unmut durchaus verstehen«, versuchte Achtermann, Nicks aufgebrachtes Gemüt zu beruhigen.

»Warum hat er uns nicht umgehend informiert? Es tut mir leid, das sagen zu müssen, aber Herr Reimers überschreitet offensichtlich seine Kompetenzen. Auch für einen Dienststellenleiter gelten Regeln«, betonte Uwe sichtlich gereizt.

»Ich habe Ihnen den Bericht mitgebracht.« Achtermann griff nach seiner Aktentasche und zog eine dünne Mappe hervor. »Was Herrn Reimers betrifft, kann ich Ihren Ärger durchaus nachvollziehen. Ich werde sehen, was sich tun lässt. Doch nun lasse ich Sie weiterarbeiten. Halten Sie mich bitte auf dem Laufenden.«

»Was ist mit Frau von Seidenburg? Ist sie weiterhin mit der Angelegenheit betraut?«, erkundigte sich Uwe.

»Ab sofort bin ich wie gehabt ihr alleiniger Ansprechpartner. Hätten Sie wohl nicht gedacht, dass Sie sich eines Tages wünschen würden, mich schnellstmöglich wiederzusehen.« Er grinste zufrieden. »Danke für den Kaffee.«

»Wenn ich den Namen Reimers nur höre, steigt mein Blutdruck direkt an.« Nick lehnte auf seinem Stuhl und blätterte in der Mappe, die ihnen Staatsanwalt Matthias Achtermann dagelassen hatte.

»Ich bin sicher, Achtermann hält Wort und kümmert sich um die Angelegenheit. Ich weiß zwar nicht, wie er das in seiner Rolle als Staatsanwalt machen will, aber er kennt genügend Leute an den richtigen Stellen. Vielleicht ist ihm die Seidenburg sogar dankbar, dass sie den Fall los ist. Wer weiß?«

»Davon kannst du ausgehen. Besonders glücklich sah sie jedenfalls nie aus«, pflichtete Nick dem Kollegen bei.

»Und? Was steht nun in den Unterlagen? Was ist aus dieser Analyse, deren Namen ich niemals werde aussprechen können, herausgekommen?«

Nick stieß einen leisen Pfiff aus. »Etwas äußerst Interessantes. Ich glaube, wir sollten uns dringend auf den Weg nach Archsum machen!«

KAPITEL 46

Inmitten der Braderuper Heidelandschaft auf einer Bank sitzend, blickte er auf das Wattenmeer. Im Vergleich zur Westküste wirkte das Wasser auf dieser Seite der Insel ruhig und friedlich. Am Horizont konnte man unzählige Windräder erkennen, die an der Festlandküste entlang aufgestellt worden waren. Er hielt einen Pappbecher Kaffee in der Hand, neben ihm lag eine Bäckertüte. Die Sonnenstrahlen wärmten sein Gesicht. In seinem Haar spielte der Wind, der ihm immer wieder einzelne Haarsträhnen in die Stirn fallen ließ. In der vergangenen Nacht hatte er kaum ein Auge zugemacht. In das verlassene Haus in Morsum konnte er nicht mehr zurück, der Ort bot keinen Schutz mehr. Seinen Rückzugsort auf dem Campingplatz hatte er ebenfalls kurz zuvor aufgeben müssen, da eine Dauercamperin aus der unmittelbaren Nachbarschaft zu neugierig geworden war. Ständig schlich sie um seinen Wohnwagen herum, stets unter dem Vorwand, sie müsste ihren dementen Yorkshire Terrier suchen. Um den brauchte sie sich nun allerdings keine Sorgen mehr zu machen, dafür hatte er gesorgt. Pech für die Alte und ihren dusseligen Köter. Während er das mitgebrachte Brötchen aß und den restlichen Kaffee austrank, ging er alles der Reihe nach noch einmal durch. In zwei Stunden war es geschafft, und er würde weiterziehen. Sylt wurde langsam zu heiß für ihn, er durfte sein Glück nicht überstrapazieren. Wer weiß, vielleicht würde er eines Tages sogar hierher zurückkehren. Dann eher privat als beruflich. Die Insel war im Grunde kein schlechter Platz, vorausgesetzt, man besaß das nötige Kleingeld, um sich hier niederzulassen. Er zog sein Handy hervor und überprüfte die Zeit. Noch eine Stunde. Er atmete tief ein und aus, streckte die Beine lang aus und sah auf das Meer.

KAPITEL 47

»Moin, Frau Bleicken, wir würden gern mit Ihnen reden«, erklärte Uwe der verblüfften Frau, als sie vor dem Haus von Mirja Bleicken und ihrem verstorbenen Mann standen.

»Ich habe eigentlich gar keine Zeit. Sie hatten Ihren Besuch vorher nicht angekündigt«, erwiderte sie und ließ die Beamten nur widerwillig eintreten.

»Das müssen wir auch nicht«, bestätigte Uwe mit einem Seitenblick zu Nick. »Wir machen es auch kurz.«

»Haben Sie Eickes Mörder gefunden?«, fragte sie und rieb sich immer wieder mit den Händen über die Oberarme, als fröre sie plötzlich.

»Frau Bleicken, Sie haben uns nicht die Wahrheit gesagt, was sich an dem Tag in dem Stall wirklich zugetragen hat.« Uwe sah ihr dabei fest in die Augen.

»Ich habe keine Ahnung, was Sie meinen. Ich habe bereits alles gesagt. Bitte gehen Sie jetzt!« Sie deutete auf die Haustür.

»Wenn Sie jetzt keine Aussage machen wollen, müssen wir Sie bitten, uns auf das Revier zu begleiten«, stellte Nick in sachlichem Ton klar.

»Na schön. Was soll denn Ihrer Meinung nach passiert sein?«, erwiderte sie schnippisch und blieb nach wie vor im Eingangsbereich stehen.

»Sie haben ausgesagt, Sie hätten Ihren Mann leblos auf dem Boden liegend gefunden. Die Lanze lag neben ihm.«

»Ja, und?«

»Weiter sagten Sie, Sie hätten die Tatwaffe zu keiner Zeit angefasst. Ist das korrekt?«, fuhr Uwe fort.

»Ja«, gab sie knapp zurück. »Was wollen Sie? Warum quälen Sie mich mit diesen Erinnerungen? Reicht es nicht, dass ich das alles schon einmal durchgemacht habe? Diesen schrecklichen Anblick werde ich mein Leben lang nicht vergessen können.« Ihre Gesichtszüge wurden schlagartig weicher.

»Bitte beantworten Sie unsere Frage«, zeigte sich Nick unbeeindruckt.

Sie straffte die Schultern und sah Nick feindselig an. »Sie haben ja keine Ahnung, wie es ist, einen geliebten Menschen zu verlieren, sonst könnten Sie nicht dermaßen kaltherzig sein«, schleuderte sie ihm wütend entgegen, unwissentlich, dass sie damit voll ins Schwarze traf.

Nick überging ihre Äußerung.

»Frau Bleicken, haben Sie die Waffe angefasst?«, insistierte Uwe, der mit seiner Geduld langsam am Ende war.

»Nein!«

»Wie erklären Sie dann, dass Ihre Fingerabdrücke auf der Waffe sind?«

»Aber das kann nicht sein. Ich habe …«, flüsterte sie und starrte ins Leere. Sie wankte leicht, als wenn sie jeden Augenblick das Gleichgewicht verlieren würde.

»Kommen Sie!« Uwe griff die Frau vorsichtig am Arm und führte sie in das angrenzende Wohnzimmer. »Setzen Sie sich. Möchten Sie ein Glas Wasser?«

»Nein«, hauchte sie und folgte widerstandslos seinen Anweisungen. Wie mechanisch nahm sie auf dem hellen Ledersofa Platz.

»Eike wollte sich scheiden lassen«, sagte sie unerwartet, den Blick nach wie vor starr nach vorne gerichtet.

»Warum?«, hakte Nick nach, doch sie reagierte nicht auf seine Frage, sondern sprach weiter.

»Ich hätte alles verloren. Alles. Er hatte damals auf einem Ehevertrag bestanden.«

»Im Falle einer Scheidung hätten Sie nichts bekommen, wollen Sie das damit sagen?«, brachte Uwe den Sachverhalt auf den Punkt. Sie nickte. »Warum wollte sich Ihr Mann überhaupt scheiden lassen? Hat er einen Grund genannt?«

»Er wollte mich bestrafen.« Ihr Blick streifte ihn kurz, bevor sie ihre Aufmerksamkeit einem Stapel Fernsehzeitschriften widmete, den sie akkurat auf dem Tisch ausrichtete.

»Bestrafen wofür?« Nick beobachtete sie.

»Während er sich eine Affäre nach der anderen genehmigt hat, war er bei mir nicht so großzügig.« Sie vermied weiterhin, ihre Gesprächspartner direkt anzusehen.

»Mit anderen Worten, Sie haben eine Affäre? Mit wem?«

»Ist das wichtig?« Sie hob den Kopf und sah Uwe fragend an. Als er nickte, fuhr sie fort: »Mit einem Galeristen aus Hamburg, aber das ist seit zwei Wochen vorbei. Ich hatte Antonio Fortini vor ein paar Monaten bei einer Ausstellung, die ich in einem unserer Geschäftsräume betreut habe, kennengelernt. Wir haben uns auf Anhieb verstanden. Antonio ist einfühlsam und zuvorkommend, was man von Eike nicht sagen konnte, wenn es um mich ging.«

»Wie hat Ihr Mann von der Affäre erfahren?«, fragte Nick.

»Das weiß ich, ehrlich gesagt, gar nicht. Ich dachte, es wäre ihm egal. Gleiches Recht für alle.« Sie zuckte mit den Achseln.

»Das war es ihm offenbar nicht«, schlussfolgerte Uwe.

»Nein. Als er davon erfahren hat, wollte er sich sofort scheiden lassen. Für eine Hure wäre kein Platz in seinem Leben! Ich wäre eine Schande für die ganze Familie! Dass ich nicht lache! Das sagt gerade er mit seinen ständigen Bettgeschichten!« Aus ihren Worten sprach der blanke Hass.

»Als Ihnen klar wurde, welche Konsequenzen eine Scheidung für Sie mit sich bringen würde und Ihr Mann sich nicht umstimmen ließ, haben Sie die Gelegenheit genutzt und ihn niedergestochen«, nahm Nick an.

»Eike hat mich behandelt, als sei ich eines seiner billigen Flittchen, das hat mich rasend vor Zorn gemacht. Können Sie das nicht verstehen?« Sie sah die beiden Beamten an, als erwarte sie deren Zustimmung.

»Deswegen sind Sie ihm an diesem Tag in den Stall gefolgt und wollten ihn zur Rede stellen. Die Situation ist eskaliert, Sie haben Ihre Chance gewittert und kurzen Prozess gemacht. War es so, Frau Bleicken?«, wollte Uwe wissen.

»Ich bin ihm in den Stall gefolgt. Aber nur, um noch einmal mit ihm zu reden, nachdem er mich vor der gesamten Familie und unseren Freunden mit Nichtachtung bestraft hatte. Das ist richtig. Doch als ich dort ankam, lag er bewusstlos am Boden. Sonst war niemand zu sehen. Ich war unglaublich wütend auf ihn, da habe ich die Lanze genommen, die an der Wand gelehnt hat und habe ... Oh, Gott!« Sie verbarg das Gesicht in den Händen.

»Was haben Sie anschließend getan? Frau Bleicken?«

Sie sah Nick verständnislos durch einen Tränenschleier an.

»Ich habe zugestochen und bin anschließend weggerannt.«

»Hat Sie jemand gesehen?«, fragte Uwe. Da Mirja Bleicken nicht sofort reagierte, wiederholte er seine Frage.

»Da stand plötzlich ein junger Mann vor mir.«

»Können Sie ihn näher beschreiben?«

»Dunkles Shirt, mittelblonde Haare, circa ein Meter 70 groß.«

»Das haben Sie bislang mit keinem Wort erwähnt. Sie haben ausgesagt, Jan Hansen gesehen zu haben.« Nick zog verärgert die Augenbrauen zusammen.

»Er kam erst später«, gestand sie kleinlaut.

»Was war nun mit dem jungen Mann?« Uwes Blick war fest auf die Frau gerichtet.

»Die kleine Ratte hat tatsächlich versucht, mich zu erpressen«, zischte sie.

»Von wem sprechen Sie?«

»Von diesem Jungen, ich kenne seinen Namen nicht. Am nächsten Tag hatte ich einen Zettel mit einer Geldforderung im Briefkasten, sonst würde er zur Polizei gehen und alles erzählen.«

»Sind Sie darauf eingegangen?«, wollte Nick wissen.

»Was sollte ich denn tun? Zur Polizei konnte ich wohl schlecht gehen.« Sie lachte schrill.

»Wie viel hat er verlangt?«

»5.000 Euro in bar.«

Nick zog sein Handy hervor, scrollte über das Display und hielt Mirja Bleicken ein Foto vor die Nase. »War das der Mann?«

Ein flüchtiger Blick genügte. »Ja, das ist der Mann. Woher kennen Sie ihn?«

»Julian Rodenbek«, sagte Nick mehr an den Kollegen Wilmsen gewandt.

»Das würde erklären, woher die Summe stammt, die wir bei ihm gefunden haben«, raunte Uwe ihm daraufhin zu.

»Wo hat die Geldübergabe stattgefunden?«, fasste Nick nach.

»Ich sollte das Geld in einer Plastiktüte bei einem Altglascontainer in Morsum ablegen. Mitten im Feld quasi. Ich wusste bis dato nicht einmal, dass es dort überhaupt einen gibt. Haben Sie den Typen etwa geschnappt? Das Geld gehört jedenfalls mir.«

»Der junge Mann ist tot«, erklärte Nick in nüchternem Ton.

»Oh, das wusste ich nicht.« Für den Bruchteil einer

Sekunde machte sie einen ehrlich betroffenen Eindruck auf die Beamten. »Denken Sie etwa, dass ich etwas mit seinem Tod zu tun habe? Nein, nein. Ich bin ihm persönlich nur das eine Mal an dem Tag im Stall begegnet, danach nie wieder. Das schwöre ich!«

»Hübsche Ohrringe tragen Sie übrigens auf diesem Bild.« Nick deutete auf ein Foto in einem Silberrahmen, das neben weiteren Fotografien auf dem Kaminsims stand.

»Ein Geschenk meines Mannes zum Hochzeitstag.« Ein bitterer Unterton lag in ihrer Antwort.

»Tragen Sie sie noch?«

Sie sah Nick verwundert an. »Ich fürchte, ich verstehe Ihre Frage nicht.«

»Anders gefragt: Wann haben Sie sie das letzte Mal getragen?«, setzte er nach.

»Das weiß ich nicht mehr genau. Was soll diese Fragerei?«

»Genauso ein Ohrring wurde in unmittelbarer Nähe des Hauses gefunden, in dem sich Ihr Erpresser versteckt hat. Ein merkwürdiger Zufall, finden Sie nicht? Haben Sie eine Idee, wie er dort hingekommen sein könnte?«

Sie zögerte einen Moment und erklärte schmallippig: »Ich wollte sehen, wohin der Kerl geht, und bin ihm ein Stück gefolgt. Das Grundstück habe ich aber nie betreten! Er ist im Haus verschwunden.«

»Und dann?« Uwe wartete darauf, dass sie weitersprach.

»Dann habe ich den Rückweg angetreten. Plötzlich habe ich ein Auto kommen sehen. Es kam von links und fuhr sehr langsam. Auf dem Seitenstreifen vor dem Haus hat es angehalten.«

»Konnten Sie das Kennzeichen erkennen oder den Fahrer? Um welchen Wagentyp handelte es sich?« Uwe erhoffte sich aus Mirja Bleickens Beobachtungen neue Erkenntnisse.

»Um das erkennen zu können, war es viel zu dunkel. Ich habe bloß zwei Personen aussteigen sehen, dann habe ich mich beeilt, nach Hause zu kommen. Ich hatte Angst, in irgendetwas hineingezogen zu werden.«

»Sie stecken bereits tiefer drin, als Ihnen lieb sein dürfte«, brummte Nick und steckte sein Notizbuch ein.

»Okay, ich denke, das genügt. Würden Sie jetzt bitte mit uns kommen?« Uwe war aufgestanden und deutete zum Ausgang.

»Wissen Sie was?« Sie blieb mitten im Gehen stehen. »Mir tut die Sache mit Eike nicht mal leid. Er hat Freude daran gehabt, Menschen zu quälen, zu demütigen und ihnen das Leben auf die unterschiedlichsten Arten schwer zu machen. Ich weiß eigentlich nicht, warum ich ihn überhaupt geheiratet habe. Er war schon immer ein echter Kotzbrocken.« Auf ihrem Gesicht erschien der Anflug eines Lächelns.

»Kommen Sie bitte!«

Widerstandslos folgte sie den beiden Beamten nach draußen. Vor der Tür wartete bereits ein Streifenwagen. Eine Beamtin nahm Mirja Bleicken in Empfang, um sie auf das Westerländer Revier zu begleiten.

KAPITEL 48

»Hallo, Anna! Schön, dass du gleich vorbeikommen konntest«, wurde ich von Inka beim Betreten des Ladens begrüßt.
»Ich komme gerade aus dem Büro und dachte, ich schaue auf dem Heimweg bei dir vorbei.«
»Du meine Güte! Was ist dir denn passiert?« Erst jetzt fiel ihr Augenmerk auf mein lädiertes Gesicht.
»Eine unschöne Begegnung mit einem Einbrecher«, erwiderte ich daraufhin.
»Um Himmels willen! Bei euch zu Hause?«
»Nein, in der Firma.«
»Du Arme! Möchtest du drüber reden?«, fragte sie mitfühlend.
»Vielleicht ein anderes Mal. Ehrlich gesagt, habe ich nicht viel Zeit. Ich muss Christopher in einer halben Stunde vom Kindergarten abholen, und die Hunde warten auch im Auto.«
»Schade! Kann ich dir wenigstens auf die Schnelle einen Kaffee anbieten oder eine Limonade? Ich habe mir vorhin eine Zitronenlimonade gemacht. Die ist richtig erfrischend!« Sie strahlte und deutete auf eine gläserne Karaffe hinter sich.
»Überredet! Davon probiere ich gern.«
»Prima! Ich bin gespannt, wie dir die Kette zusammen mit dem Anhänger gefällt«, erklärte sie, während sie eingoss und mir anschließend ein Glas reichte.
»Ich auch. Vor allem meiner Mutter muss sie gefallen.« Dann trank ich einen Schluck des selbst gemachten Getränkes. »Lecker und gar nicht so süß! Das Rezept musst du mir unbedingt verraten.«

»Im Grunde ist die Zubereitung total simpel. Du kannst auch noch einige Eiswürfel und Minze dazugeben, je nach Lust und Laune. Ich schicke dir die Zutatenliste nachher per *WhatsApp*. Aber nun zum eigentlichen Grund deines Besuches. Warte einen Moment, ich hole das gute Stück aus der Werkstatt. Bin gleich zurück!« Sie schob die Glastür auf, die Abtrennung zwischen der Werkstatt und ihren Privaträumen.

Während Inka das Schmuckstück holte, sah ich mir – an meinem Getränk nippend – einige ihrer Arbeiten in den Vitrinen an. Plötzlich kündigte die elektronische Türglocke einen Besucher an. Ich drehte mich um, um zu sehen, wer hereingekommen war, als mein Herz beinahe vor Schreck stehen blieb. Ein eisiger Schauer lief mir über den gesamten Körper. Ein schwarz gekleideter Mann mit Kapuze, das Gesicht von einer schwarzen Maske verdeckt. Mit seinen blutroten Augen starrte er mich an. Ich hatte gehofft, diesen Mann nie wieder sehen zu müssen, doch jetzt stand er vor mir. Ich konnte seine Nähe förmlich spüren. Instinktiv machte ich einen Schritt rückwärts und stieß mit der Hüfte gegen die Kante des Verkaufstresens. Ein stechender Schmerz durchfuhr meinen Körper. Das Limonadenglas war mir aus der Hand gefallen und lag zerbrochen auf den Bodenfliesen. In diesem Augenblick kam Inka zurück.

»So, Anna, hier habe ich ...« Sie brach mitten im Satz ab, als sie den maskierten Fremden erblickte. »Oh, Gott«, flüsterte sie und blieb wie angewurzelt auf der Stelle stehen.

»Los, einpacken!«, befahl der Mann und warf Inka einen Stoffbeutel zu, der vor ihren Füßen auf dem Boden landete. »Wird's bald!«

Wie in Zeitlupe bückte sie sich, um ihn aufzuheben, ohne den Mann aus den Augen zu lassen. Aus dem Augenwinkel konnte ich erkennen, dass sie mit den Fingern der anderen Hand nach dem Alarmknopf unter dem Tresen tastete. Dann richtete sie sich auf und bewegte sich mit langsamen Schritten auf die erste Vitrine zu, auf die der Maskierte zeigte.

»Beeil dich!«, trieb er sie an und sah nervös zwischen uns hin und her.

Ich konnte nicht einschätzen, ob Inka sich absichtlich viel Zeit ließ oder ob es sich um eine Art Verzögerungstaktik handelte, denn es dauerte eine gefühlte Ewigkeit, bis die ersten Schmuckstücke in dem Beutel landeten. Vielleicht war ihr Verhalten auch dem Schockzustand geschuldet. Ihr verzweifelter Blick streifte mich für eine Sekunde, doch ich fühlte mich ebenso hilflos wie sie. Ich hatte keine Ahnung, was ich tun sollte. Auf keinen Fall durfte ich unüberlegt handeln, schließlich hatte ich am eigenen Leib erfahren müssen, wozu dieser Mann fähig war. Die Bilder in meinem Kopf sowie die Verletzungen, die er mir zugefügt hatte, würden noch für einige Zeit meine Begleiter bleiben. Er war skrupellos, brutal und schreckte nicht einmal vor einem Mord zurück. Sich ihm in den Weg zu stellen, bedeutete das sichere Ende, wie der schreckliche Tod des Fahrradverleihers gezeigt hatte.

»Schneller!«, befahl er, da Inka sich beim Einpacken nach wie vor ausgesprochen viel Zeit ließ. Um den Vorgang zu beschleunigen, zog er eine Pistole hervor und richtete sie gezielt auf Inka.

»Ich mach ja schon!«, erwiderte sie und wandte sich dem nächsten Glaskasten zu, um ihn zu öffnen. Dieses Mal wurde sie regelrecht hektisch, sodass ihr beinahe der Schlüsselbund aus den Händen gefallen wäre.

Wie aus dem Nichts stoppte plötzlich ein Streifenwagen direkt vor dem Geschäft. Das Auslösen des Alarms hatte schneller funktioniert, als ich angenommen hatte. Zu meiner Verwunderung entstieg dem Wagen jedoch lediglich ein Uniformierter und lief mit großen Schritten auf die Eingangstür zu. Der Polizist war Christof Paulsen. Er betrat das Geschäft, während der Maskierte blitzschnell herumwirbelte und Inka packte. Vor Schreck ließ sie den Stoffbeutel fallen und stieß einen erstickten Schrei aus.

»Halt! Keinen Schritt weiter, sonst drücke ich ab!« Der rotäugige Mann drückte seiner Geisel die Waffe unmittelbar an die Schläfe. Ich konnte die nackte Angst in Inkas Augen sehen, als sie zu mir blickte. Mit einem angedeuteten Kopfschütteln versuchte ich, ihr klarzumachen, dass sie nichts unternehmen sollte. In Anbetracht der Schusswaffe und der Entschlossenheit ihres Besitzers hätte sie keine Chance. Meine gesamte Hoffnung ruhte im Augenblick auf Christof als erfahrenem und verantwortungsbewusstem Polizeibeamten.

»Waffe weg!«, sagte er in ruhigem, aber bestimmten Ton und hielt seine Dienstwaffe auf den Mann gerichtet.

Nichts geschah. Der Maskierte machte keine Anstalten, der Forderung nachzukommen.

»Waffe weg! Lass sie gehen!«

Doch der Maskenmann ignorierte abermals Christofs Appell.

»Aus dem Weg«, zischte er stattdessen und schob Inka einen Schritt vor sich her in Richtung der Tür.

Draußen auf dem Parkplatz nahm ich plötzlich eine Bewegung wahr. Verstärkung, schoss es mir durch den Kopf.

»Lass die Frau gehen!« Christof fixierte sein Gegenüber. In seinem Gesichtsausdruck lag neben Anspannung etwas, das ich nicht zu deuten vermochte.

Plötzlich tauchte Katharina vor der Eingangstür auf, die Türklinke bereits in der Hand. Zielstrebig betrat sie den Verkaufsraum.

»Moin!«, schmetterte sie fröhlich und verstummte augenblicklich, als sie die Situation erfasste.

»Rüber da!«, dirigierte sie der Maskierte zu mir, was sie umgehend tat.

Christof bewegte sich wenige Zentimeter auf den Mann zu, der mit jeder Minute nervöser wirkte.

»Scheiße, bleib stehen, sonst knall ich sie ab!« Durch die Stoffmaske vor dem Mund klangen seine Worte dumpf, aber nicht minder beunruhigend.

»Nein, das wirst du nicht tun. Lass die Frau los und leg die Waffe ganz langsam auf den Boden.« Christof sprach vollkommen ruhig, während mein Herz immer heftiger zu schlagen schien. Wo blieb bloß die Verstärkung? Hatte Inka den Alarm am Ende doch nicht ausgelöst? Wieso war Christof überhaupt allein hier, fragte ich mich, während mein Blick von ihm zu Inka wanderte. Ihr rann der Schweiß aus sämtlichen Poren. Tränen liefen über ihr rundes, hübsches Gesicht.

»Hör nicht auf ihn! Das ist eine Falle!«, meldete sich unerwartet Katharina zu Wort. »Du bist viel cleverer als die alle hier zusammen.«

Vollkommen irritiert sah ich sie an, doch sie erwiderte meinen Blick nicht, sondern richtete ihr Augenmerk einzig auf den Mann mit den roten Augen. War sie verrückt geworden? Was bezweckte sie mit ihrem irrationalen Verhalten? Warum stellte sie sich urplötzlich auf die Seite des Verbrechers? Mein Blick wanderte zurück zu dem Maskierten, der nach wie vor Inka in seiner Gewalt hatte, die zusehends blasser und kraftloser erschien. Lange würde sie diesem emotionalen Druck nicht mehr standhalten können, das war ihr deutlich anzusehen.

»Misch dich nicht ein und geh zur Seite, Kathi!« Christof warf Katharina einen verärgerten Blick zu.

»Ich denke gar nicht dran. Erschieß mich doch!«, erwiderte sie trotzig und bewegte sich katzenartig und mit einem provokanten Gesichtsausdruck auf ihn zu. Sie stand jetzt genau zwischen Christof und dem Maskierten.
»Katharina! Bist du verrückt geworden? Was soll denn das?«, platzte es aus mir heraus.
»Ach, halt die Klappe!«, fauchte sie mich an.
»Geh zur Seite!«, forderte Christof sie entschieden auf. Als sie keine Anstalten machte, seiner Aufforderung nachzukommen, setzte er nach: »Bitte, Kathi!«
Er nannte sie abermals Kathi. Diese Vertrautheit bestätigte meine Annahme, dass sie sich kennen mussten, und zwar nicht erst seit dem Banküberfall. Damals hatte ich bereits das Gefühl, dass Christof sich merkwürdig verhielt.
»Vergiss es! Dafür müsstest du mich erst erschießen, und das bringst du nicht fertig. Das wäre auch nicht sehr schlau. Oder hast du es vergessen?«
Christof schluckte. »Wie könnte ich«, erwiderte er. Seine Worte trieften vor Bitterkeit und Verachtung.
Sie lachte unnatürlich schrill und warf dabei übertrieben den Kopf in den Nacken. Anschließend wandte sie sich dem Maskierten zu. »Lass die Dicke los und gib mir die Waffe.«
Zu meiner Überraschung kam er ihrer Anweisung umgehend nach, ließ Inka los und versetzte ihr einen Stoß, sodass sie das Gleichgewicht verlor und wie ein nasser Sack zu Boden fiel. Er überließ Katharina die Pistole, nicht ohne im Vorbeigehen Inka einen Tritt in die Seite zu verpassen, der sie schmerzhaft aufstöhnen ließ. Sofort versuchte sie mit beiden Armen, Oberkörper und Kopf gegen neuerliche Angriffe abzuschirmen. Ich wollte Inka zu Hilfe eilen, aber Katharinas warnender, eiskalter Blick hielt mich von meinem Vorhaben ab.

»Bleib, wo du bist!«

Die Waffe hielt sie auf Christof gerichtet, während der Mann mit den roten Augen den restlichen Schmuck aus der Vitrine in Windeseile in die Stofftasche stopfte.

»Beeil dich!«, raunte sie ihm zu.

Ich war mittlerweile fest davon überzeugt, sie würde keine Sekunde zögern, von der Schusswaffe Gebrauch zu machen. Wie konnte ich mich in ihr derart täuschen? Ich sah zu Inka, die regungslos auf dem Boden lag und verängstigt zu mir schaute.

Dann nahm ich all meinen Mut zusammen. »He, Katharina! Wie lange arbeitet ihr schon zusammen? Der Banküberfall, der Einbruch bei uns in der Firma und jetzt das! Das war doch kein Zufall, dass du ausgerechnet jedes Mal in der Nähe warst. Das war im Vorfeld alles sorgfältig geplant, habe ich recht?«, fragte ich und merkte, wie sich unter meine Angst zunehmend Wut mischte.

Katharinas Mundwinkel zuckten amüsiert, dann sah sie mich mit einem diabolischen Grinsen an und sagte: »Schlaue Anna!«

»Ich hätte es wissen müssen. Die Sache mit der Tasche. Das war auch nichts weiter als eine dreiste Lüge! Sie war gar nicht weg. Auch die Geiselnahme nach dem Banküberfall war nur inszeniert. Oder?« Nach und nach fügten sich die einzelnen Puzzleteile in meinem Kopf zu einem Gesamtbild zusammen. »Bei dem Einbruch in unser Büro hast du absichtlich nicht abgeschlossen und Piet abgelenkt, damit dein Komplize in Ruhe alles durchsuchen konnte. Er hat mich übel zusammengeschlagen, und du hast das billigend in Kauf genommen!«

»Zugegeben, dass du plötzlich aufgetaucht bist, hat unseren Plan ein wenig durcheinandergebracht. Ich dachte, der Termin mit dem Ehepaar dauert länger, obwohl ich ihn extra eine halbe Stunde nach hinten verlegt hatte.« Sie zuckte lapidar mit den Schultern.

»Die Sache mit dem Gutschein war wahrscheinlich auch nur ein Vorwand, um zu verhindern, dass ich euch erwische. Ich fasse es nicht! Wie kann man bloß so eiskalt und berechnend sein? Du hast unser aller Vertrauen auf übelste Weise missbraucht. Wir haben dir einen Job gegeben. Ich habe Piet lange nicht so glücklich gesehen und was machst du?«

»Oh, jetzt kommen mir gleich die Tränen.« Ihr Lachen klang hässlich. »So, genug mit der Gefühlsduselei. Felix? Bist du so weit? Dann können wir das Drama hier beenden.«

»Ich denke, das ist genug.« Er wog den Beutel in seiner Hand.

»Ihr werdet nicht von der Insel kommen.«

»Ach nein? Und wer sollte uns daran hindern? Du vielleicht, Anna?« Sie schenkte mir einen spöttischen Blick. »Christof, geh aus dem Weg!«

KAPITEL 49

Mirja Bleicken wurde nach ihrem Geständnis auf das Westerländer Polizeirevier gebracht. Uwe und Nick waren vor wenigen Minuten in ihrem Büro angekommen, als Nicks Telefon klingelte.

»Was denn nun schon wieder?« Leicht genervt warf er einen Blick auf das Display. »Hm. Was will denn Christof?«, sagte er mit einem Stirnrunzeln.

»Du wirst es nicht erfahren, wenn du nicht rangehst«, bemerkte Uwe, der im Begriff war, einem Apfel mit einem kleinen Messer zu Leibe zu rücken. Zur Abwechslung wollte er sich einen gesunden Snack gönnen.

»Moin, Christof, was gibt's? – Was? – Wo? – Keine Alleingänge, verstanden? Du wartest auf uns! Wir sind unterwegs!« Nick sprang, noch während er das Handy am Ohr hielt, auf und signalisierte dem Kollegen Wilmsen, sich startklar zu machen.

»Was ist los?«

»Überfall auf ein Schmuckatelier! Christof ist alleine dort!« Nick griff nach seiner Dienstwaffe und dem Autoschlüssel.

»Ist er von allen guten Geistern verlassen? Er wartet doch sicher auf Verstärkung?« Entgeistert sah er seinen Freund an.

»Ich fürchte, er begeht gerade einen riesigen Fehler.« Nick stand bereits in der geöffneten Tür. »Worauf wartest du? Wir dürfen keine Zeit verlieren!«

»Was meinst du mit Fehler?«

»Erzähle ich dir unterwegs.«

Nick setzte das Blaulicht auf das Dach und manövrierte den Wagen durch den dichten Verkehr in und um Westerland.

»Also, was wolltest du mir erzählen?«, hakte Uwe nach, als sie die L24 in Richtung Wenningstedt erreicht hatten und Nick ordentlich aufs Gas trat.

»Christof hat mich heute Morgen angerufen.«

»Und?«

»Er hat Andeutungen gemacht, dass er etwas in Ordnung

bringen müsse, ohne konkret zu werden. Er sagte etwas von einem Schwur, den er geleistet hätte. Die Angelegenheit ist wohl schon eine Weile her. Damals ist irgendetwas passiert. Ich muss gestehen, richtig habe ich die Zusammenhänge nicht verstanden und auch nicht näher nachgefragt. Wäre vermutlich schlauer gewesen, denn eben klang er verdammt entschlossen. Ich hoffe, er macht keinen Mist.«

»Was denn für einen Schwur? Einen Diensteid haben wir alle leisten müssen, als wir bei dem Verein hier angefangen haben. Gott, ist das lange her.« Uwe schüttelte ungläubig den Kopf.

»Den meinte er nicht. Wie gesagt, die Sache muss weiter zurückliegen, lange bevor er bei der Polizei angefangen hat.«

»Hm. Vielleicht in seiner Zeit bei der Bundeswehr?« Uwe strich sich nachdenklich über den Bart.

»Keine Ahnung. Ich hoffe bloß, wir kommen nicht zu spät.« Nick drosselte leicht das Tempo und nahm die erste Ausfahrt im Kreisel in Richtung Braderup. Zwei Minuten später hatten sie ihr Ziel erreicht.

»Hier ist es. Christof ist schon da«, bemerkte Nick, dann stockte ihm der Atem.

»Da steht Annas Wagen! Was macht sie hier?« Uwe sah fragend zu Nick.

»Sie ist mit der Ladeninhaberin befreundet. Bestimmt will sie das Geburtstagsgeschenk für ihre Mutter abholen, sie hat neulich etwas davon erwähnt.«

»Sie sucht sich aber auch immer den perfekten Zeitpunkt aus.«

»Ich gehe näher ran.« Nick war im Begriff auszusteigen, als Uwe ihn am Arm festhielt.

»Nein, warte! Die angeforderte Verstärkung müsste jeden Augenblick eintreffen. So lange behalten wir den Laden im Auge.«

»Ich will nur wissen, wie viele Personen sich im Innern aufhalten, und mir einen ersten Überblick verschaffen.« Nick stieg aus.

»Wozu sage ich überhaupt etwas«, brummte Uwe vor sich hin und schälte sich aus seinem Sitz.

Unauffällig pirschten sie sich näher an das Gebäude heran und nutzten dabei Annas Wagen als Deckung. Plötzlich bellten im Inneren des Wagens die Hunde. Sofort gingen sie in Deckung.

»Hab' ich mich verjagt!« Uwe fasste sich theatralisch ans Herz.

Nick gab Pepper und Chili ein Handzeichen, woraufhin das Hundegebell augenblicklich verstummte. Dann warteten sie einen Augenblick hinter dem Fahrzeug. Offenbar war ihre Anwesenheit unbemerkt geblieben. Nick wagte sich vorsichtig aus seiner Deckung und pirschte sich im Schutz der mit Zwergkiefern und Heckenrosen bepflanzten Friesenmauer seitlich an das Geschäft heran.

»Und?«, fragte Uwe, als er zurückkam. »Wie viele Leute sind da drin? Was ist mit Anna? Konntest du sie sehen?«

»Anna konnte ich nicht genau sehen, sie scheint ziemlich weit rechts zu stehen. So dicht ans Fenster wollte ich nicht. Christof steht gleich vorne mit dem Rücken zur Tür. Außer ihnen befinden sich drei weitere Personen im Laden. Eine blonde Frau lag auf dem Boden. Sieht aus, als sei das Inka Weber, die Geschäftsinhaberin. Ich bin mir aber nicht 100-prozentig sicher. Die Fensterscheiben sind nicht besonders groß, und die Sonne spiegelt sich so stark darin, dass man kaum etwas erkennen konnte.«

»Ist sie verletzt?«

»Konnte ich von meiner Position aus nicht sehen.«

»Und der Täter?«, fiel ihm Uwe ungeduldig ins Wort.

»Wir haben es offenbar mit zwei Tätern zu tun.«
»Zwei?«, wiederholte Uwe überrascht.
»Eine Frau hält Christof mit einer Waffe in Schach, während ihr Komplize den Schmuck einsammelt. Ich fürchte, die hauen jeden Moment ab.«
»Das müssen wir unbedingt verhindern.« Uwes Anspannung wuchs mit jeder Minute. Er sah sich um. »Der Tatort muss schleunigst weiträumig abgesperrt werden.« Er hatte den Satz gerade beendet, als man Motorengeräusche hörte, die schnell näherkamen. »Das wurde aber auch Zeit!«
Mehrere Streifenwagen sowie ein Rettungswagen hielten an der Straße ein Stück entfernt von dem kleinen Schmuckatelier. Klara Böel kam auf sie zugelaufen.
»Wie ist die Lage?«, erkundigte sie sich, worauf Uwe in knappen Worten die gegenwärtige Situation schilderte.
»Okay. Die Umgebung ist bereits weiträumig abgesperrt, meine Leute wissen Bescheid und sind in Alarmbereitschaft. Ein Heli ist ebenfalls startklar, sollten wir ihn benötigen.«
»Gut zu wissen, aber mir wäre es trotzdem lieber, die Sache lässt sich vor Ort lösen und weicht nicht in die Mobilität ab. Der Schutz der Geiseln hat immer oberste Priorität.« Uwe kaute nervös auf seiner Unterlippe herum.
»Was macht Kollege Paulsen eigentlich ganz allein da drin?«, wollte Klara Böel wissen.
»Das hätten wir auch gern gewusst«, erwiderte Uwe zähneknirschend.
»Hm. Jedenfalls hat Reimers Unterstützung vom SEK angefordert. Das dürfte allerdings dauern, bis die hier sind«, erklärte die Kommissarin mit entschuldigender Miene.
»Da legt er sich ja richtig ins Zeug«, bemerkte Nick beiläufig.

»Lasst uns keine Zeit verlieren. Du, Nick, behältst mit ein paar Leuten den vorderen Bereich im Auge. Klara und ich gehen nach hinten. Sicher gibt es irgendwo einen Hintereingang. Noch Fragen? Dann los!«

KAPITEL 50

»Gib endlich auf, Katharina! Ihr habt keine Chance, von der Insel runterzukommen«, redete Christof auf sie ein. »Es dauert nicht mehr lange, und die Kollegen treffen ein.«

»Oh nein, Christof! Darauf falle ich nicht herein. So dumm bist du nicht und informierst deine Kollegen. Damit würdest du dir dein eigenes Grab schaufeln.«

»Das ist mir egal!«, entgegnete er entschieden.

»Vergiss es! Los, Felix, hinten raus! Ich komme gleich nach«, wies sie ihren Komplizen an.

»Und du?«, fragte er, bevor er durch die Tür zur Werkstatt verschwand.

»Ich sagte doch, ich komme nach. Erst habe ich noch etwas zu erledigen. Geh!«

Bei ihren Worten wurde mir kalt und warm zugleich. Was hatte sie mit uns vor? Mein Herz begann, heftig zu schlagen. Ich sah erst zu Inka, die mich mit angsterfüllter Miene ansah, dann zu Christof, der angespannt wirkte. Plötzlich nahm ich aus dem Augenwinkel eine Bewegung wahr. Ein Schatten huschte hinter der Werkstatttür entlang, gefolgt von einem dumpfen Geräusch. Katharina musste es ebenfalls gehört haben, denn sie wollte an Christof vorbei durch die Eingangstür flüchten. In diesem Moment tauchte Nick mit der Dienstwaffe im Anschlag in der geöffneten Tür auf. Auf dem Parkplatz hinter ihm hatte sich ein Dutzend Beamte in Stellung gebracht. Ein Durchkommen schien auf den ersten Blick unmöglich.

»Leg die Waffe auf den Boden, Katharina! Du willst doch auch, dass das hier ohne Blutvergießen beendet wird«, sagte Nick, der sie sofort erkannt hatte. Er bewegte sich wenige Zentimeter auf sie zu, stets darauf bedacht, sie nicht in die Enge zu treiben.

»Bleib, wo du bist, sonst wächst dein Sohn ohne Mutter auf.« Sie schwenkte blitzartig herum und richtete die Waffe auf mich.

»Okay, okay. Ich komme nicht näher. Ganz ruhig.«

»Waffe weg!«, gab sie ihm unmissverständlich zu verstehen, wobei ihre Augenlider nervös zuckten. Sie stand sichtlich unter enormem Stress.

Nick warf Christof einen kurzen Seitenblick zu. Dann hob er ganz langsam die Hände und ging in die Knie, um seine Dienstwaffe neben sich auf den Boden zu legen. Ebenso bedächtig richtete er sich wieder auf, ohne Katharina jedoch auch nur für einen Moment aus den Augen zu lassen. Für den Bruchteil einer Sekunde erweckte es den Anschein, als würde Katharina in Erwägung ziehen aufzugeben, denn sie wich ein Stück von mir weg. Doch dann drehte sie sich abermals in meine Richtung und machte einen unerwarteten Satz auf mich zu. Jetzt hielt sie mir die Pistole direkt an den Hals. Erschrocken sah ich zu Nick, der äußerlich ruhig wirkte.

»Lass uns vernünftig miteinander reden. Willst du wirklich, dass unschuldige Menschen zu Schaden kommen? Das kann unmöglich dein Ziel sein.«

»Hör auf mit dem Gequatsche«, fuhr sie ihn an und sah nervös zur Werkstatt, aus der kein einziger Laut kam.

»Was willst du?«, sprach Nick unbeirrt weiter auf sie ein.

»10.000 Euro in bar und einen Wagen. Wenn Felix und ich sicher auf dem Festland sind, lasse ich Anna frei«, machte sie zur Bedingung. »Und du solltest dich besser beeilen, sonst kann ich für nichts garantieren.«

Ich wusste, dass dies keine leere Drohung war, und konnte deutlich den Druck spüren, unter dem sie stand. Ihre Atmung wurde flacher und schneller. Die Fingernägel ihrer linken Hand, mit der sie mich am Arm hielt, bohrten sich derart schmerzhaft in meine Haut, dass ich die Zähne zusammenbeißen musste, um nicht aufzuschreien.

»Okay, ich werde sehen, was sich machen lässt. Ich werde jetzt ganz langsam nach draußen gehen.« Nick machte ein paar Schritte rückwärts in Richtung der Eingangstür.

»Solltest du mich linken wollen, mache ich kurzen Prozess. Das ist kein Bluff, ich habe nichts mehr zu verlieren!« Sie drückte mir den Pistolenlauf stärker an den Hals, was umgehend einen leichten Hustenreiz bei mir auslöste und ich automatisch ein Stück zurückwich. Dabei stieß ich gegen die Säule, auf der die Büste mit der wunderschönen Kette stand, die ich noch vor Kurzem bestaunt hatte. Sie wackelte ganz leicht. Plötzlich kam mir eine Idee und ich zögerte keine Sekunde. Nick hatte gerade die Eingangstür erreicht, als ich mit meinem linken Fuß mit aller Kraft gegen die Säule trat. Sie geriet daraufhin ins Wanken und fiel mit einem lauten Poltern um. Ich nutzte den Augenblick und konnte aus Katharinas Gewalt entwischen, während Christof und Nick sich gleichzeitig auf sie stürzen wollten.

Doch es gelang ihr, geschickt auszuweichen. Gleich darauf erfüllten mehrere knapp aufeinanderfolgende Schüsse den Raum. Ich erschrak und musste mit Entsetzen mit ansehen, wie sowohl Nick als auch Christof zu Boden gingen. Unter ihnen breitete sich in rasanter Geschwindigkeit eine Blutlache aus.

»Nein!«, schrie ich.

Augenblicklich wimmelte es von Menschen in dem Raum, Stimmen riefen laut durcheinander, erteilten konkrete Anweisungen. Wie ferngesteuert rannte ich zu Nick und wollte mich zu ihm knien, als ich von hinten zurückgehalten wurde.

»Lass mich zu ihm«, versuchte ich, mich aus Uwes Griff zu befreien.

»Anna, bitte nicht! Lass die Rettungskräfte ihre Arbeit machen. Du kannst momentan ohnehin nichts tun.«

Während er mich festhielt, musste ich hilflos zusehen, wie sich eine Notärztin über Nick beugte. Tränen liefen über mein Gesicht. Eine weitere Einsatzkraft kümmerte sich um Christof. Überall in dem Verkaufsraum waren Rettungssanitäter damit beschäftigt, sich um die Verletzten zu kümmern. Inka saß an eine Wand gelehnt, neben ihr eine Sanitäterin, die ihr gerade eine Blutdruckmanschette abnahm. Dann fiel mein Blick auf Katharina, die vor dem Verkaufstresen auf dem Boden lag. Zwei Einsatzkräfte behandelten eine stark blutende Wunde. Ihr Gesicht war schmerzverzerrt. Offenbar war sie bei dem vorangegangenen Schusswechsel ebenfalls verletzt worden. Und dann hörte ich eine Notärztin zu Uwe sagen: »Tut mir sehr leid, aber für Ihren Kollegen können wir nichts mehr tun.«

KAPITEL 51

Die Kirche Sankt Severin war bis auf den letzten Platz belegt. Etliche Trauergäste, die keinen Platz mehr im Inneren gefunden hatten, standen entweder im Eingangsbereich oder draußen vor der Tür. Der Himmel war bedeckt. In den frühen Morgenstunden hatte es seit Tagen das erste Mal kräftig geregnet. Man hätte annehmen können, das Wetter hätte sich dem Anlass angepasst. Zu meiner Rechten saßen Britta und Jan mit den Zwillingen, auf der anderen Seite meine Eltern, zwischen uns Christopher. Direkt hinter mir hatten Inka und Piet Platz genommen. Unter den Anwesenden konnte ich viele bekannte Gesichter entdecken. Die Reihe unmittelbar vor uns blieb vorerst frei. Jetzt setzte das Orgelspiel ein, und das stetige, leise Gemurmel verstummte. Mit dem ersten Ton der Orgel konnte ich meine Tränen nicht mehr zurückhalten. Meine Mutter griff nach meiner Hand und drückte sie, ohne mich dabei anzusehen. Während die Musik spielte, wurde der Sarg feierlich, von Polizeibeamten in Uniform begleitet, durch den Mittelgang bis zum Altar getragen, wo er neben Blumenschmuck und einem Foto des Verstorbenen, das auf einer Staffelei stand, abgestellt wurde. Anschließend nahmen die Männer in der ersten Reihe Platz. Als die letzten Akkorde der Orgel verklungen waren, ergriff der Pastor das Wort.

»Wir sind heute zusammengekommen, um Abschied zu nehmen. Abschied von einem Freund und Kollegen, ja ...«, er machte eine kurze Pause, »... von einem wundervollen und selbstlosen Menschen, der in Ausübung seiner dienstlichen Tätigkeit aus dem Leben gerissen wurde.« Ein lautes Aufschluchzen war aus einer der hinteren Reihen zu hören.

»Wir werden Christof Paulsen als hervorragenden Polizisten und treuen Wegbegleiter stets in Erinnerung und unseren Herzen tragen.«

Während ich der Predigt weiter zuhörte, schweiften meine Gedanken immer wieder zu Nick, der vor mir neben Uwe, Ansgar sowie weiteren Kollegen in der ersten Reihe Platz genommen hatte. Bei dem Schusswechsel in Inkas Schmuckatelier hatte er lediglich einen Streifschuss abbekommen und sich einen Schlüsselbeinbruch zugezogen. Dass er noch am Leben war, verdankte er Christof, der sich wie ein Schutzschild vor ihn geworfen und die tödliche Kugel aus Katharinas Waffe abgefangen hatte. Hastig wischte ich mir ein paar Tränen aus dem Gesicht. Eine kleine Hand schob sich in meine.

»Du musst nicht traurig sein. Christof ist jetzt im Himmel, hat Oma gesagt«, flüsterte mir mein kleiner Sohn zu.

»Ja, das ist er, mein Schatz«, erwiderte ich und nickte ihm mit einem Lächeln zu.

Im Anschluss an die Trauerfeier hatten Britta und Jan zu sich in das neue Café eingeladen. Die offizielle Eröffnung sollte zwar erst in einigen Wochen stattfinden, aber Britta betrachtete die Gelegenheit als eine Art Generalprobe.

»Ich bin froh, dass es vorbei ist«, gab ich zu.

»Ich finde Beerdigungen auch jedes Mal schrecklich«, bemerkte Uwes bessere Hälfte Tina.

»Nenn mir jemanden, der gern dort hingeht. Mir fällt jedenfalls niemand ein.« Uwe verfeinerte seinen Kaffee mit einem kräftigen Schluck Kaffeesahne.

»Ich meinte eher alles in allem«, erklärte ich und sah zu Nick.

»Das kann ich gut verstehen, nach allem, was du durchgemacht hast. Ich bin auch erleichtert, dass wieder ein bisschen

Normalität einkehrt. Das war wirklich viel die letzte Zeit. Nicht wahr, Liebling?«, gestand Britta und strich ihrem Mann Jan liebevoll über den Rücken.

»Das kannst du laut sagen. Ich habe mich bereits hinter Schloss und Riegel gesehen«, erwiderte dieser.

»Der arme Christof. Ich kann immer noch nicht glauben, dass er tot ist«, seufzte Tina, worauf alle betreten auf ihre Kuchenteller sahen.

»Was geschieht mit der Frau, die auf ihn geschossen hat?«, wollte Britta wissen und reichte die Kuchenplatte ein zweites Mal herum.

Schnell angelte sich Uwe ein weiteres Stückchen, als seine Frau nicht hinsah.

»Sie befindet sich momentan in der Klinik. Ihre Verletzung ist jedoch nicht lebensbedrohlich. Es hat sie am Bein erwischt«, erklärte Nick.

»Und wie geht es dir?«, erkundigte sich Jan.

»Glücklicherweise nur ein Streifschuss. Der Schlüsselbeinbruch verheilt auch wieder. Hätte Christof sich nicht vor mich geworfen, würdet ihr vermutlich meinetwegen hier sitzen. Ich verdanke ihm mein Leben.«

Einen kurzen Moment herrschte andächtiges Schweigen.

»Ich habe das alles noch immer nicht verstanden. Steckt diese Katharina tatsächlich mit diesem Straftäter unter einer Decke, der sämtliche Überfälle der letzten Tage begangen hat?« Tina blickte fragend in die Runde.

»Ja. Katharina Braunert und Felix Neufeld sind Geschwister«, berichtete Uwe.

»Ach, das ist ja ein Ding!« Britta wirkte überrascht.

»Sie ist geschieden, hat aber nach der Scheidung den Nachnamen ihres Ex-Mannes behalten. Ihr Bruder Felix hat bereits auf dem Festland diverse Straftaten verübt, ist aber polizeilich nie erfasst worden, daher konnten wir lange Zeit seine Spuren nicht zuordnen. Ob seine Schwester jedes Mal an seinen Überfällen beteiligt war, lässt sich momentan nur vermuten«, führte Uwe weiter aus.

»Was ist mit diesem Jungen, der auf den Schienen lag? Der hatte doch auch mit den Überfällen zu tun. Das stand zumindest in der Zeitung«, schaltete sich nunmehr auch meine Mutter ein, die sich an diesem Tag äußerst zurückhaltend zeigte.

»Er war ebenfalls ein Opfer der beiden. Der Junge hat sowohl Mirja Bleicken als auch Felix Neubert erpresst. Während Mirja darauf eingegangen ist, hat das Geschwisterpaar kurzen Prozess gemacht«, begann Nick.

»Anschließend haben sie ihn auf die Schienen gelegt, um es nach einem Selbstmord aussehen zu lassen. Bei der Gelegenheit haben sie ihm einen kleinen Teil aus der Beute untergeschoben, um den Verdacht von sich zu lenken. Das hat zunächst auch gut funktioniert«, fuhr Uwe fort.

»Jetzt fällt mir wieder ein, was mir die ganze Zeit keine Ruhe gelassen hat«, sagte ich.

»Was denn?« Nick sah mich interessiert an.

»Als wir damals im Büro von dem Toten auf den Schienen gesprochen haben, hat Katharina sofort von einem jungen Mann gesprochen, obwohl zu diesem Zeitpunkt noch niemand etwas über das Alter der Person gesagt hatte. Eigentlich hätte ich viel früher draufkommen müssen, dass mit ihr etwas nicht stimmt. Im Nachhinein ist man immer schlauer.«

»Woher solltest du das gewusst haben, Anna? Man kann eben in die Köpfe der Menschen nicht hineinschauen«, zog Uwe ein Fazit.

»Wie niederträchtig und verabscheuungswürdig Menschen sein können!« Britta schüttelte sich angewidert.

»Eine Sache interessiert mich aber noch brennend«, meldete sich meine Mutter zu Wort. »Warum hat der Täter überhaupt diese farbigen Kontaktlinsen getragen? Sollte das zusätzlich zu der Maskierung als Einschüchterung dienen? Oder was wollte er damit bezwecken?«

»Wahrscheinlich war das auch ein Grund. In erster Linie wollte er damit verhindern, dass er wiedererkannt wird«, erklärte Uwe.

»Aber er trug doch ohnehin eine Maske. Wozu diese Masche mit den gelben und roten Augen? Das verstehe ich nicht.« Meine Mutter kräuselte die Stirn.

»Felix Neufeld litt an einer sogenannten Iris-Heterochromie«, ließ Nick uns wissen.

»Das habe ich noch nie gehört. Was ist das?«

»Das bedeutet, dass seine Augen nicht farbgleich sind. Im Fall von Felix ist das linke Auge blau, während das rechte braun ist.«

»Das kenne ich bislang nur von Tieren. Unsere Nachbarn hatten mal einen Australian Shepherd, der hatte zwei unterschiedliche Augen«, wandte Britta ein. »Dass Menschen davon betroffen sein können, höre ich heute das erste Mal.«

»Das Phänomen tritt außerordentlich selten auf. Fragt mich aber bitte nicht nach dem prozentualen Anteil. So genau weiß ich es nicht«, fügte Nick hinzu.

»Anhand dieser Besonderheit hätte er natürlich sehr leicht identifiziert werden können, selbst wenn er den Rest des Gesichtes mit einer Maske verdeckt hätte«, kam meine Mutter zu dem Schluss.

»Das leuchtet ein. Mittels der farbigen Kontaktlinsen konnte er das Merkmal gut kaschieren.« Uwe legte die Gabel auf den leeren Teller und strich sich zufrieden über den Bauch. »Der Kuchen war lecker, Britta!«

»Freut mich, dass es dir geschmeckt hat«, erwiderte sie.

»Im Nachhinein mache ich mir Vorwürfe, dass ich die Büste umgeworfen habe. Vielleicht wäre Christof noch am Leben, wenn ich nichts unternommen hätte.« Die Zweifel nagten seit Tagen an mir.

»Nein, Anna! Das darfst du dir unter keinen Umständen einreden, dich trifft keine Schuld an Christofs Tod«, entgegnete Uwe energisch. »Polizisten sind jederzeit einem gewissen Risiko ausgesetzt. Das ist so und das weiß man, wenn man sich für diesen Beruf entscheidet. Niemand weiß, was Katharina getan hätte, hättest du die Büste nicht umgeworfen. Sie hätte ebenso gut die Nerven verlieren und um sich schießen können. Es ist müßig, sich den Kopf darüber zu zerbrechen. Vielleicht hast du mit deiner Aktion sogar weitere Leben gerettet. Betrachte es doch mal von dieser Seite.«

»Wie konnte ich mich bloß so in dieser Frau täuschen? Sie besaß definitiv zwei Gesichter. Außerdem werde ich das Gefühl nicht los, dass sie und Christof sich näher kannten. Er hat sie mehrmals mit ›Kathi‹ angesprochen. Oder gehört das zur Taktik, um Vertrauen aufzubauen?« Ich sah erst Nick und dann Uwe an.

»Dein Gefühl hat dich nicht getäuscht. Zwischen den beiden bestand tatsächlich eine Verbindung. Sie kannten sich seit ihrer Jugendzeit«, begann Nick nach anfänglichem Zögern. Er blickte zu Uwe. Als dieser ihm bedeutete weiterzusprechen, fuhr er mit seinen Ausführungen fort.

»Christof war vor etlichen Jahren mit Katharina liiert. Damals waren sie noch sehr jung. Katharina, ihr jüngerer Bruder Felix und Christof waren eine Clique, die gemeinsam durch dick und dünn ging. Die Geschwister kamen aus einem sozial schwierigen Umfeld, das im Einzelnen zu erläutern, würde an dieser Stelle zu weit führen. Kurzum: Irgendwann begann es mit kleineren Diebstählen, später gehörten Einbrüche dazu.«

»Willst du andeuten, Christof hätte bei diesen Aktionen mitgemacht?«, fragte Britta ungläubig.

»Ja, zunächst war er mit von der Partie. Für ihn war es mehr eine Mutprobe oder Nervenkitzel. Wie auch immer. Bei einem der Einbrüche ist die Sache allerdings aus dem Ruder gelaufen«, fuhr Nick fort.

»Inwiefern? Was ist passiert?«, wollte Jan wissen.

»Ein Spaziergänger, der spät abends auf der Suche nach seiner Katze war, ist auf die drei aufmerksam geworden, als sie in ein Geschäft eingebrochen sind. Er wollte nachsehen.«

»An seiner Stelle hätte ich lieber sofort die Polizei alarmiert«, bemerkte meine Mutter und goss meinem Vater eine weitere Tasse Kaffee ein.

»Er war selbst Polizist. Beim Betreten des Hauses wurde er von Felix angegriffen und so schwer mit einem Messer verletzt, dass er kurze Zeit später an seinen Verletzungen gestorben ist.«

»Das ist ja schrecklich! Hat denn niemand Hilfe geholt?« Tina legte ihre Gabel samt Kuchenstückchen zurück auf den Teller.

»Leider nicht. Wäre der Mann sofort medizinisch versorgt worden, hätte er vielleicht noch eine Überlebenschance gehabt. Christof konnte sich damals nicht gegen das Geschwisterpaar durchsetzen. Er hat später anonym einen Notruf abgesetzt, doch da kam für den Mann jede Hilfe zu spät. Im Nachhinein haben sich die drei geschworen, für immer Stillschweigen über die Sache zu bewahren.«

»Jetzt ergibt auch Katharinas Bemerkung, Christof würde ihr nichts antun können, einen Sinn.« Mir fiel ihre Äußerung in dem Schmuckatelier wieder ein. »Wahrscheinlich hat sie ihn ein Leben lang mit diesem Wissen in der Hand gehabt.«

»Wenn herausgekommen wäre, worin er verwickelt war, wäre seine Laufbahn bei der Polizei beendet gewesen«, mutmaßte Jan.

»Warum hat er sich nach dieser Sache ausgerechnet für den Polizeidienst entschieden? Das verstehe ich nicht. Sollte das eine Art Wiedergutmachung sein?«, stellte Britta die Frage in den Raum.

»Das wäre immerhin denkbar«, entgegnete Nick.

»Hatte der tote Polizist von damals Familie?«, erkundigte sich meine Mutter.

»Er hat eine Frau und drei Kinder hinterlassen.«

»Und die Katze. Was für eine traurige Geschichte«, fasste meine Mutter sichtlich erschüttert zusammen.

Gleichermaßen betroffen wie ratlos sahen wir einander an. Eine deprimierende Stille erfüllte den Raum.

»Woher weißt du das alles, Nick? Das liegt doch viele Jahre zurück.« Britta ergriff als Erste das Wort.

»Christof hat einen Brief hinterlassen, für den Fall, dass ihm etwas zustoßen sollte. Außerdem hat er kurz vor dem Überfall auf Inka Webers Geschäft mit mir telefoniert.«

»Dass er diese schwere Last all die Jahre mit sich herumgeschleppt hat, hat man ihm nie angemerkt. Er war immer hilfsbereit und zuvorkommend. Manchmal konnte er aber auch stur wie ein Esel sein.« Über Tinas Gesicht huschte der Anflug eines Lächelns. »Ich werde ihn vermissen.«

»Wir werden ihn alle schrecklich vermissen. In erster Linie war Christof ein ausgezeichneter Polizist und echter Freund. So sollten wir ihn in Erinnerung behalten«, fügte Uwe abschließend hinzu.

»Die menschliche Seele ist eben unergründlich«, erklang plötzlich die Stimme meines Vaters, der die ganze Zeit über die Gespräche schweigend verfolgt hatte.

»Wahre Worte!« Mit einem Seufzer erhob sich Britta von

ihrem Platz und hielt ihre Kaffeetasse in die Höhe. »Auf Christof! Wir werden ihn niemals vergessen. Und auf die Freundschaft!«

Wir erhoben uns ebenfalls von unseren Plätzen und stimmten mit ein.

»Nick?«, sagte ich, als wir am späten Abend zu Hause auf unserem Sofa saßen und den Tag Revue passieren ließen. Christopher lag längst im Bett und war nach dem anstrengenden Tag von einer auf die andere Minute eingeschlafen. »Versprichst du mir etwas?«

»Wenn du mir verrätst, worum es geht, denke ich drüber nach.« Er schwenkte das Weinglas in seiner Hand.

»Wir haben keine Geheimnisse voreinander und reden immer offen über alles, vollkommen egal, was es ist. Ja?«

Er fixierte mich mit seinen dunklen Augen.

»Du kennst meine Vergangenheit. Was sollte ich vor dir zu verbergen haben?«

»Das meine ich nicht. Ich denke eher an die Zukunft.«

Er stellte sein Glas ab und nahm meine Hände.

»Natürlich tun wir das, Sweety. Hattest du Zweifel?«

»Nein. Es beruhigt mich trotzdem.«

Wortlos sahen wir einander an, als es plötzlich an der Tür klingelte. Aufgeregt sprangen die Hunde auf und liefen in die Diele.

»Wer kann das so spät noch sein?« Nick runzelte die Stirn.

»Keine Ahnung. Erwartest du jemanden?«

»Nicht, dass ich wüsste. Ich gehe mal nachsehen.«

Gleich darauf kehrte er mit einem Päckchen in der Hand zurück und reichte es mir. »Bitte, das ist für dich.«

»Für mich? Von wem ist es?«, wollte ich wissen, während ich die liebevoll verpackte Schachtel betrachtete.

»Das weiß ich nicht. Das Paket lag auf der Fußmatte, sonst war weit und breit niemand zu sehen.«

Ich öffnete die Schleife und befreite das Päckchen von dem Papier, mit dem es sorgfältig umwickelt war. Zum Vorschein kam eine flache Schatulle. Als ich den Deckel öffnete, fiel mein Blick auf die mit bunten Glassteinen besetzte Halskette, die Inka in ihrem Laden ausgestellt hatte.

»Wow!«, brachte Nick hervor. »Ich hoffe, die stammt von keinem anonymen Verehrer?«

»Da kann ich dich beruhigen. Diese Kette stand auf der Säule in Inkas Laden, die ich absichtlich umgeworfen habe.« Dann nahm ich die kleine Karte in die Hand, die dem Schmuckstück beigefügt war, und las. Als ich in Nicks erwartungsvolles Gesicht blickte, erwiderte ich: »Inka möchte, dass ich die Kette behalte. Sie schreibt, ich hätte außerordentlich mutig und selbstlos gehandelt und hätte sie verdient.«

»Ein ziemlich großzügiges Geschenk.«

»Das finde ich auch. Sie schreibt weiter, ich solle jedoch nicht auf die Idee kommen, die Annahme zu verweigern und zu versuchen, ihr die Kette zurückzugeben. In diesem Fall müsste sie mir auf ewig die Freundschaft kündigen.«

»Oh, das klingt ernst.« Nicks Mundwinkel zuckten belustigt.

»Solang ich keinen Schwur leisten muss, ist alles in Ordnung.«

DANKSAGUNG

An dieser Stelle möchte ich mich bei allen bedanken, die mich während des Entstehungsprozesses des Buches auf unterschiedliche Weise unterstützt haben.

Mein besonderer Dank geht an meinen Mann Stefan, meine Mutter Gisela, Polizeihauptkommissar Florian Arend, LKA-Profiler Carsten Schütte, Elke Angerhausen, Martin Forster und meiner geschätzten Lektorin Claudia Senghaas sowie dem gesamten Team des Gmeiner-Verlages.

Und natürlich Ihnen, liebe Leserinnen und Leser sowie allen Buchhändlerinnen und Buchhändlern.

Herzlichst
Sibylle Narberhaus

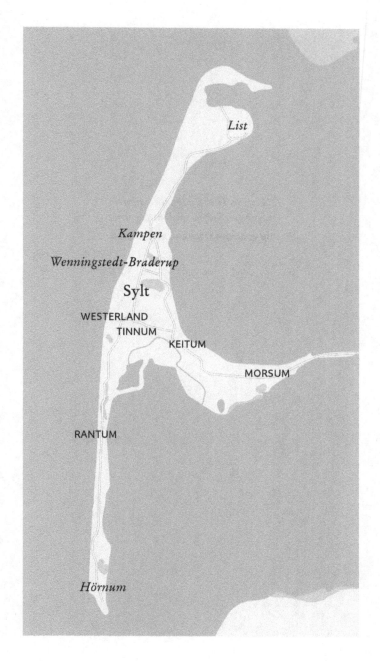

Weitere Titel finden Sie auf den folgenden Seiten und im Internet:

WWW.GMEINER-VERLAG.DE

Anna Bergmann ermittelt:

1. Fall: Syltleuchten
ISBN 978-3-8392-2039-9

2. Fall: Syltstille
ISBN 978-3-8392-2343-7

3. Fall: Syltfeuer
ISBN 978-3-8392-2507-3

4. Fall: Syltwind
ISBN 978-3-8392-2757-2

5. Fall: Syltmond
ISBN 978-3-8392-0081-0

6. Fall: Syltsterne
ISBN 978-3-8392-0305-7

7. Fall: Syltschwur
ISBN 978-3-8392-0513-6

GMEINER SPANNUNG

WWW.GMEINER-VERLAG.DE
Wir machen's spannend

Eva Klingler
Alsace, mon amour!
Roman
345 Seiten, 13 x 21 cm,
Premium-Klappenbroschur
ISBN 978-3-8392-0451-1

Mit diesem Erbe hat die aparte Frankfurter Grafikerin Marian Färber nicht gerechnet. Doch zusammen mit ihrem Verlobten Jeff lässt sie sich auf das Abenteuer Eguisheim ein – und entdeckt ein jahrhundertealtes kulinarisches Geheimnis. Doch bis zur Lösung des Rätsels muss sie viele Hindernisse überwinden und sich zum Schluss ihrer wahren Liebe stellen. Doch zunächst muss Marian die Frage beantworten, wer ihr diese mysteriösen Hinweise zukommen lässt. Ist der unheimliche Schatten, der sie verfolgt, ein Freund oder ein Feind?

GMEINER SPANNUNG

WWW.GMEINER-VERLAG.DE
Wir machen's spannend

Cornelia Haller
Das Herz der Alraune
Historischer Roman
475 Seiten, 13 x 21 cm,
Premium-Klappenbroschur
ISBN 978-3-8392-0461-0

Anno 1492: In Ravensburg ist sie knapp dem Scheiterhaufen entkommen, nun studiert die Hebamme Luzia Gassner – als Mann verkleidet – Medizin an der renommierten Universität von Montpellier. Als ihre Enttarnung droht, flieht sie auf abenteuerlichen Wegen zurück in ihre Heimat am Bodensee. Dort trifft sie Johannes von der Wehr, inzwischen Überlinger Stadtmedicus, dem sie einst den Rücken kehrte. Mit medizinischem Geschick beginnen sie ihre Zusammenarbeit. Doch nicht wenige wollen der jungen Medica übel, und einmal mehr ist Luzias Leben in höchster Gefahr.

GMEINER SPANNUNG

WWW.GMEINER-VERLAG.DE
Wir machen's spannend

Daniel Verano
Canaria Criminal
Kriminalroman
256 Seiten, 12,5 x 20,5 cm,
Paperback
ISBN 978-3-8392-0459-7

Im Wahlkampf springt der polarisierende Politiker Francisco Fraude mit dem Fallschirm über Gran Canaria ab. Felix Faber, deutscher Auswanderer und Journalist auf der Insel, beobachtet den Sprung von seinem Bungalow aus. Es geschieht das Unvorstellbare, vor laufender Kamera schlägt Fraude auf einem Felsen auf und ist tot. Faber beginnt zu recherchieren und kreuzt dabei den Weg der taffen Ermittlerin Ana Montero. Zusammen decken sie nach und nach eine Verschwörung auf.

GMEINER SPANNUNG

WWW.GMEINER-VERLAG.DE
Wir machen's spannend